虚けの舞

伊東 潤

幻冬舎時代小説文庫

虚《うつ》けの舞

目次

第一章

海旬陰風《かいでんいんぷう》

一

その城の主は、いつも予期せぬ時に帰って来た。

どこへ行き、何をしてくるのか、家中でも詳しく知る者はいない。

同行させられる武家の次三男たちにも、その主の宛所《あてどころ》（目的）がいずこにあるのか、見当もつかなかった。

ただその主は、目的もなく漫然と馬を走らせているように見えても、何かを考えているようだった。

その証拠に、山中で杣人《そまびと》に出会えば、山の地形や間道を問い、街道を商人が歩いていれば、他国のことを聞きたがった。

たまには羽目を外して、宿で食い物を押し買い（値切って買うこと）したり、傾城《けいせい》（女郎）を買ったりすることもあったが、たいていは山野をうろついていた。

しかし、人の口端《くちは》に上るのは悪口ばかりである。

数年前には、それを苦にした傅役《もりやく》の老人が自害した。

それでも主は意に介さず、出歩くことをやめなかった。

そんなある日、主は帰城するや、一人の弟を呼び出した。

主は、やってきた弟を何のためらいもなく殺し、事が済むと、常と同じく、どこへともなく出ていった。

家中と寄子《よりこ》国衆には、弟に謀反の疑いがあるため成敗したと伝えられた。

その城で働く者たちは、真《まこと》に恐ろしき主に仕えたものだと、小声でささやき合った。

その城とは尾張清須《きよす》城、主とは織田信長という男である。

永禄元年（一五五八）、茶筅《ちゃせん》は信長の次男として生まれた。

茶筅とは茶道具の一つである。むろん、人の名として使われた例《ためし》はない。

その名は、父である信長が付けた。

その日、信長が城に戻ったところをつかまえた奥向きの老人が、「次男誕生」を伝えると、信長は犬でも呼ぶがごとく、「連れて来い」と命じた。

ところが、そこは厩《うまや》である。老人が「襁褓《むつき》も取れぬ赤子ゆえ、産所までおいでいただけませぬか」と懇願したところ、信長は不機嫌そうに「多忙である」とだけ答えた。

困った老人が、「それでは、名だけでも授けて下され」と頼むと、信長は、やれやれという顔をして老人に問うた。

「その赤子の顔は、どのようなものか」

信長の要求に応えるべく、老人が赤子の顔を実直に描写すると、信長は真顔で「その赤子の髪は枯茶色《からちゃ》で、逆立っているのか」と確かめてきた。

老人が点頭すると、信長は馬の背を撫でながら、「それでは茶筅と名付けよ」と命じた。

これで名は決まった。

信長はそれだけ言うと、馬にまたがり、再びいずこへともなく去っていった。

老人が奥に赴き、実母と乳母に顛末《てんまつ》を告げると、前例のない名に両人とも愕然としたが、信長の性格を知り抜いている二人は、躊躇なくその子に茶筅と名付けた。

茶筅には、すでに同腹の兄がいた。後の信忠《のぶただ》である。

信長はこの第一子の誕生にも、さしたる感情は示さなかった。しかし茶筅の時と違って、生まれてすぐに顔だけは見た。

対面の時、信長がいかなる反応を示すか、母の生駒《いこま》氏と乳母や女房たちは、固唾《かたず》をのんで見守った。しかし信長は一言、「奇妙な顔である」と言って席を立った。

乳母が名を求めると、振り向いた信長は一言、「奇妙でいい」とだけ答えた。

乳母が「ご無体な」と言いつつ、信長に再考を求めたところ、信長は急に不機嫌になり「この子の名は奇妙とする」とだけ言い残し、大股で去っていった。それゆえ生駒氏は、茶筅という名をためらいもなく受け入れた。

信長の息子には、変わった名が多い。

信吉《のぶよし》は酌《しゃく》、これは生母の名が、おなべの方だったため、「鍋には酌子」ということから付けられたという。そのほかにも、いわれは不明ながら、信貞《のぶさだ》は人《ひと》、長次《ながつぐ》は縁《ふち》などと付けられた。

信長にとって幼名など、すぐに捨てる名というくらいの認識しかなかったのだ。

茶筅が生まれるのと相前後して、信長はもう一人の男児を授かっていた。

三男の三七《さんしち》、後の信孝《のぶたか》である。

三七の母は側室の坂《さか》氏といい、伊勢の地侍の娘だったため、茶筅より二十日ほど早く生まれたにもかかわらず、三男とされた。

後に茶筅が伊勢の北畠家に養子入りし、北畠具豊《ともとよ》と称したのと同様、後に信孝は伊勢の神戸《かんべ》家に入り、神戸信孝となる。

信雄《のぶかつ》らの祖父にあたる信秀は、織田家傍流の弾正忠《だんじょうのじょう》家の当主だったが、織田宗家の内乱に乗じて頭角を現し、やがて尾張半国の太守《たいしゅ》にのし上がった。しかしその信秀も、天文二十年（一五五一）に病没する。茶筅が生まれる七年前である。

これにより十八歳で家督を継いだ信長は、美濃一国を押さえる斎藤道三との同盟強化、那古《なご》野《や》城から清須城への移転などを矢継ぎ早に実行した。そして、茶筅がわずか三歳の永禄三年（一五六〇）、時代は突如として動き始める。

信長が、桶狭間《おけはざま》で駿河《するが》・遠江《とおとうみ》・三河《みかわ》三国の太守・今川義元《いまがわよしもと》を討ったのだ。

これにより歴史の表舞台に飛び出した信長は、天下に手が掛かるところまで行った。しかし天正十年（一五八二）六月、家臣の謀反《むほん》によって信長は横死する。その時、長男の信忠も信長と運命を共にし、その後に起こった織田家中の内訌《ないこう》に敗れた信孝も自害した。

その果てに、三人兄弟の中で生き残ったのは、茶筅こと信雄だけになった。正確には、別の側室から生まれた四人目の男子・於次丸《おつぎまる》秀勝、さらに八人の男子がいたが、信長は彼らに織田姓を名乗らせておらず、初めから子として認めていなかった。つまり信雄は、信長が生前、織田家の後継者の資格を持つと認めた、たった一人の男子となった。

この時代の日本国において、信雄は最も幸運な星の下に生まれた。しかし紆余曲《うよきょく》折《せつ》の末、信雄は天下人どころか、食うや食わずの流人《るにん》にまで身を落とした。文禄元年（一五九二）五月、織田家から天下を奪った太閤豊臣秀吉に許しを乞うため、信雄は玄界灘を西航していた。

二

船首にはじける白波が常真《じょうしん》の僧衣を濡らした。

それを気にするでもなく、常真は舳先《へさき》に立ち、風と対峙していた。

——これで何度目の屈辱であろうか。

玄界灘に吹く五月の風は心地よく、雲間から差す明るい陽光は夏の訪れを告げていた。しかし常真の心中では、冬の嵐が吹き荒れていた。

――かの男の皺顔を再び見ることになるとはな。

自嘲しようとした口端《くちは》が引きつり、獣のうめきのような音が漏れた。

まさにそれは、常真の心中の苦しみを表していた。

できることなら常真は、このままずっと、この船に乗っていたいとさえ思った。

堺《さかい》から乗った軍船は、途中、風待ちで何日か空費したものの、五日ほどで壇ノ浦（下関）に着いた。壇ノ浦で秀吉の御座船に乗り換えた常真を出迎えたのは、多忙を極めているはずの石田三成である。

豊臣政権の織田家奏者《そうじゃ》が三成となっていたので不思議ではないが、才気ある者特有のその〝したり顔〟を見た時、常真は、これから繰り広げられるであろう屈辱の日々を、容易に想像し得た。

三成は満面に笑みを浮かべ、慇懃《いんぎん》な態度で常真を迎えた。しかしその視線は、あからさまに常真を見下していた。

御座船は早鞆《はやとも》ノ瀬戸《せと》（関門海峡）を過ぎ、玄界灘を西航した。

途中、寄港した博多湊は、諸国から物資が集まり、堺をも凌駕《りょうが》するほどの殷賑《いんしん》を極めていた。

天正十四年（一五八六）の豊臣軍の九州進駐により、九州各地で戦乱がやみ、一大交易都市・博多が誕生した。さらに文禄元年から始まる朝鮮半島出兵の準備が、それに拍車をかけていた。

しかし博多がいかに繁栄しようと、今の常真に関係はない。

常真は冷めた視線で、せわしげに立ち働く人々を見ていた。

博多を発った常真の船は、北流する対馬《つしま》海流の影響を避け、かなり沿岸を航行していく。

御座船は安宅船《あたけぶね》ほどの大きさがあり、素人目には、外洋でさえ航行できるのではないかと思わせるが、胴の間（甲板）上に築かれた櫓《やぐら》のおかげで、実際は安定が悪く、外洋に出れば、横波一撃で横転するはずである。

その櫓は、城の天守をそのまま載せたように巨大な上、各層の板壁には、優雅な天女や勇壮な竜など、極彩色の絵模様が描かれている。

秀吉は旧型の安宅船を御座船に改造し、見せるための船としたのだ。

――藤吉め、見かけ倒しの船を造りおって。

常真は、かつて父信長が造った鉄甲船と比較し、華やかなだけが取り柄の秀吉の御座船を嘲笑った。

――織田家の天下を簒奪《さんだつ》したそなたは父上を目指した。いや、父上を超克しようとした。しかし、それは見た目だけであり、そなたは父上の足元にも及ばぬのだ。

常真は、秀吉の創り出すものすべてを軽蔑した。


陸を走る西海道《さいかいどう》（唐津《からつ》街道）と並行するように、御座船は進んだ。その右手沖合には何も見えないが、その先には壱岐《いき》や対馬《つしま》が鎮座し、さらに朝鮮半島がある。

――まさかあの猿が、これほどの出師《すいし》を起こすとはな。

志賀島《しかのしま》と能古島《のこのしま》の間を擦り抜けると、左に元寇《げんこう》防塁が広がっている。今津《いまづ》の浜である。

三百年ほど前には、大陸の脅威に怯《おび》えていたこの国が、今は大陸を征さんと、十六万もの大軍を渡海《とかい》させている。

――天の父は、これを見て何と思うか。

その貧相な顔に似合わない、秀吉の壮大な野望は、笑いを誘うどころか薄ら寒さえ覚える。

――藤吉は父に憧れ、父に成り代わろうとした。しかし藤吉は、決して父にはなれぬ。

そこまで思った時、それは己《おのれ》も同じであることに気づいた。

――それどころか、父のすべてを受け継ぐはずであったこのわしは今、無一文となって藤吉の慈悲にすがりに行くのだ。

常真は自嘲した。

己の行く手に待つものが、屈辱にまみれた地獄以外の何物でもないことを、常真は分かっていた。しかし秀吉の膝下《しっか》にひれ伏すほか、常真に選ぶべき道はないのだ。

やがて常真を乗せた船は、糸島半島を大きく迂回《うかい》し、松浦湾《まつらわん》に入った。

半島を回ると突然、視界に城の天守が飛び込んできた。それは、船で来る者すべてを威圧すべく、蒼天にそびえていた。

純白の漆喰《しっくい》壁に、一部が金箔《きんぱく》瓦で葺《ふ》かれた名護屋城の大天守は、望楼型の五層七階という壮麗さで、大坂城（五層六階地下二階）にも匹敵する規模を誇っていた。

常真は、その白亜の巨城に似つかわしくない男の猿面《さるづら》を思い出し、笑いがこみ上げてきた。

――藤吉よ、豪壮華麗な建築物を築けば築くほど、そなたは、それに似つかわしくない己の小さな体軀と貧相な顔を思い出すのだ。

大陸制覇という途方もない野望といい、諸国に築かれた壮大な建築物の数々といい、それらすべてが、秀吉の肉体的劣等感から生まれ出てきていることを、常真は知っていた。

――実に哀れな男だ。

常真が会心の笑みを浮かべた、その時である。

「常真殿、お体に障《さわ》ります。船櫓《ふなやぐら》にお入り下さい」

背後で石田三成の声がした。

三成は、知らぬ間に常真のすぐ背後に控えていたのだ。

――此奴《こやつ》！

常真の片頰に浮かんでいた笑みが凍りついた。

──この才槌頭《さいづちあたま》には油断できぬ。

しかし、その心中とは裏腹な言葉が口をついて出た。

「お気遣い、痛み入る」

「それではこちらへ──」

三成は右手を伸ばして、常真を船櫓へと導いた。

その態度と口調には、有無を言わせぬ強引さが感じられる。

──そなたは、わしの体を気遣っておるわけではない。わしの体も意思も、豊臣政権の管理下に置かれていることを、徹底して知らしめようとしておるのだ。

──この小賢《こざか》しい陪臣《またもの》め。

しかし常真は、三成の勧めに素直に応じた。

長年の苦渋の日々が、常真にも処世術を身に付けさせていたからである。

船櫓に入り、しばらくすると、船の揺れが小さくなり、外海から湾内に入ったことが知れた。同時に、けたたましい海鳥の鳴き声が船を覆う。

名護屋湾は、玄界灘に面した松浦湾の内懐にある細長い湾である。湾の中の湾であるため、波は至って穏やかである。

船着場が見えたのか、梶取《かんどり》や水主《かこ》の掛け声も高まってきた。船櫓にいる常真にも磯の香が届く。続いて桟橋《さんばし》に接岸される衝撃が伝わってきた。

――いよいよ地獄に着いたのだな。

秀吉の渡海軍が李氏朝鮮国の首都・漢城《ハンソン》（現ソウル）を落とし、肥前名護屋が歓喜に湧き立つ、文禄元年五月二日のことだった。

三

文禄元年（一五九二）正月、年賀に訪れた諸将を聚楽第《じゅらくてい》で引見《いんけん》した秀吉は、朝鮮出兵の大動員令を発した。

すでに前年より、肥前名護屋の地で巨城の普請《ふしん》が始められていたので、大規模な外征があることは、下々にまで知れ渡っていた。しかし、その外征が朝鮮半島制圧だけでなく、「唐入《から》り」を果たさんとしていることを知る者は少なかった。

そのため、大陸征服というその壮大な計画が知れわたるや、日本国中が上を下への大騒ぎとなった。

日本国がその国力を総動員して、中国王朝に真っ向から挑むという有史以来最大の壮挙である。その程度の騒ぎは当然と言えば当然である。

四月十二日、七百隻《せき》にも及ぶ船団が釜山《プサン》湾を埋め尽くした。

小西行長に率いられた第一軍一万九千七百である。

翌十三日、行長は、釜山鎮《ちん》に向けて降伏勧告を行ったが、形骸化した官僚主義がはびこる李氏朝鮮の一出先機関である釜山鎮にとり、いかに対処すべきか判断のしようもなく、これを無視する形となった。

商人出身の行長は和平論者だったが、秀吉の命に逆らうことはできず、致し方なく攻撃を開始した。

初めて聞く鉄砲の音と、その狙いの正確さに度肝を抜かれた朝鮮守備隊六百は、戦いらしい戦いもせずに逃げ散り、攻城開始後二時間ほどで釜山鎮は制圧された。

投降した兵や民は情け容赦なく〝撫で斬り〟にされる。

「皆、手を合わせて膝まずき、聞きも習わぬ唐言葉、まのらまのらと云事《いうこと》は、助けよとこそ聞こえけれ、それをも味方聞きつけず、斬り付け打ち捨て踏み殺し。これをいくさ神の血祭りと、女男も犬猫も皆、斬り捨てて、切り首は三万ほどこそ見え

にけれ」（『吉野甚五左衛門覚書』より）

これは、日本軍の恐ろしさを朝鮮の人々に知らしめるために秀吉が行わせた、一種の示威《しい》行為だった。

余勢を駆った第一軍は十四日、東莱《トンネ》府城を屠《ほふ》り、慶尚道《キョンサンド》から、忠清道《チュンチョンド》の州都・忠《チュン》州《ジュ》を目指して北上を続けた。

一方、慶州《キョンジュ》城を〝撫で斬り〟にした加藤清正・鍋島直茂ら第二軍二万三千は、第一軍と競うように漢城を目指していた。その頃には、黒田長政ら第三軍一万五千も釜山に上陸していた。

李氏朝鮮政府は、持てる兵のすべてを朝鮮屈指の天険・鳥嶺《チヨリヨン》に集中させ、日本軍の進撃を阻《はば》もうとした。しかし相次ぐ敗戦の原因が、その鉄砲の性能にあることを知った彼らは、一転して野戦を決意し、忠州郊外の弾琴台《タングムデ》に八千の騎馬隊を集結させた。

一方、第一軍の小西行長らは、戦闘らしい戦闘もせずにここまで到達した。補給も確保されており、兵も疲労していない。しかもその戦力は、一万八千と朝鮮政府軍を上回っている。

四月二十八日、朝鮮正規軍最後の組織的抵抗とも言える一大騎馬戦が、弾琴台で展開されたが、結果は火を見るより明らかであった。

日本軍の有する高性能の国産火縄銃と、戦《いくさ》慣れした放手《はなちて》により、朝鮮軍虎の子の騎馬武者は次々と斃《たお》されていった。

朝鮮政府軍きっての精鋭部隊である騎馬隊は、この戦いで壊滅《かいめつ》した。

秀吉の大陸侵攻作戦は、素晴らしい滑り出しを見せていた。


名護屋の浜で常真を待っていたのは、バランキーと呼ばれる異国風の駕籠《かご》である。

これは、イエズス会の宣教師が秀吉の機嫌を取り結ぶために、呂宋《ルソン》（フィリピン）で作らせたもので、南蛮趣味に傾いた秀吉が、この時期、愛用していたものである。

これでもかと言うくらい趣味の悪い装飾は、キリスト教文化の影響下にある西洋のものとはほど遠く、秀吉の嗜好《しこう》に詳しい日本商人たちの入れ知恵で作られたと、すぐに分かった。

――わが父であれば、こうした悪趣味なものには乗らない。

常真は思わず顔をそむけた。

しかし秀吉は、自分の趣味だけで、このように派手な駕籠を愛用しているわけではない。華美であればあるほど、珍奇であればあるほど、その駕籠は目立ち、南蛮の品々を見慣れていない庶民は畏怖を感じる。それにより下々にまで、秀吉の権勢の大きさを思い知らせることができるのだ。

常真は、庶民の審美眼に合わせた秀吉の戦略に気づいてはいても、その悪趣味には耐えられなかった。それゆえ駕籠を前にして、常真は一瞬だけ顔をしかめた。

その時、ふと外を見やると、三成がじっと常真を見つめていた。その瞳は何かを咎《とが》めているようでもあり、何かに怒っているようでもある。

常真は、駕籠近く控えていた三成に、一瞬の表情の変化を見られなかったか心配になった。そう思うと、常真は必ずや三成は見たと信じ、あれやこれやとよからぬことを想像してしまう。

常真は、そういう己の小心を呪った。

いずれにしても、壇ノ浦まで自身の御座船を回し、多忙な三成を迎えによこし、愛用の駕籠を差し向けた秀吉のいやらしいまでの気遣いに、逆に常真は前途の多難を感じた。

常真を乗せたバランキーは、名護屋城の大手道につながる茜屋町《あかねやちょう》に入った。駕籠の中にいても茜屋町の喧噪《けんそう》は伝わってくる。人々の話し声に混じって、槌《つち》を叩く音が聞こえるのは、まだ建築途中の町家があるからに違いない。

外からは、呼び込みの声が引きも切らず聞こえ、京大坂かと見まがうばかりの賑やかさである。

大通りは、八間《けん》も幅があると聞いていたが、行列が幾度も止められるのは、人があまりに多いからであろう。

それまでは、駕籠の中で外の様子を想像していた常真だったが、遂に耐えきれず、武者窓をわずかに開けて外の様子をうかがった。

案に相違せず、町には多くの人々が行き交い、なぜか皆、熱に浮かされたように先を急いでいる。

その向かう方角は一定していないものの、何かに急《せ》き立てられるように、それぞれの目的に向かって歩を速めていた。

――それもこれも、元をたどれば秀吉一個のためなのだ。

常真は、そのことに思い至った。

――哀れな者たちだ。

秀吉のために働く人々を蔑《さげす》もうとした常真だったが、まもなく己も、その一員になることを思い出した。

――哀れなのは、わしなのだ。

人々はバランキーを見て、一瞬、秀吉が乗っているものと思うのか足を止める。しかし、前後に翻《ひるがえ》る織田家の旗印を見るや、「なんだ」といった顔をして再び歩き始める。

バランキーに乗る者が誰かを想像し、額を寄せ合い、こそこそ噂話をしている者たちもいる。

織田家の旗印である永楽銭《えいらくせん》は、かつて畏怖の象徴だった。しかし今は、ただの旗でしかない。駕籠を指して何事か語り合う人々の面には、嘲《あざけ》りの色が浮かんでいた。

茜屋町の喧噪を後にした一行は、緩やかに左に迂回《うかい》する大手道を進んだ。

右手には台所丸、続いて山里丸が見えてきた。その眼下には鯱鉾池《しゃちほこいけ》が横たわっている。その上方には、五層七階の天守がそびえているはずだが、バランキーの窓には庇《ひさし》があり、上が見えない。

いずれにしても、こんな片田舎の漁村に、ここまでの巨城を築き、瞬く間に城下町を喧噪で溢《あふ》れさせてしまう秀吉という男は、いったい何者なのか。

――しかし秀吉が、いくらわが父をまねても、それは魂のない木偶《でく》にすぎぬ。その木偶が、上は帝《みかど》から下は凡下《ぼんげ》や地下人《じげにん》までも巻き込み、巨大な渦の中心を成している。何とも滑稽《こっけい》なことよ。

常真には、目に映るもの全てが秀吉の造った幻覚に思えた。

巨大な大手門をくぐった駕籠は、いよいよ名護屋城内に入った。

城内には、天守に劣らぬ豪壮な建築物が立ち並び、多くの武士が行き交っている。

名護屋城は、あらゆる点で信長が築いた安土城を上回っていた。

富という一点において、秀吉が信長をはるかに超えたことを、常真は認めざるを得なかった。

客殿の前でバランキーから下ろされた常真は、同朋《どうぼう》（茶坊主）に導かれ、上級家臣の控えの間らしき部屋に通された。

――ここで旅装を解き、着替えろということか。おそらく秀吉の常で、一刻は待たされるであろうな。

秀吉は元来、約束の時間に正確な男だった。信長が時間に厳格だったため、その家臣たちは皆そうなった。しかし関白になった頃より、秀吉はもったいをつけるつもりか、来訪者を待たせるようになった。

思えば秀吉という男も不思議である。信長在世の頃は、いかに自分を小さく見せるかに神経を使い、その死後は、逆に自分を大きく見せることに苦心している。

——藤吉、無理をするな。そなたはしょせん、草履《ぞうり》取りの猿でしかないのだ。

気持ちだけでも秀吉の上に立つことにより、常真は何とか心の均衡を保とうとしていた。

同朋が運んできた煎茶《せんちゃ》には、南蛮菓子らしきものが添えられていた。常真にとって、こうした贅沢品は久しぶりである。

その南蛮菓子に、常真が手を伸ばしかけた時、渡り廊下を歩いてくる足音が聞こえた。その慌《あわただ》しい足音から、その中に秀吉がいないことは分かったが、常真は南蛮菓子から手を引いた。

「滝川《たきがわ》下総守様、土方《ひじかた》河内守様でございます」

同朋の声が障子越しに聞こえた。

「構わぬ。入れ」

その言葉が終わらぬうちに、中年の男が二人、入室してきた。

かつて常真が百万石の身代《しんだい》だった頃、二人は宿老《しゅくろう》として家中に君臨していた。しかし今では、秀吉の側近くにあり、諸大名への申次のようなことをやっている。

――長らく見ぬ間に、少し顔《つら》が下卑《げび》たようだな。

秀吉に飼い慣らされた二人の面つきを見比べて、常真は内心、ほくそ笑んだ。

滝川三郎兵衛《さぶろべえ》雄利《かつとし》は伊勢国司・北畠氏の一族に列する木造《こづくり》氏の出で、信長の伊勢侵攻に呼応し、木造氏を北畠氏から離反させたことで頭角を現した。その功により滝川一益《かずます》の養子とされ、北畠具豊と名乗っていた頃の常真の重臣となる。

その後、紆余曲折を経て、齢《よわい》五十を数えた今は、秀吉の直臣《じきしん》として、伊勢神戸に二万石をもらっている。

今一人は土方勘兵衛《かんべえ》雄久《かつひさ》である。

織田家の寄子国衆の家に生まれた雄久は、齢四十のこの頃、伊勢菰野《こもの》に七千石をもらっていた。

信長はかつて、「三郎兵衛は物事を損得だけで考え、勘兵衛は頭の皮一枚で考える」と評していたが、まさに、二人の浅慮《せんりょ》により、常真はすべてを失い、落魄《らくはく》の身になったのだ。

「太閤殿下の機嫌はどうだ」

型通りの挨拶を終えると、常真は待ちかねたように問うてみた。

「ご機嫌ななめならず」

二人は顔を見合わせると言った。

常真は二人に覚られぬように、安堵《あんど》のため息を漏らした。

「とは申しても太閤殿下は、もはや常真様のよく知る羽柴筑前守ではありませぬ」

雄利が釘を刺すように言った。

「どういうことだ」

聞きとがめる常真に、雄久が戒《いまし》めるように言った。

「殿下は今や天下人でございます」

その一言で、常真はすべてを覚った。

――周囲に諫言《かんげん》する者はおらず、藤吉めは、これまで以上に勝手気ままに振る舞っておるのだな。

「それゆえ、殿下がいかなる皮肉を仰せになられても、笑みを浮かべて受け流し、いかなるものをくれると仰せになっても、ありがたく辞退なさらねばなりませぬ」

雄久が童子を諭《さと》すように言うと、雄利が「それ以外に、お家を再興する道はございませせぬ」と付け加えた。

――そなたらに言われずとも分かっておる。わしは、そのために参ったのではないか。

常真は黙ってうなずいた。

その後も二人は、秀吉との問答を想定した返答を教授した。

「事あるごとに殿下の偉業を賞賛し――」

「いかに落魄の身が辛いかを、憐《あわれ》みを請うように話し――」

「罪を許すと殿下が仰せになられましたら、感極まったように額を畳に擦り付け――」

「涙を流して、殿下の御徳《おんとく》をたたえるのです」

二人は、噛んで含めるように秀吉への対処法を常真に伝授した。

最後に二人は、「これらのことは、すべて石田治部少輔《じぶしょうゆう》殿から申し付けられております」と、付け加えるのを忘れなかった。

——此奴らは犬と同じだ。

常真は二人を見下すことにより、己の誇りを保とうとした。しかし、ほどなくして己も同じ犬になることを思い出し、暗澹《あんたん》たる気分になった。

やがて取次役が廊下を渡ってきた。いよいよ秀吉との対面である。

接見の間に通された常真は、またしても驚かされた。

接見の間には、狩野《かのう》派の絵師が描いた襖絵《ふすまえ》が飾られ、総檜《ひのき》造りの格《ごう》天井には紫《し》檀《たん》、黒檀材を使った緻密《ちみつ》な細工が施されている。

それは、大坂城、聚楽第、伏見城といった秀吉の創建した畿内の建築物と何ら変わらぬ豪奢《ごうしゃ》なものであった。

——藤吉は、ここを都にする気か。

秀吉は、己が心地よいと思う空間を九州の片田舎に再現した。それは、半島征圧や大陸進出がうまくいった際にも、同じことが、かの地で繰り返されることを意味していた。

秀吉を待ちながら、常真はその途方もなさに感じ入ると同時に、その愚劣な行為を軽蔑した。

――わが父に憧れ、わが父に代わって天下人にならんとしている藤吉は、わが父の本性（本質）を全く分かっておらぬ。最も近くにいたがゆえ、その本性を観ることのなかった男の不幸がここにある。

秀吉は信長の本質を理解できず、その容《かたち》だけをまねようとした。それが大坂城であり、聚楽第であり、伏見城だった。そしてまた名護屋城を築いた。

――この男は父に追いつこうと思うばかり、新たな権威の象徴を造り続けている。しかし藤吉は、決して父に追いつけはしない。巨大で豪奢な城を築けば築くほど、彼奴《きやつ》は己の小ささを思い知るのだ。

常真には、秀吉の心中が手に取るように分かった。

本格的石垣造りの城普請や、綿密な町割り（都市計画）と並んで、屋敷内の装飾が、どれほど本格的であるかが、秀吉の決意のほどを測る尺度である。

――藤吉は本気で唐入りするつもりだ。そして、大陸の富のすべてを手中に収めようとしておる。仮にそれが達せられたとしても、藤吉は欲の頸木《くびき》から逃れられぬ。もし藤吉に永劫《えいごう》の命があれば、南蛮まで攻め入り、この世のすべてを己のものとするだろう。しかしそれでも、藤吉は満たされぬ。富を手にすればするだけ、人をひれ伏させればさせるだけ、藤吉は己の小ささを思い知り、それを忘れるために、さらなる欲に身を焼かれるのだ。

いまだみずみずしい香りを放つ青畳を見つつ、常真は笑みを浮かべていた。

——決して満たされることのない欲を満たす旅の足がかりが、この城ということか。藤吉よ、父でさえ成し遂げられなかった唐入りを果たしたところで、しょせん、そなたは藤吉でしかないのだ。すべてが思い通り行っても、そなたは己の小ささを知るだけなのだ。

心中、常真はほくそ笑んだ。

四

天正十九年（一五九一）十月十日、盛大な鍬《くわ》入れの儀が執り行われ、名護屋城の普請が始まった。九州各地から集められた夫丸《ぶまる》（人夫）は十万に及び、一日の動員数は三万余に達した。

普請作事を担当した九州の諸大名らは、割普請と呼ばれる担当地区を決めて競い合う方法を取ったため、城は五カ月余で完成したが、労働環境は劣悪なものとなり、普請作事の最中に、疲労や病魔で倒れる者が続出した。

フロイスは、その著作『日本史』において、「多数の者が疲労、苦悩、重労働の果てに命を失った」と記している。さらに渡海用の大船の建造と、それに伴う水主の徴発も、九州各地の領民たちに大きな負担を強いた。

名護屋城は、肥前国東松浦半島の北端にある標高八十メートルの勝男《かつお》岳に築かれた。この地は朝鮮半島への最短距離にあたり、湾口にある加部《かべ》島が玄界の荒波を遮ってくれること、さらに湾の水深が深く、大型船の停泊に適していたことなどが選地の理由に上げられる。

その縄張りは本曲輪、二曲輪、三曲輪を中心にして、補助的な曲輪が周囲に広がる渦郭《かかく》式という築城様式を取っており、各曲輪の周囲には、野面《のづら》積みの高石垣が二重、三重にめぐり、その堅牢さは、城造りを知る者すべてを驚嘆させた。

城外に目を転じると、城を取り巻くように、諸大名の陣所が百二十余も点在しており、城と陣所の周辺には、城下町が形成され、軍事・生活物資が京や大坂から運ばれ、人口十万余を越える一大都市を支えていた。

この城と町こそ豊臣政権繁栄の象徴であり、桃山文化の集大成だった。


「殿下の御成りでございます」

同朋により秀吉の登場が告げられた。いよいよ対面である。常真と元宿老の二人は威儀を正すと、額を畳に擦り付けた。

やがて性急な足音が聞こえてきた。大股で精一杯武張っているつもりだろうが、床を伝う震動は軽やかである。

随伴する者から何かの報告を聞いているらしく、「ああ、分かった」「そうせい」という声も聞こえる。

「やあ、三介《さんすけ》殿、久方ぶりだの。息災のようで何よりだ」

広縁との間を仕切っていた腰高障子が開けられると、接見の間に百舌《もず》のように甲高い声が響いた。

三介とは出家前の常真の通称である。

「殿下こそ、ご、ご健勝で何よりにございます」

常真は図らずも舌がもつれた。しかも、三成から間接的に申し付けられていた秀吉の偉業をたたえる世辞が、なかなか出てこない。

「そんなに畏《かしこ》まらんでよい。面《おもて》を上げられよ」

常真は上目づかいに秀吉を見た。

——あっ。

そこには一匹の猿がいた。いや正確には、父が猿と呼んだ男がいた。

その体軀と不釣合いな極彩色の辻《つじ》が花染の胴服からのぞいた顔は、これが人の物かと思えるほど小さく、一年と二月《ふたつき》ほど前、最後に対面した時よりも、さらに多くの皺が刻まれていた。

その人懐《ひとなつ》っこい笑顔は、いかにも好々爺然《こうこうや》としていたが、その落ちくぼんだ眼窩《がんか》の奥にある眼光の冷たさは、以前と何ら変わらない。

「それにしても何年ぶりかの。前に会ったのは小田原陣の頃か」

常真を試しているのか、秀吉がとぼけたように問うてきた。

「はい、一年と少し前にお目通りさせていただきました」

「はて、そうであったか。このところ物忘れがひどくてな。これほどの大事まで忘れてしもうたわい」

今の秀吉にとって、いつ常真と面談したかなど、どうでもよいことである。それを「これほどの大事」と言うのは、明らかに皮肉である。

「さて、些細《ささい》な行き違いから常真殿の国を取り上げてしもうたが、あれから、よくお考えになられたか」

「はっ、勅命《ちょくめい》の重さに恐れおののき、悔い改めるばかりの一年でございました」

「ほほう、改悛《かいしゅん》したと申すか」

「ははっ」と言って、常真が青畳に額を押し付けると、秀吉は「それはよかった。実によかった」と言いながら、何度もうなずいて見せた。

――これで赦免が叶うやもしれぬ。

暗闇の中に一筋の光明が見えてきた。

「常真殿は、どうやら本気で心を入れ替えられたようだ。それなればこの秀吉、常真殿に元の国をお返ししよう」

「えっ」

あまりのことに常真は唖然とした。

「元の国で差し障《さわ》りがあれば、どこぞ望みの地を差し上げようと思うが、いかがかな。もちろん、以前の石高《こくだか》に見合った国を進呈する」

常真の以前の所領とは、尾張・伊賀・南伊勢に及ぶ百万石である。

――わしは百万石の太守に返り咲けるのか。

あまりのうれしさに涙がこみ上げてきた。

常真は、涙ながらに繰り返し礼を言う己の姿を想像した。それが、いかにみじめな姿であっても、百万石が返ってくるなら耐えられる。

しかし常真の口からは、心と裏腹な言葉が飛び出した。

「殿下の思《おぼ》し召しには、お礼の申し上げようもありませぬ。しかしこの常真は、すでに出家の身でございます。過分な領国はわが志と相反します。まずは、朝廷と殿下への忠節を示して後、どこぞに捨て扶持《ぶち》でもいただければ十分と思うております」

常真は、二人の元宿老を通じて三成から授けられた台詞を口にした。

「さすが織田家の御曹司《おんぞうし》。真に天晴れな志だ。一念発起《ほつき》する者はこうあらねばならぬ。しかし――」

秀吉の金壺眼《かなつぼまなこ》が光った。

「出家の身で、いかに忠節を尽くされるのかな」

常真は答えに窮した。

「恐れながら――」

背後に控えていた土方雄久が発言を求めた。

「常真入道は、今は出家の身でございます。しかしながら幼少の頃より、亡き総見院様（信長）の薫陶《くんとう》を受け、その知識と見識は実に広く深きものがございます。それをもって殿下にお仕えする所存。つきましては、まずは御伽衆《おとぎしゅう》の端にでも、お加えいただければ幸いかと」

御伽衆は御咄衆《おはなししゅう》や相伴衆《しょうばんしゅう》とも呼ばれ、主君の側近く仕え、話し相手になってやる仕事である。時には軍師並みの助言をすることもあるが、常は食事を共に取りながら、世間話の相手をする。

――信長の息子であるわしが、どこの馬の骨とも知れぬ男の夜話の相手をするのか。

常真は、情けなさで胸が張り裂けそうになった。

常真とて百万石が戻らぬことは覚悟している。しかし、せめてどこぞに一万石でももらい、織田家の菩提《ぼだい》を弔《とむら》うことができたらと思い、恥を忍んでここに来た。

しかし三成は、それさえも遠慮せよというのだ。

――そなたの魂胆《こんたん》は分かっておる。

秀吉とて百万石を返す気など毛頭ない。だいいち、そんな土地などどこにもない。秀吉にとっては、そう言い切ったことが重要であり、常真に恐れ入らせ、辞退させることが必要なのである。

この場には、小姓、祐筆《ゆうひつ》、同朋など同席する用人も多い。この話は彼らの口端にも上る。第三者がその話を聞けば、「さすが太閤、気前がよい」と思う反面、「織田殿の小心さよ」と嘲るはずだ。

三成という男は、そこまで計算しているのだ。

――しかし、この政権に服従するなら、そのやり方に従わねばならぬ。

「常真殿は、それでよろしいのかな」

にこやかな顔をしつつも、有無を言わさぬ口調で秀吉が問うてきた。

「はい」と言って常真が頭《こうべ》を垂れると、秀吉の口調が突然、変わった。

「実に天晴れ。実に殊勝。それでこそ総見院様の男子！」

脇息《きょうそく》に扇子を叩きつけると、秀吉が立ち上がった。それも演出の一つであることを、周囲は十分に分かっている。

「ありがたきお言葉」

常真は、畳の中に額をめり込ませるほどの気持ちで平伏した。

「この秀吉、感じ入ったわ。当分の間、わが側近くに仕え、いろいろと話の相手をしてくれ。さすれば、そのうちよきこともある」

「そのうちよきこともある」とは、秀吉の口癖である。現によきことがあった者もいる。常真はその言にすがるしかない。

「さて、これで三介殿の身の処し方も決まった。これで、わしの肩の荷も降りたというものだ」

秀吉は腰を下ろすと、意地の悪そうな笑みを浮かべた。

「ところで、常真殿が会いたいであろう御仁を呼んでおる」

「えっ」

予想もしなかった秀吉の言葉に、常真は戸惑った。その様子を見て秀吉は、いかにもうれしそうに近習に命じた。

「ここへ呼んでまいれ」

同朋の導きにより、秀吉に正対していた常真たちは、座を秀吉の右手に移した。

やがて広縁に通じる背後の腰高障子が開き、二人の男が入ってきた。

――いったい誰だ。

常真はわずかに頭を動かし、正面の座の秀吉に向かって挨拶する二人の男を盗み見ようとした。しかし後ろ姿だけで、誰とは分からない。

――どの道、織田家にゆかりある者に違いない。

正対する座に着いた二人に頭を下げると、ようやく常真は顔を上げた。

――あっ。

常真の驚く顔を見て、秀吉が大笑した。

「三介殿、どうだ驚いたか」

「いや、何と申し上げてよいか――」

答えに窮する常真を見て、秀吉は手を打たんばかりに喜び、顎で二人に挨拶を促した。

「北条美濃守氏規《うじのり》に候」

「板部岡江雪斎融成《いたべおかこうせつさいとおなり》に候」

二人は北条氏規と板部岡江雪斎だった。

「かつての敵も、今は同じ豊臣家中だ。これを機に親しくするがよい」

秀吉が満足げに笑った。

寄り合い所帯のような豊臣家中には、味方ばかりでなく、かつて敵味方に分かれて戦った者も多くいる。今は同じ家中とはいえ、そこは人である。親子兄弟を殺されていれば恨みもある。それをよく知る秀吉は、そうした遺恨を捨てさせるため、あえて戦った者どうしを対面させ、親しく行き来するよう促していた。

「その節は——」

何と言ってよいか分からず、常真が口ごもった。

「こちらこそ、天下の軍を預かる織田殿に対して失礼仕《つかまつ》りました」

常真の傍らに控える滝川雄利と土方雄久、氏規と共に来た板部岡江雪斎も通り一遍の挨拶の言葉を述べ、気まずい雰囲気の中、双方は向き合った。

「まあ、すぐに打ち解けよと言っても、無理な話なのは分かっておる。幸いにして美濃守殿も、わしと唐入りするためここにおる。三介殿も、これからずっとわしと一緒だ。狭い城下ゆえ、互いに行き来して次第に打ち解けるがよい」

得意げに双方を見比べると、秀吉は立ち上がった。

「わしは多忙ゆえ、これで失礼する。後は、ゆるりと昔語りなどするがよい」

秀吉はそれだけ言い残すと、来た時と同じ軽やかな足取りで去っていった。

双方は平伏し、その後ろ姿を見送った。

秀吉の去った後には、重い沈黙だけが残された。あらためて向き直っても、互いに話題などない。

やがて、その場の雰囲気を察した同朋が双方に退出を促した。

五

「十郎の様子はどうか」

氏房《うじふさ》の陣屋に入る際、氏規は法印（医師）の田村安栖《あんせい》に容態を問うた。

「ここ一月《ひとつき》が峠かと」

小田原時代から一族の脈を診てきた田村安栖が、ため息と共に言った。

「そうか」

氏規は、それ以上の詳しい容態を問う気になれなかった。問うても己にはどうしようもなく、失われる命はしょせん失われるという諦念《ていねん》が、脳裏を占めるようになっていたからである。

——わしは、血族の死を看取ることに慣れてしまったのだな。

肥前名護屋陣には、北条氏の一族では、氏規とその甥にあたる十郎氏房だけが陣所を構えていた。しかし氏房は流感を患い、明日の命をも知れぬ身となっていた。

氏規は氏房の身を案じ、毎日のように見舞いに訪れていた。

氏房の仮陣屋は、茜浜の漁師の家を借りたもので、諸大名が自己負担で建てた陣屋とは桁違いに小さく、陣屋と呼ぶのもおこがましいほど粗末なものである。

氏房は半身を起こし、漫然と名護屋湾を見ていた。

「風が入る。体に障るぞ」

氏規が、外に面した障子を閉めようとすると、氏房がそれを制した。

「叔父上、どうかそのままに。こうして海風にあたっていると、相模国を思い出しますので」

氏規はうなずき、障子をそのままにして腰を下ろした。

「今日は顔色もよいようだ。病魔が退散するのも近い」

「なんの、叔父上がお見えになる時だけ無理をしておるのです」

氏房が力なく笑った。その冷めた笑いは、二十七の若者のものとは思えない。

「もう唐津に戻ったらどうか」

唐津には、氏房の後見役の寺沢広政・広高父子がいる。唐津に戻れば、ここよりも行き届いた環境で療養できるのは間違いない。

「それは、寺沢殿からも勧められました。しかし、どうせ死ぬなら北条家のために、少しでも長くこの地にとどまりたいのです。ここにおれば太閤殿下の覚えもめでたく、北条家に少しでも役立てるかと思い――」

「そうか、そこまで一族のことを思うていてくれたか」

氏規は言葉に詰まった。

北条家第五代当主の氏直が前年にこの世を去り、小田原合戦後も、かろうじて生き延びてきた北条家の嫡流《ちゃくりゅう》も断絶となった。氏直に男子がいなかったためである。

これを憐れんだ秀吉は、北条宗家を氏規の嫡男氏盛に継承させた。しかしそうなると、氏直の次弟にあたる氏房の存在が浮き上がってしまう。本来であれば北条宗家は、氏房が継ぐのが筋だが、秀吉は氏房と面識がなく、以前から高く買っていた氏規の血筋に宗家の座を与えたのだ。

むろん、その決定に異議を唱えることなど誰にもできない。

唯一、氏房が朝鮮半島に渡って何らかの武功を挙げれば、別に一家を設けさせてくれる可能性がある。しかしたとえそうなっても、氏規が勝手に宗家を譲り渡すことなど許されない。

氏規の心中には、そのわだかまりが澱《おり》のように沈殿していた。

しかも氏房は重篤《じゅうとく》であり、朝鮮への渡海など到底、叶わぬ身になってしまっているのだ。

「叔父上、一つだけ、お聞きしたいことがあります」

氏規の苦悩を知ってか知らずか、氏房が一途《いちず》な視線を向けてきた。

「何なりと申せ」

「あの時のそれがしの判断は間違っていたのでしょうか」

あの時が、小田原の降伏開城時の混乱を指すことは明らかである。

氏房はずっとそのことを気に病んでおり、氏規と話す機会があるたびに、言葉を変えてそれを問うてきた。しかし今回は、やけに直截《ちょくせつ》である。

――十郎は己の死期を覚っているのだ。

小田原籠城戦の終盤、氏房は板部岡江雪斎と共に降伏開城に奔走した。

氏房らは、秀吉から何らかの条件を取り付けた上で降伏せんとしたため、その交渉は難航した。

秀吉は氏直と城兵の助命という降伏条件を認めたが、北条家のために伊豆一国を残してほしいという氏房の願いには難色を示した。実は、すでに伊豆は徳川家康に下賜《かし》されており、家康は奉行を伊豆各地に送り、領国統治を始めていた。

いかに秀吉でも、いったん決めたことを、すぐに覆《くつがえ》すわけにはいかない。交渉は平行線をたどった。しかも氏房らが、降伏交渉を始めているという噂が漏れ、城内に疑心暗鬼が渦巻いた。

主戦論者たちは、降伏するくらいなら城を出て討ち死にすると主張し、戦支度を始めた。しかし出戦《でいくさ》などすれば、城を出た者が討ち取られるだけでなく、城内に残った者も惣懸《そうがか》りを受けることになる。そうなると、罪もない町人や農兵から婦女子までもが巻き込まれる。

氏房は無条件降伏の線で、氏直の同意を半ば無理に取り付けた。

これにより北条家は、すべてを失った。

それが、ずっと氏房の心中にわだかまりとして残り、死の床に就く一因ともなっていた。

「叔父上、本当のお気持ちをお聞かせ下され」

氏房が、すがるような瞳を向けてきた。

「あの時、わしが小田原にいても、同じことをしていただろう」

小田原合戦当時、氏規は伊豆の韮山《にらやま》城に籠もっていたため、小田原開城時の交渉には関与していない。しかし後に聞いた話から、無条件降伏は致し方ないと思った。

「それを聞いて安堵いたしました」

心のつかえが取れたかのように、氏房がため息をついた。

「われら生き残った者どもは皆同罪だ。誰一人として早雲庵様に顔向けできぬ。しかし無益な戦いを防ぎ、無辜《むこ》の民を救ったそなたは違う。早雲庵様も必ずや同じことを思っておるはずだ」

「ほどなくして、それも確かめられまする」

氏房が力なく微笑んだ。

「何を言う。そなたは生きねばならぬ。そなたの命は、そなた一個のものではない。北条家のものだ。それをよくわきまえ、己の命を慈《いつく》しむのだ」

「兄上が死の床に就いた時、私も同じことを申しました。その時、兄上は仰せになられました。『せめて己の命くらい、己の気ままにしたいものだ』と。私は泣きました。いかに兄上が不自由な生涯を歩んできたか、それを思うと、とめどなく涙がこぼれました」

それを聞いた氏規に言葉はなかった。

その時、穏やかな海風が庭の樹叢《こむら》を揺らした。二人は、期せずして外に広がる大海を見た。

「叔父上、あの海は、浄土までも続いておるのでしょうか」

氏房の目は、すでに浄土を見ていた。

「そうであったらどれほどよいか。知っての通り、あの先には地獄がある」

たとえ死が近いとはいえ、氏規は氏房に嘘をつけなかった。

「唐入りとは、真に〝空虚の御陣〟でございますな」

〝空虚の御陣〟とは、この役《えき》を指して前野長康が言ったとされる言葉である。

「いかにも太閤殿下は自らの運と力を過信し、唐入りを企てた。それにより、朝鮮の民だけでなく、この国の民までもが呻吟《しんぎん》しておる」

唐入りによる被害は、戦場となった朝鮮半島の民だけでなく、九州をはじめとした西国各地にも多大なる負担を強いていた。

秀吉は、朝鮮半島を半永久的に支配すべく「久留の計《きゆうりゆう》」という方針を掲げたが、これは占領地での略奪・強姦・私刑等を禁じることで、朝鮮の民との融和を図り、朝鮮国を穏健に支配しようとする政策方針である。

この方針を貫徹するためには、日本国内における収穫物の収奪が激しくなる。

一時的に豊臣政権は八公二民という、民に死ねと言わんばかりの税率まで布き、民から糧を奪い取っては半島に送った。

「われら北条家は、あの時に滅んで幸いだったのかも知れませぬ。渡海すれば無益な殺生をせねばならず、早雲庵様の存念（理念）に反することになりましょう」

「それだけでなく飢餓《きが》や疫病《えきびょう》により、あたら無駄に兵の命を奪うところだった」

秀吉の朝鮮出兵すなわち文禄の役は、北条家滅亡から二年を経ずして始まった。

つまり、仮に北条家が秀吉に臣従して本領を安堵されたとしても、豊臣政権への新参者として、唐入りの尖兵《せんぺい》とされることは明らかだった。

「それこそは、早雲庵様が最も心を痛めることに違いない」

「さすれば、われらは滅びて幸いだったのかも知れませぬな」

「ああ、そうかも知れぬ」

氏規が心を慰められるのは唯一、そのことだけである。

「叔父上、今日もおいでいただき、ありがとうございました」

「うむ、また日を置かず来るつもりだ」

「叔父上こそ、お体を大切に」

そこまで言うと、氏房が咳き込んだ。その背をさすってやると、ほどなくして氏房の発作はおさまり、やがて導かれるままに仰臥《ぎょうが》した。

「くれぐれも無理をするな」

そう言い残して氏規が退室しようとすると、氏房がかすれた声で呼び止めた。

「叔父上、昔のことでございますが、真鶴《まなづる》に行った時のことを覚えておいでか」

氏房は懐かしげな瞳をしていた。

「そういえば、真鶴で遊んだことがあったな」

「はい、あの時、父上（氏政）も叔父上たちも皆、笑っておりました。叔父上は岩の間に手を入れ、それがしのために蟹を捕まえてくれました。その蟹が大きゅうて、兄上（氏直）の捕まえた蟹の倍はあった。あの時の兄上の口惜しそうな顔といったらなかった。それがしはあの時のことを思い出すと、今でも楽しい気持ちになります。あんな日がもっとあったらと、今更ながら思いまする」

そこまで言うと氏房は咳き込んだ。次の間に控えていた田村安栖が駆け寄り、介抱しようとしたが、それを制するように氏房が身を乗り出した。

「楽しきことも辛きことも、共にあるのが人生でございます。叔父上、今は耐えて下され」

それを言うと氏房は、安らかな表情で瞑目した。

四十八歳となった己の半分ほどしか生きていない氏房が、これほどの境地に達しているとは、氏規は思いもしなかった。

——その言葉、大切に胸にしまっておくぞ。

穏やかな名護屋湾の海風が、乱れた氏房の鬢《びん》を、わずかに震わせていた。


氏房の陣所を出た氏規は、駕籠を帰し、少ない供回りだけ連れて自らの陣所まで歩いた。

氏規の陣所は城の東北方にあり、豊臣家の重臣である長束《なつか》正家の陣所と境を接している。おまけに、その広さまで同等のものが用意されていた。

すでに豊臣大名となり、河内国内に九千石を賜っているとはいえ、五万石の長束正家と同等の格式を与えられるのは、破格の待遇である。

秀吉は氏規の才を高く買い、側近く置こうとしており、そのための厚遇だった。

しかしそうした秀吉の厚意も行き過ぎれば、秀吉側近の反感を買う。

氏規はそれを案じていた。

家康の謀臣にあたる本多佐渡守正信からは、遠回しな忠告も受けていた。

「殿下は実に移り気。人の才にほれ込めばたちまち傾倒し、手中に収めんといたしますが、いったん飽きたら実に冷淡」

かつて正信はそう言い、暗に氏規の豊臣政権への接近を妨《さまた》げようとした。それは、秀吉が気まぐれに「北条家に関東のどこかをくれてやれ」と言い出すのを恐れてのことだった。

ほぼ関東全土を秀吉から下賜されている徳川家では、この頃、ようやく関東経営が軌道に乗り始めており、小領でも領国内に他家の支配地が置かれては、様々な面で不都合が生じる。

本多正信が事例として語ったのは、石川数正のことである。

数正は、徳川家の重臣として豊臣家と交渉にあたるうち、その才をいたく秀吉に気に入られ、甘言《かんげん》をもって籠絡《ろうらく》された。突如として徳川家を出奔《しゅっぽん》した数正は、秀吉の懐に飛び込んだ。しかし案に相違し、秀吉の扱いは冷淡だった。

信州松本八万石を与えられはしたものの、徳川家の用兵や軍制などの情報を聞き出されて後は、数正は豊臣政権の中枢から遠ざけられた。

すでに固まった官僚組織に石川数正を加える愚を、秀吉は十分に分かっていた。無用の軋轢《あつれき》は火種となり、遂には豊臣政権をも滅ぼす大火となり得る。

氏規も、それは十分に心得ていた。

敗軍の一将である己が、秀吉に厚遇されることを嫉視《しっし》する輩《やから》は、豊臣家中にも多い。やがて秀吉が死せば、その矛先《ほこさき》は北条家にも向き、その時、北条家が、第二の死を迎える可能性がないとは言いきれない。

――ここからの立ち回りは、さらに難しくなる。何をするにしても、用心するに越したことはない。

氏規は自らに言い聞かせた。

古里町の根古屋《ねごや》（城下町）を抜けると、徳川家康の巨大な陣所が左手前方に見えてくる。一時的な陣所でありながら、家康の陣所は名護屋城の前衛出丸の役割を果たしており、総石垣の上に豪壮な建築物が、いくつも建てられていた。その前面には、本多忠勝と大久保忠世の陣所が、あたかも独立大名のように連なっている。

徳川家の陣所からは、おびただしい炊煙《すいえん》がたなびき、名護屋城の方に消えていく。

――それだけ多くの兵を養っておるということか。

その勢威は、零落した北条家と比ぶべくもない。

氏規は家康の陣所の前を通る度に、武家の盛衰の厳しさを感じた。

家康の陣所を通り過ぎた氏規は左手に折れ、自らの陣所に向かった。その道の途中に古い石段があり、その上には、名護屋湾が一望の下に見渡せる小丘《しょうきゅう》がある。以前は何かの社《やしろ》があったのだろうが、地積《ふぜい》のない狭い丘には、陣屋さえ置こうとする者はなく、そこだけは鄙《ひな》びた漁村の風情を残していた。

氏規はその場所を気に入っていた。

その日も物思いに沈みながら、氏規は朽ちかけた石段を登り、眼下に広がる光景を見渡した。

細長く伸びる名護屋湾の彼方には、糸島半島が横たわり、そこにそびえる可也山《かやさん》の麓には、深緑の棚田《たなだ》がかすかに望まれる。

主が誰であれ、そこはまごうかたなき日本国の領土であり、そこでは神話の時代から、民の生活が営まれてきたのだ。

――朝鮮国にも、こうした美しい風景はあるだろう。それをわれらは踏みにじっておるのだ。

氏規は無性に悲しかった。

──寸土を得んがために人を殺し、人の財を略奪する武家という生き物は、なんと不条理な存在か。非道で得た栄華は一時《いっとき》のものだ。たとえ百万石を得たとしても、一年でつぶしてしまうのなら、一万石を百年続ける方がよい。

氏規は自らの才を殺すことこそ、それを成し遂げる唯一の道だと信じていた。

──先祖の祀《まつ》りを絶やさぬだけの身代《しんだい》を得られれば、それでよいのだ。

己の才は誰に劣るものでもなく、ここに集まっている諸大名の中でも、一、二を争うものと、氏規は自負していた。

──しかし天がわしに課した使命は、北条家の血脈を絶やさぬようにすることだけだ。

氏規は、その使命と溢れ出る才との間で苦悶していた。

六

名護屋に来て五日目、御伽衆となった常真に初出仕の日がやってきた。

ここにやって来た当初は、大名に復帰するかもしれない常真に対し、周囲は丁重に接した。しかしそうならなかったことで、周囲の扱いは変わるに違いない。そうした仕打ちに耐えながら、かつて蔑んだ御伽衆として、常真は城内を行き来せねばならぬのだ。

常真は深くため息をつくと、登城の支度を始めた。

御伽衆とは、常に主君の傍らにあり、様々な相談に与《あずか》る者をいう。武芸、学問、文化などの特定分野に精通した者が選ばれ、扶持《ふち》は蔵米《くらまい》から供された。

この職は、室町幕府全盛時に自然発生的に生まれた非公式なもので、その頃は相伴衆と呼ばれていた。高僧、禅坊主、隠退した幕府高官らが就くことが多く、若い将軍に様々なことを教授することを期待されていた。

豊臣政権初期には、零落した元大名、老いた武将、学者、医者、坊主、茶人、連歌師、町衆など雑多な者が御伽衆を務めていた。

その後、豊臣政権安定期に制度化され、最盛期には二十二人の定番《じょうばん》と臨時の者が加わり、日に三交代で、それぞれ三日に一度の出仕が義務づけられた。

秀吉の最晩年には、家康までもが御伽衆とされ、前田利家、浅野長政、蒲生氏郷《がもううじさと》といった錚々《そうそう》たる面々が加わることになる。尤《もっと》もこれには、秀吉自身が彼らと接する時間を多く取り、後事を託したいという切なる願いがあったからである。

「お迎えが参りました」

小者が迎えの到着を告げてきた。

「すぐに参る」

御伽衆という雑多の中に身を置き、秀吉に世辞の一つも言いながら機嫌を取り結ぶなどという芸当が、果たして常真にできるかどうか分からない。しかしそれをやらねば、大名に復帰することは叶わぬのだ。

常真は意を決すると立ち上がった。

――蔑みたければ蔑め。嘲りたければ嘲るがいい。

背筋を伸ばして顎を少し上向きにし、常真は大股で歩き出した。父信長が城内を歩く時の癖をまねてみたのだ。しかし、すぐに喩《たと》えようのない空《むな》しさに襲われた。

――歩き方だけまねて何とする。さらなる人の嘲りを買うだけではないか。

常真は再び肩を落とし、己本来の歩き方に戻った。

迎えの駕籠に揺られて本曲輪に向かう道すがら、常真は、これまでの生涯を回想した。

永禄十一年（一五六八）、父信長は足利義昭を奉じて上洛を果たした。翌年には、京洛の地を制していた三好三人衆を駆逐し、松永久秀を臣従させた。続いて信長は、北伊勢国人の神戸《かんべ》・関・長野三氏を降《くだ》して南伊勢への侵攻を開始した。

南伊勢には、国司の北畠氏が南伊勢五郡と大和宇陀《うだ》郡を領し、重臣の木造《こづくり》氏と共に根強い勢力基盤を築いていた。

北畠氏が容易に屈しないことを知った信長は、まず調略による陣営の切り崩しを始めた。

木造氏の縁者（一説に木造家の男子）で源浄院《げんじょういん》の僧侶主玄《しゅげん》（後の滝川三郎兵衛雄利）と、木造家重臣の柘植《つげ》三郎左衛門保重《やすしげ》を使い、宿老の木造具政《ともまさ》を籠絡、木造一族もろとも織田方に内応させた。しかし北畠家当主具教《とものり》は、なおも大河内城に籠もり、信長に対して徹底抗戦の姿勢を貫こうとした。

怒った信長は、五万の大軍で大河内城を攻め立てたが、城は容易に落ちず、譲歩せざるを得なくなった。すなわち当時、三介と名乗っていた信雄を養子とするなら、北畠家の存続を許すという条件での和睦である。衰勢挽回は困難と感じたのか、北畠具教もこれに同意し、和睦が成立した。

これにより三介は、由緒ある北畠家の世継ぎとなった。

元亀三年（一五七二）、三介は元服させられ、北畠具豊《ともとよ》と名乗ることになった。

天正二年（一五七四）には、伊勢長島の一向一揆攻めで初陣を飾る。

義父となった北畠具教は、当初の条件とは異なり、財産や権限すべてを剝奪された上、出家させられた。それでも不安な信長は天正四年（一五七六）、北畠一族を滅亡に追い込んだ。

ここに八代続いた伊勢北畠氏の正統は断絶し、具豊も織田信雄となる。

これにより織田家の伊勢支配が確立した。

天正五年（一五七七）の紀州雑賀《さいか》攻めで功を上げた信雄は、天正七年（一五七九）、柘植保重と滝川雄利の勧めに従い、信長に無断で伊賀に侵攻した。しかし草深い伊賀山中で大軍の進退がままならず、神出鬼没の伊賀惣国一揆に打ち負けた。この時、柘植保重も討ち死にを遂げる。信雄、二十二歳の時である。

勝手に伊賀に攻め入ったのみならず、不様な敗戦を喫し、信長の強い叱責を受けた信雄は、消え入るように謹慎していた。

翌年、本拠の田丸城が全焼したため、信雄は新たに築いた松ヶ島城に移った。天正三年（一五七五）に創築したばかりの田丸城は、使い込みが発覚するのを恐れた蔵奉行が放火して全焼したという。信長に失火責任と松ヶ島城創築に伴う出費を強く咎められた信雄は、さらに身の置き所がなくなっていた。

天正九年（一五八一）、名誉挽回の機会はめぐってきた。信長から再度の伊賀征伐を命じられたのである。丹羽《にわ》長秀《ながひで》、滝川一益、蒲生氏郷といった信長股肱《ここう》の重臣たちを援軍に迎えた信雄は、伊賀に攻め入り、惣国一揆を壊滅させた上、伊賀の地を焼き尽くした。

その後、征服地の検分に訪れた信長に対し、信雄は「御殿、御座所我劣らじと綺羅をみがき、御普請、御膳進上の用意、おびただしき次第なり」（『信長公記』）と記されるほどの慌てぶりを示したが、めでたく伊賀全土が、信雄とその寄騎《よりき》のものとなった。

討ち死にした柘植保重に代わり、この頃から土方雄久が台頭、信雄側近の座に収まっていた。

一方、信長は天下統一に邁進《まいしん》していた。

天正十年（一五八二）三月、信長は宿敵の武田勝頼を滅亡に追い込み、甲斐と信濃を手に入れた。これにより織田家の所領は四百万石に及んだ。

武田氏を滅亡に追い込んだ戦いでの兄信忠の活躍は目覚しく、名実共に信長の後継者として、信忠は地歩を固めつつあった。

ところが同年六月二日、驚天動地《きょうてんどうち》の事件が起こった。

本能寺の変である。

その報に接した信雄は、しばし放心し、続いて凄まじい不安に襲われた。しかしそれと同時に、かすかな安堵を覚えたのも事実である。

畏怖すべき唯一の存在だった父信長が死んだということは、もう誰の顔色もうかがう必要はない。かすかな安堵感はそこから来ていた。

しかし、信長の後継者と認められていた兄信忠も討ち死にしたと聞いた時、重圧は波濤《はとう》のように押し寄せてきた。

――ということは、わしが天下を統《す》べるのか。

冗談ではないと信雄は思った。

しかし、よく考えてみると、父の天下がそのまま手に入ったわけではない。まず、父を殺した明智光秀を討たねばならない。しかし凡庸《ぼんよう》な己が、軍略に長けた光秀をいかに倒すというのか。

一方、能はなくとも野心だけは人並みにある重臣たちは、これを千載一遇の機会と捉え、「安土に入るが上策」と信雄に勧めてきた。

信雄はたじろいだ。

逆臣光秀を討てば、世間は信雄を織田家の跡目として認めるに違いない。しかし、織田家中随一の知恵者である光秀を討つのは容易なことではない。

むろん信雄とその幕僚に、光秀を確実に斃《たお》せる方策など浮かばない。

しかし信雄は、信長の子として何かやらねばならない立場にある。何かやらねば、天下人の後継者として世間は認めない。

その何かこそ、安土城に入り、織田家健在を世に知らしめることであると、滝川雄利と土方雄久の二人は説いた。たとえ光秀が安土に兵を向けても、籠城戦となれば野戦より危険も少なく時間も稼げる。その間に、家康をはじめとした信長恩顧の者どもが、各地から駆けつけてくるはずだと二人は力説した。

一方、本能寺の変当時、四国征伐の総大将に任命されていた三男の信孝は、摂津の住吉にいた。そこには、共に四国に渡海する予定の丹羽長秀も在陣しており、信孝と長秀は一万四千という大軍を擁していた。

彼らこそ光秀追討の一番手だったが、不幸にも事件のあった京に近すぎたため、信長の横死が知れわたるや、兵は逃げ散ってしまった。

この時の混乱は信孝を浮き足立たせ、常に沈着な丹羽長秀にも、それは伝染した。

二人は残兵をまとめ、あろうことか大坂に戻り、同じく四国出兵の支度をしていた津田信澄《のぶずみ》を襲ったのだ。信長の甥にあたる津田信澄が、光秀の女婿《じょせい》だったことがその理由である。

この「一段逸物也《いちだんのいつぶつなり》」（『多聞院日記』）と評された信長の甥は、わずか二十五歳で、わけもわからず殺された。

光秀の行動が親しい者にも告げられていなかったと分かるのは、後の話である。

結局、秀吉軍に合流せざるを得なくなった信孝と長秀は、秀吉の天下簒奪《さんだつ》の片棒を担ぐことになる。

六月四日、朝廷工作を済ませた光秀は、いったん本拠の近江《おうみ》坂本城に戻り、諸方面に与同勢力を募ると、その鋭鋒を安土に向けた。

本能寺の変当時、安土では、留守居役の蒲生賢秀《かたひで》が信長の正室・濃姫《のう》（安土殿）をはじめとした信長眷族《けんぞく》を守っていた。

光秀が安土に向かったことを知った賢秀は、留守居の兵力だけでは抗し難いと判断、自らの本拠である近江日野城に退いた。

この時、安土城を焼くことを勧める家臣もいたが、賢秀は「右府《うふ》様（信長）、左《さ》中将《ちゅうじょう》様（信忠）ご存命の可能性がある限り、城は焼かぬ」という方針を貫いた。

かくして安土は空城《からじろ》となった。

坂本から安土に至るには、瀬田を通るのが最短距離である。近江瀬田城を守る山岡景隆《かげたか》は、光秀への与同を拒否し、抗戦する旨を信雄に伝えてきた。

信雄の後詰《ごづめ》を期待してのものである。この言葉通り、景隆は瀬田の唐橋を落として籠城した。光秀は瀬田の唐橋が落ちたことを知ると、坂本より普請人足を呼び寄せ、修築にあたらせた。このあたりの手際のよさは光秀ならではである。

数日で橋を架け直した光秀は、瀬田城には見向きもせずに安土に向かった。景隆も光秀を恐れ、兵を出すことはなかった。

居城の松ヶ島から安土へは、大軍を率いても一日あれば着く。秀吉であれば、軍列など考えずに駆けに駆けたはずである。

しかし、そこが信雄である。

信雄はきらびやかな軍装を好み、その軍団にも華麗な彩りを施していた。

黒、青、緑、茶と四つの衆（尾張・伊勢・伊賀・大和）ごとに基本色を定め、徒《か》士《ち》の胴丸には、必ず永楽銭の紋を入れさせていた。

このような時だからこそ、織田家健在を示す必要があると信雄は思った。そのため軍装を厳しく定めたことで、家臣団の支度に時間がかかり、丸一日を空費した。

それでも主君の仇を討つ義戦ということで、信雄軍団の士気は横溢《おういつ》していた。

大義は自軍にあり、拠って立つ安土城は天下布武の城である。勝てないまでも、そう簡単には負けない戦になると、彼らは考えていた。

もちろん光秀を斃すことで信雄を天下人に押し上げ、自分たちも栄達に与《あずか》ろうという思惑があったことも確かである。

ところが、信雄一行は近江土山《つちやま》城まで来たところで動けなくなった。

相次いで放った物見や遠候《えんこう》からもたらされた情報は、光秀の用意周到さを物語るものばかりだったからである。

「光秀は、帝の綸旨《りんじ》を入手する根回しが終わっている。よって光秀に敵対する者は朝敵となる」

「細川と筒井は光秀に馳走（味方）する模様」

「毛利が光秀に呼応して上洛の兵を発した」

こうした真偽入り混じった情報に惑わされた信雄は、安土城を目前にして逡巡《しゅんじゅん》していた。

そうこうしているうちに、六月六日深夜、光秀が安土城に入ったという報が届いた。これで安土城に拠り、光秀と戦うという千載一遇の機会は潰《つい》えた。

光秀の動きは早い。

翌七日には、安土に誠仁《さねひと》親王の使者を迎え、正式な禁裏守護者としての綸旨を受けた。信長の城で、その後継者として綸旨を受けることにより、その地位を磐石《ばんじゃく》なものにしようというわけである。

信雄は指をくわえてこれを見ていた。

一方、光秀は信雄を無視したかのように安土に居座り、各地の有力者に味方するよう使者を飛ばした。

しかしそれも束の間の九日、敵味方を驚愕《きょうがく》させる一報が届いた。

毛利征伐に赴き、備中高松城に釘付けにされているはずの羽柴秀吉が、長駆して京に向かっているというのである。九日には、すでに姫路を発ったという。

この報に接するや、光秀は安土城に一族の重鎮《じゅうちん》・明智左馬助秀満を残して上洛した。細川藤孝父子や筒井順慶といった面々に援軍を要請するためである。

一方、十一日に尼崎に至った秀吉は、神戸信孝、丹羽長秀、池田恒興の諸勢と合流を果たし、三万五千の大軍に膨れ上がった。対する光秀は、細川や筒井から色よい返事をもらえず、致し方なく単独決戦に向かう。

十三日早暁《そうぎょう》、両軍は山崎の隘路《あいろ》で激突した。

その情報は土山城にももたらされた。しかも、それと相前後して明智秀満に率いられた四千の別働隊が、安土を出たという情報も届く。

秀満は信雄への抑えであり、信雄に動きがなければ安土にいる必要はない。

安土城を捨てても戦場に駆けつけねばならぬほどの緊急事態が出来《しゅったい》したのか。

しかし、なぜ秀満は安土城を焼かなかったのか。それは明智方の勝利を意味するからか。

信雄主従は額を寄せて考えたが、情報は少なく、いっこうに方針は固まらない。

いずれにしても、安土城は再び空城となった。信雄に再び天運が開けたのだ。

信勝らはひとまず安土に入り、秀吉と光秀の決戦の帰趨《きすう》を見定めようということになった。

ところが安土に入るや、驚くべき情報が待っていた。

山崎に向かったはずの明智秀満の軍勢が、野洲《やす》で反転し、安土に戻ってきているというのだ。さらに、立て続けに秀吉と光秀の決戦の第一報も届いた。

「秀吉と光秀が山崎の野で激突。その結果、明智方大勝利。秀吉勢壊乱《かいらん》」

最も恐れていたことが起こった。

秀満も、これを知っているのであろう。それで安堵して反転したに違いない。

秀満反転と明智方勝利の情報は、見事に符合していた。

「どうしよう」

この時、信雄が発した最初の言葉である。

「かくなる上は、この城を焼き、伊勢に退去するほかありませぬ」

滝川雄利が義父の一益をまねた塩辛声《しおから》で言った。しかしその策は、知略縦横の義父に及びもつかない、ただ兵を引くという凡庸なものである。

「この城を焼くのか」

信雄が問うと、土方雄久は「それしかありますまい」と答えつつ、すでに腰を浮かせかけている。

「この城は父の城である。わしに焼くことなどできぬ」

「焼かねば、敵は、この城を拠点として松ヶ島城を攻めること必定《ひつじょう》。焼いておけば、しばしの時を稼げまする」

滝川雄利が当然のごとく言った。

安土を取られては、坂本から伊勢に至る兵站線《へいたん》が確保される。しかし焼いておけば、小屋掛け（陣の設営）などの必要が生じ、些少なりとも時間は稼げる。

「それでも城を焼くのは嫌だ。わしは怖いのだ」

信雄は、駄々をこねるように首を横に振り続けた。

「殿、光秀ごときを恐れることはありませぬ」

滝川雄利がたしなめたが、信雄は熱に浮かされたような目をして言った。

「いや、そうではない。わしが恐れているのは、父上である」

二人の宿老は顔を見合わせた。

「右府様は、すでにこの世におられませぬ」

土方雄久が子供を諭すように言った。

「いや、わしは父が怖い」

信雄にとって生きていようが死んでいようが、父が最も恐ろしかった。その父が丹精込めて築いた安土城を焼くなど、考えもつかないことである。

――安土城は父同然だ。その父を息子の手で焼くことなどできるか。

信雄は無意識に首を横に振り続けた。

「ともかくも、秀吉は敗れて光秀が勝ちました。次なる光秀の狙いは当然、安土でしょう。われらは蒲生殿に倣《なら》い、この城を出るしかありませぬ」

必死の形相で二人の宿老は迫った。

「逃げるのはよいが、城は焼かぬぞ」

「仰《せ》せの通りにいたします」

結局、急き立てられるようにして、信雄は伊勢に退去させられた。

信雄が去るのを見届けた二人の宿老は、ためらわず城に火をかけた。

二人にとって、死せる信長より明智勢の方がはるかに怖かった。

多少なりとも文化財の重要性を認識していた蒲生賢秀と明智秀満が、あえて焼かなかった安土城の運もここまでだった。

信長の築いた壮麗な神殿は、紅蓮《ぐれん》の炎に包まれ、一夜にして灰燼《かいじん》に帰した。

しかし、その頃から正確な情報が相次いで届き、山崎合戦は、秀吉方の大勝利に終わったことが判明した。

明智秀満が安土を後にし、本拠の坂本城に向かったという情報も届いた。反転は誤報であり、野洲で敗報を聞いた秀満が、進む方向を山崎から坂本に変えたというのが真相である。

二人の宿老が、馬を飛ばして南下する信雄に追いついてきた。

「城を焼いたと申すか」

二人の報告を聞いた信雄は啞然とした。

「そなたらは妄説（不確実な情報）を信じ、焼かずともよい城を焼いたか」

「はい、そういうことになります」

信雄は、全身の力が抜けるような無力感に襲われた。

――わしは父の城を焼くために、走り回っただけではないか。

一方、曲がりなりにも山崎合戦に参加した信孝が、この後の後嗣《こうし》争いにおいて圧倒的優位に立つことは明白である。

――三七との後嗣争いに敗れれば、その先に待つのは破滅だけだ。

信雄は重い足取りで、伊勢への道をたどった。


名護屋城本曲輪にある秀吉の館に到着した信雄すなわち常真は、控の間らしき小さな部屋に通された。

「殿下のお召しがあるまで、こちらでお待ち下さい」

取次役の口調も、明らかに昨日とは違う。その威圧するような声音に、常真は、これから始まる屈辱の日々を思った。

「失礼仕る」

常真が憂鬱《ゆううつ》な思いに沈んでいると、障子の向こうから声がかかった。

「板部岡江雪斎でございます」

「ああ江雪殿か、お入りくだされ」

江雪の声を聞き、常真は救われた気分になった。

北条家旧臣の板部岡江雪斎は、この時、すでに齢《よわい》五十六を数える。

北伊豆の土豪の家に生まれ、禅僧を経て北条家に出仕した江雪は、めきめき頭角を現し、四代当主氏政により、男子が途絶えた北条家重臣・板部岡家に養子入りさせられ、その名跡《みょうせき》を継いだ。

五代当主氏直の代には重臣中の重臣となり、小田原城の留守居役や重大案件の使者などを任されるようになった。

小田原合戦で秀吉に敗れた北条家が、小田原城を明け渡す際、交渉役となった江雪は、自らの死をもって主家を救おうとした態度を秀吉に気に入られ、一命を救われた上、御伽衆の列に加えられた。

「常真様、先日は殿下の御前であったゆえ、顔合わせだけで失礼仕りました。わが旧主筋の美濃守（氏規）も、今後は誼《よしみ》を通《しん》じたいと、申しておりまする」

江雪は、常真という一個の人間に真摯な姿勢で接してくれる数少ない人物の一人である。その言葉の端々からも、それがうかがえる。

「江雪殿は、それがしの師匠も同じ。豊臣家中に、よろしくお引き回しいただければ幸いでござる」

「それがしも小田原合戦後に加わった新参者にすぎませぬ。殿下の御伽衆には、長く務める者があまたおりまする」

「いやいや、この仕事は長さではありますまい」

「いかにも」

二人は笑みを交わした。かつて敵味方に分かれて戦ったとはいえ、今では同じ秀吉の御伽衆である。二人の間に、自嘲といたわりの混じった空気が漂った。

「殿下のお召しでござる」

取次役に促されて二人は立ち上がった。

この召しには、どうやら江雪も呼ばれているらしい。

取次役に導かれるようにして、常真と江雪は対面の間に向かった。

七

無聊《ぶりょう》を慰めるため、氏規は、名護屋城の前面に広がる茜浜をよく散歩した。

穏やかな日差しの下、小姓二人を従え、氏規は材木町方面に向かって歩いていた。

名護屋湾は風もなく凪《な》いでおり、沖合で網を打つ漁船の姿も、どこかしらのんびりしているように感じられる。この海の彼方で、激しい戦いが繰り広げられているなどとは想像もつかない、のどかな光景である。

――人はなぜ争うのか。他人の物を奪うためか。いかにも他人の物を奪えば、己は豊かになる。しかし奪われた者は、深い恨みを抱いて死んでいく。秀吉は、そんなことを気にもせず頂点に上り詰めた。この国で最も富を持つ男は、最も恨みを買っている男でもあるのだ。そして、さらなる恨みを買うべく、大陸への侵略を開始した。秀吉の欲は、とどまるところを知らぬのだ。

しかし氏規自身も、秀吉と同じ原理で動く戦国大名家の一員として、自領の拡大に加担していたという事実は否定できない。

――それが正しき道と、当時のわしは信じていた。北条家の敵は、民から富を搾《さく》取《しゅ》する者どもであり、彼奴らから領土を奪っても、何ら悪いことではないと、わしは信じようとした。

しかし現実は違っていた。たとえ北条家の理念が、初代早雲の唱えた「禄寿応《ろくじゅおう》穏《おん》」にあるとしても、すべての家臣や寄子国衆の望みは、「より豊かになりたい」という一点に尽き、それを原動力として北条家が、多くの力を結集していたのは否めない事実である。

いつしか建国当初の理念は薄れ、北条家は、近隣大名と何ら変わらぬ原理で動くようになっていた。

――わしが守ろうとした北条家とは、何であったのか。

いくら問うても決して得られない答えを、氏規は探していた。

伊勢新九郎盛時《いせしんくろうもりとき》という男が東国に下向し、新たな国家の建設を始めたのは、ちょうど百年ほど前のことである。

盛時は出家して早雲庵宗瑞《そうずい》と名乗り、関東一帯を駆け回り、伊豆と相模の二国を手にした。

宗瑞は、「禄寿応穏」すなわち「民の禄（財産）も寿（命）も、応《まさ》に穏やかなるべし」という理念を掲げ、支配被支配の関係にあった民と、共存共栄していける国家を築かんとした。

その理念は、二代氏綱から三代氏康へと受け継がれていった。彼らは、農民から搾取するだけの存在に堕していた関東公方《くぼう》・管領《かんれい》らの室町幕府旧勢力を駆逐し、理想国家建設に邁進《まいしん》した。

四代氏政の代には、越後の雄・上杉謙信の勢力を関東から一掃、関東の大半を手中に収めた。しかし天下布武の旗印を掲げ、統一政権樹立を目指した織田信長、さらに、その家臣で頭角を現した豊臣秀吉の登場により、北条家の夢は頓挫《とんざ》する。

とくに秀吉は、軍事・経済両面において強大な力を有し、関東を基盤とする北条家単独では、抗しようもない相手だった。

氏規ら穏健派は、秀吉と戦にならぬよう懸命な外交努力を続けるが、紆余曲折を経た後、どうしても戦わざるを得ない状況に立ち至る。

ふと名護屋湾の沖を見ると、あまたの軍船の間を縫うようにして漁船が行き来していた。

――小田原が包囲された時もこうであったな。

北条家が断末魔を迎えている時でも、敵方の軍船の間を縫い、漁師たちは海に出て、日々の糧《かて》を求めていた。

おそらく、この出征が失敗に終わり、朝鮮半島から諸大名が引き揚げてくれば、ここ名護屋は元のさびれた漁村に戻るだろうが、それでも人々の営みは、たゆまず続くに違いない。

——民は変わらぬ。変わるのはその上に立つ者だけだ。

氏規は修羅の日々に思いを馳せていた。

天正十六年（一五八八）四月、秀吉主催による後陽成帝《ごようぜいてい》の聚楽第行幸《じゅらくていぎょうこう》が行われた。これこそ秀吉の天下平定を祝う一大祝典だったが、居並ぶ諸大名の中に、北条氏の姿はなかった。北条家中では、京の統一政権に対する極度の不信が醸成されており、家論の統一がままならず、秀吉からの再三の上洛要請を無視する形になっていた。

氏規は、主戦派の長兄氏政と、氏政以上の主戦論者である次兄氏照への説得に力を尽くしたものの、彼らは耳を貸さず、豊臣政権との関係は悪化の一途をたどっていた。

一方、帝の聚楽第行幸後、秀吉は北条家に詰問使を出すことを奉行に命じ、家康には、起請文《きしょうもん》による最後通告を行うことを要請した。

五月、富田知信・津田信勝ら詰問使が小田原に到着、当主氏直の上洛を促した。続いて家康からも起請文が届いた。その内容は、氏政か氏直の上洛が叶わぬなら、せめて氏政兄弟（氏規のこと）が上洛すること。それもせぬなら、氏直に輿入《こしい》れさせた家康息女の督《とく》姫を返せという差し迫ったものだった。

元々は、家康が秀吉の外交に屈し、同盟国の北条家を置き去りにしたために起きた軋轢《あつれき》だったが、家康は北条家を臣従に誘ったことで責任を果たしたと思っており、謝罪は一切なかった。それもまた主戦派の神経を逆撫《さかな》でしていた。

かくして、豊臣方諸大名に領国を取り囲まれた北条家は関東に孤立した。

さすがに事ここに至り、氏直は父氏政と叔父氏照の意向を無視して、豊臣家への臣従に傾き、氏規の派遣を決定した。

実はこの七月、秀吉実母の大政所《おおまんどころ》が病に倒れ、家康夫妻（正室の旭《あさひ》は大政所の実子）が見舞いに行くので、それに氏規を同行させてはどうかと、家康から打診があったのである。

この機を逃しては、取り返しがつかないことになる。その思いは氏直も氏規も同じであった。

一方、関東各地に散った主戦派の氏政・氏照・氏邦の三兄弟は、厳しい事態に直面していた。彼らが恃《たの》みとする関東諸城の防衛力強化に遅れが目立ち、防衛構想が破綻《はたん》しかけていたのである。

この頃、鉄砲は射程や精度が向上し、爆発的に普及もしていた。さらに大砲の輸入などにより、兵器の進化には目を見張るものがあり、それに適応した城を築くのは容易なことではなかった。

彼らは、関東全土に水も漏らさぬ防御網を築くことは不可能という結論に達し、時間稼ぎのための見舞い言上だけであれば、氏規上洛もやむなしという結論に至った。

七月下旬、小田原城で行われた大評定において、氏規の上洛は認められたが、氏照は「此度《こたび》の上洛は見舞いであり、秀吉への臣従ではない」と言い張り、この機に話を臣従まで進めようとする氏規の主張と真っ向から対立した。

議論は平行線をたどった。

しかし、「上野《こうずけ》の領土紛争を秀吉に裁いてもらい、上野一国を安堵してもらえれば、臣従もやむなし」という氏邦の出した妥協案に、さすがの氏照も折れ、氏規は、晴れて北条家の総意を代表して上洛することになった。

ちなみに上野の領土紛争とは、天正壬午《じんご》の乱後の和睦条件で決められた徳川・北条両家間の国割に、徳川傘下の真田昌幸が同意せず、上野国の沼田領から立ち退《の》かなかったために起こった紛争である。

七月末、大政所の病気見舞いという名目ながら、臣従の内意を胸に抱いた氏規は小田原を後にした。

八

「ちこう寄り、これを見よ」

五間ほど離れた下座に平伏する常真と江雪斎に、一段高い座から秀吉の声がかかった。

二人は膝をにじり上座に近づいた。

「何とも不思議なものよ」

秀吉は得体の知れぬ物体を手にしている。

よく見ると、それは固定した軸を中心にして回転する球のようだった。

秀吉は童子のように、それをぐるぐる回しては喜んでいる。

「これは、伴天連《バテレン》からもらった地球儀というものだ。なぜ丸いのかはよく分からぬが、ここに世界というもののすべてが収まっておるそうな。常真殿、世界とは何か分かるか」

言葉に詰まった常真を見て、秀吉は上機嫌で世界という概念について説明した。

「というわけで世界は広い。お分かりいただけたかな」

「恐れ入りました」

二人はそろって平伏した。

「そこでだ——」

秀吉は立ち上がると、猫のような身のこなしで上段を降り、常真の前にしゃがんだ。その素早さは若い頃のままである。

「唐土《もろこし》を制したあかつきには、わが国の都をかの国の北京に移し、後陽成帝を動座する。関白（秀次）には唐国《からくに》の関白職を与え、朝鮮にも国王を置く。むろん日本国は、日本国の関白位にある者に任せるつもりだ」

老人特有の秀吉の体臭が鼻をつく。

「つまりだ――」

秀吉の皺深い指が、地球儀に描かれた染みのような場所をなぞった

「日本、朝鮮、唐国の三国を国割りし、民の末端まで安楽に暮らせる王道楽土を築くのだ」

――この男は狂っている。

常真は即座にそう思った。

――それにしてもなぜ、われらにこのような話をするのか。

常真は不審に思った。その気配を察した秀吉がにやりとした。

「日本国の関白職は、備前中納言（宇喜多秀家）あたりに任せようかと思うたが、いかんせん若すぎる。そこでだ――」

秀吉は一息つくと、二人の顔を見比べた。この間合いこそ、相手の喜ぶことを言う際の癖である。

「三介殿には、日本国の関白をやってもらう。亡き総見院様（信長）の切り取ったこの国は、すべてお返しいたそう」

——あっ。

唖然とする常真の顔をまじまじと見つめて、秀吉は、いかにもうれしそうに言った。

「この秀吉に二言はない。のう佐吉」

秀吉は、側近く控える有能な秘書官に同意を求めた。石田三成である。

三成は軽く会釈し、螺鈿《らでん》がちりばめられた書状入れから一枚の紙を取り出すと、それをうやうやしく捧げ持ち、常真に手渡した。

それを押し頂くように拝領した常真は、はからずも手が震えた。そこには確かに「唐まで攻略したあかつきには、常真入道を日本国関白に任ずる」と記してあり、秀吉の印判が捺《お》されていた。

——これは、また何かの罠か。

あまりの厚遇に常真は疑念を抱いたが、すでに己には、失うものなど何もないことを思い出した。

「殿下ご自身はどうなされまするか」

江雪が冷静な声音で問うた。

「わしか」と言いつつ、秀吉の金壺眼が大きく見開かれた。

「わしは寧波《ニンポー》を拠点として、天竺《てんじく》（インド）攻略の総指揮を執る」

立ち上がった秀吉は舞うように手を広げた。その片手には地球儀の台座が握られている。

「わしは天竺、呂宋、大越《だいえつ》（ベトナム、タイ、ビルマ地方）を制する。そして、まだ命があれば――」

秀吉が、その骨と皮だけの手で地球儀をがっちりと摑んだ。

「このすべてをいただく」

「恐れ入りました」

――この男は度し難い虚《うつ》けだ。わが父でさえ唐国どまりであったのに、この男は、世界というもののすべてを制さんとしておる。

「江雪は三介殿を補佐し、日本国の計策（外交）を束ねよ」

「はっ」と言いつつ、江雪が恐れ入ったように平伏した。

「これからは、励んだ者だけが報われる。門地門閥など役に立たぬ世が来るのだ。二人とも励まねば、今の約束を反故《ほご》にするやも知れぬぞ」

それだけ言うと秀吉は立ち上がり、対面の間を後にしようとした。しかし、何かを思い出したように振り向いた。

「おう、そうであった。三介殿、そなたが関白となったあかつきには、関東を北条に返してやれ。徳川殿は、わしと一緒に唐天竺へ行くから気にせずともよい」

「はっ」

「江雪、そなたの旧主筋の美濃守も、われらと一緒に大陸に渡る。あれほどの男はおらぬからな。側近くに置き、常に意見を諮《はか》れるようにしておく。関東は、息子の氏盛にでも継がせるがよい」

秀吉は呵々大笑《かかたいしよう》しながら、颯爽《さつそう》と対面の間を後にした。

江雪と別れて山里曲輪に戻る道すがら、常真は駕籠を先に帰らせて歩くことにした。

擦れ違う武将や僧侶たちは、誰も常真と気づかず、挨拶もせずに通り過ぎていく。

皆、何かに憑かれたように早歩きだ。その度に常真は、道脇に寄って先に行かせた。

――皆、あの男のために立ち働いておるのだ。あの男は渦の中心にいて、よきにつけ悪しきにつけ、己を取り巻く人々を巻き込んでいく。その渦はだんだん大きくなり、世界までも巻き込もうとしておる。これも――。

懐に手を入れた常真は、先ほど秀吉からもらった朱印状を確かめた。

――わしを巻き込む小道具の一つだろう。しかし、わしだけは巻き込まれぬぞ。

大手道を忙《せわ》しげに行き来する人々を横目で見つつ、常真は自らに言いきかせた。

常真が秀吉という男を意識したのは、いつのことだったか。今となっては全く記憶にない。気づいた時には、秀吉は父の側近くに仕え、走り回っていたような気がする。

当時、藤吉郎と呼ばれていた秀吉を、父は猿やら禿鼠《はげねずみ》やらと呼びながらも、大のお気に入りにしていた。まさに猿としか思えない皺深い顔と小さな体軀は、常人とは思えないほど特異に見えた。

それゆえ当時、三介と呼ばれていた常真も、すぐにその顔と名を覚えた。

しかし、しょせんそれだけのことである。

織田家の人々にとって秀吉とは、父が飼っていた犬や鷹と同等の存在にすぎなかった。

常真が覚えているのは、鷹狩の時のことである。鷹の落とした獲物に走り寄るその姿は犬のようであり、現に犬より素早く獲物を見つけ、父の許に持ち帰った。それを見て、普段は笑わぬ父でさえ苦笑を漏らした。

「そなたは犬より速いのう」

「猿でございますゆえ」

そうした当意即妙な受け答えは、とても下賤《げせん》の者とは思えず、父はいち早く秀吉の才に気づいた。そして父は、徐々に大きな仕事を与えるようになっていった。

秀吉は、それらすべてを父の期待以上にやり遂げ、あれよという間に一手の将となった。それでも秀吉は自らを卑下し、常に笑みを絶やさず、周囲の人々に頭を下げていた。その態度は草履取りの頃と何ら変わらず、人々は秀吉に好意を持った。

しかし秀吉には、目上の者に決して見せない別の顔があった。

常真は、それを一度だけ見たことがある。

常真が三介と呼ばれていた六つか七つの時のことである。清須城近くの鬱蒼《うつそう》たる樹林の中で、虫取りに夢中になりすぎた三介は、傅役《もりやく》とはぐれてしまった。

三介は人を呼ぼうとしたが、藪《やぶ》の中から人声が聞こえた。その声が秀吉のものと分かると、三介は安堵し、藪をかき分けて近づいていった。

しかし近くまで来た時、秀吉の口調が、常とは別人かと思われるほど険《けわ》しいものなのに気づいた。

三介が藪の間から様子をうかがうと、いつもはにこやかな秀吉が、悪鬼のような形相で、一人の男を罵《ののし》り、殴る蹴るの暴行を繰り広げていた。

その周囲を幾人もの男たちが取り囲んでいたが、誰も止めようとしない。

どうやら制裁を受けている男は、組頭である秀吉の意にそぐわないことをしでかしたらしい。

凄まじい暴力に、いよいよ男が死にかけたように見えた時、弟の小一郎秀長が駆けつけ、秀吉の足にすがって、その場を収めた。

この時、三介は、秀吉という男の底知れぬ恐ろしさを垣間見た。

普段は見せないその姿こそが、秀吉の本性だったのだ。

以後、秀吉が笑みを浮かべて擦り寄ってきても、三介は、決して心を開くことはなかった。

九

茜浜を散策する氏規の行く手に、片膝をつき、頭《こうべ》を垂れる男がいた。

打ち寄せる波の飛沫《しぶき》が男の旅装にかかっても、それを気にする風もなく、男は石のようにうずくまっている。

――わしを待っておったのか。

氏規は男の方に歩を進めた。

「お懐かしゅうございます」

男が顔を上げた。

「助六か」

氏規が相好《そうごう》を崩した。

男は北条家旧臣の中山助六郎照守だった。小田原合戦の折、八王子城で壮絶な討ち死にを遂げた中山勘解由《かげゆ》家範の嫡男である。

八王子籠城中、その武辺を惜しんだ家康から徳川家への仕官を勧められた家範だったが、その誘いを峻拒《しゅんきょ》し、自らの妻、母、照守の妻、そして照守の子にあたる孫二人を刺し殺すと、自らは槍を取って敵中に飛び込み、討ち死にを遂げた。

当時、照守は主君の氏照に従い小田原に籠城していた。しかし、決戦を唱える氏照の意見は退けられ、小田原城は降伏開城した。失意の照守は、故郷である武蔵国高麗《こま》郷に戻って帰農したが、それ以降の消息は途絶えていた。

「今朝方、こちらに着きましたが、美濃守様もおいでになられていると聞き、矢も盾もたまらず押しかけてまいりました」

「そうか、ここに来たということは、どこぞの家に仕官できたか」

「はっ、徳川大納言のご慈悲により、本多平八郎様に召し抱えられました」

「それはよかった。そなたの父も、泉下《せんか》でさぞや喜んでおることだろう」

「はい、きっと――」

照守が溢れる涙をぬぐった。

浜辺を並んで歩きつつ、二人は様々な昔語りをした。

「ときに、十郎様（氏房）のご加減がよろしくないと、お聞きしましたが」

「うむ、よくない。ここ数日が山場だと、田村安栖が申していた」

「それほどに、お悪いとは――」

照守は絶句した。

当主だった氏直に続いて、その弟の氏房までもが、若き命を燃え尽きさせようとしている。

――衰運を前にして、人は何と無力なのか。

氏規は天を仰いだ。

空には、数羽の海鳥が風に乗ってゆっくりと滑空している。

「助六、何か申したいことがあるのだろう。しかし何も申さずともよい。そなたは北条家のことを忘れ、己の道を歩め。そして新しき恩に報いられるよう、懸命に奉公せよ」

その言葉が終わらぬうちに照守の嗚咽《おえつ》が聞こえた。

「美濃守様、われら道を誤りました。わが主君（氏照）も、わが父勘解由も道を誤り、家を滅ぼしました。それがしも強硬に豊臣方との決戦を主張いたしました。若せぬ」

殿（氏直）と美濃守様の苦衷《くちゅう》も知らず、何とお詫びしてよいものか、慚愧《ざんき》に堪えま

そこまで一気に言ってから、照守は砂浜に突っ伏した。

氏規は身をかがめると、照守の肩に手を置いた。

「そのことはもうよい。すべては終わったことだ。兄者（氏照）も勘解由も、短慮から事を決したわけではない。兄者たちには兄者たちの存念があったのだ。どちらが正しいとは言えぬ」

氏規は照守を抱き起こしながら続けた。

「わしは命ある限り、北条家の血が絶えぬよう、全知全能を傾けるつもりだ。そなたは北条家のことを忘れ、新しい主君に尽くせ。よもや――」

氏規の口調が厳しいものに変わった。

「復仇《ふっきゅう》など考えるでないぞ」

「はっ、はい」

「わしにはわしの天命がある。そなたにはそなたの天命がある。たとえそれが、ささやかなものでも、その天命を全うするのが、生き残った者たちの務めだ。そなた

は勘解由の血を後世に伝えねばならぬ」

その壮絶な最期から、中山勘解由の名は、すべての武士の間に広まっていた。

「美濃守様、実は、それがしに再縁を世話する方がおり、つい先頃、祝言《しゅうげん》を挙げました。この冬には嬰児《やや》が生まれまする」

「それはよかった」

北条家にかかわった人々の命運が悪い方に向かっている中、それは一筋の光明だった。

顔を上げると、先ほどまで上空を飛んでいた数羽の海鳥が、沖に向かって飛び去っていくのが見えた。陸岸に戻ってくる漁船のおこぼれに与《あずか》るべく、出迎えに行ったに違いない。

――そうすることで今日の糧が得られるかどうかなど、海鳥たちには分かるまい。しかし希望を捨ててしまえば、何も得られぬのだ。

最盛期には二百三十万石余の領国を有した北条家には、十万余の家臣（直臣団と寄子国衆）がいた。小田原合戦で討ち死にした者も多いが、半数以上は生き残り、それぞれの道を歩み始めている。

氏規には、彼らの前途が幸多きものとなることを祈るしかなかった。

十

秀吉が、その冷酷かつ貪欲な一面をあらわにしたあの日のことを、常真はよく覚えている。

それは、天正十年（一五八二）六月二十七日に尾張清須で行われた、後に清須会議と呼ばれることになる織田家の重臣会議の場だった。

信長横死後二十五日を経て開かれたこの会議は、信長と光秀の遺領分配と、信長の後継者を決めることを目的としていた。

信長は自らの後継者を嫡男の信忠と決めていたが、その信忠も信長と運命を共にしたため、後継者は宿老たちの総意で決せられることになった。

秀吉の発案により、後継候補は会議に参加できないことになり、信雄も信孝も結果を別の場所で待つことになった。

むろん織田家の家督は、この二人のどちらかが継ぐものと誰しもが思っている。

会議に参加できたのは、柴田勝家、丹羽長秀、羽柴秀吉、池田恒興の四人だけで、ほかの者は一切、かかわれない。

「ご安心めされよ。猿には、殿を推戴《すいたい》するほか手はありませぬ」

滝川雄利と土方雄久の二人は、口をそろえて言った。

勝家は信孝支持に回ることが予想され、その対抗上、秀吉は信雄を支持するはず、と考えるのは至極、当然だった。

世が静謐《せいひつ》であれば、信忠嫡子の三法師という線も考えられるが、三法師は今年三歳になったばかりである。いまだ四囲に敵を抱えたこの時期、難局を乗り切るためには、成人した指導者が必要である。そうなれば信雄か信孝しかいない。

また、ほかの信長の息子たちを見回しても、候補者はいない。

というのも信長は生前、秀吉の養子に入れた四男の秀勝以下の息子たちに、織田姓を名乗らせておらず、生まれた時から相続権限がなきに等しい処置を取ってきたからである。

会議当日、信孝を推した勝家に対して、秀吉は何と三法師を推した。

信雄らの思惑は物の見事に外れた。

秀吉は信雄の存在を持ち出し、信孝に家督相続をさせることで起こる争乱を防ぐためには、三法師の相続しかないことを力説した。

さらに信雄は北畠家、信孝は神戸家と、伊勢の名家に養子入りしていることにも言及し、すでに織田家の継嗣権は消滅していると主張した。

秀吉の論旨は、道義的にも法的にも一分のくもりもなかった。

一方、勝家は山崎合戦における信孝の参陣を盾に反論を展開したが、すでに丹羽・池田両将は秀吉に取り込まれており、三法師の相続に同意するしかなかった。

それでも勝家は粘った。

三法師の養育権をめぐり、信雄を推す秀吉に対して一歩も譲らず、信孝の下で三法師を養育することを秀吉に了承させた。

さらに勝家は、北近江三郡の領有と織田家の縁者になること、すなわち、お市の方との縁組を勝ち得た。これにより勝家は織田家親類衆となり、信長の弔い合戦に参加できなかったため失いかけていた発言権を取り戻した。

信長と光秀の遺領分配は次のように決まった。

光秀討伐の最大の功労者である秀吉には、以前から持っていた播磨の地に加え、山城・河内・丹波が、勝家には越前・越中・能登に加えて近江半国が、信孝には美濃一国が、丹羽長秀には従来の若狭に加えて近江二郡が、池田恒興には摂津の大半が与えられた。三法師には、近江国坂田郡と安土城の相続が認められた。

信雄は従来の伊勢に加えて尾張を得た。山崎合戦に参加しなかったにもかかわらず、信雄は織田家の本領を相続した。

これにより信雄は、本拠を清須に移すことになる。

それでもこの会議の結果に、信雄は憤懣《ふんまん》やる方なかった。織田家の重臣会議において、次男である己が後継候補にも上らず、信孝に跡を継がせないために利用されたのである。

信長横死から約四月《よつき》後の十月十五日、秀吉は、京の大徳寺で信長の追善供養を盛大に執り行った。供養後の葬列は、大徳寺から蓮台野《れんだいの》の火葬場まで続いたという。『総見院殿追善記』によると、「侍　悉　馳集《さむらいことごとくちしゅう》、其他見物の貴賤雲霞《きせんうんか》の如し」という有様だったという。

これに先立つ九月十一日、勝家は妙心寺において、自らの妻であり信長の妹にあたるお市の方を喪主に、百ヶ日法要を執り行った。しかし、その盛大さは比ぶべくもなく、世間に「次代は秀吉」を印象づけるだけでしかなかった。

信長の供養を政治的に生かせなかった勝家の完敗である。

勝家側の参列者には、お市の方、三法師、信孝ら織田一門の中心人物がいたが、秀吉側には、信長四男にして秀吉の養子である秀勝（於次丸）と八男長麿《ながまろ》しかいない。それでも諸将は、こぞって大徳寺に集まった。

さらに秀吉は、法要の場で安土城跡に総見寺の建立《こんりゅう》を発表、信長の菩提を弔うのは己であることを、高らかにに表明した。

この間、信雄は何をしていたのか。

実は、いずれの法要にも招かれなかったのである。

しかし信雄は、単独で法要を決行するなどの思い切った手も打てず、ただ情勢を傍観しているしかなかった。

清須会議の結果に、信雄以上に不満だったのは信孝である。

信孝には、山崎合戦に参陣したという自負がある。それどころか、山崎合戦における名目上の総大将は信孝だった。

信孝が秀吉と陣を共にし、織田家の新棟梁として君臨したからこそ、秀吉は主君仇討ちの大義を掲げることができ、織田家恩顧の諸将も集まった。それを最も分かっているのは、誰あろう秀吉本人のはずである。

にもかかわらず、秀吉は無残なまでに信孝を踏みつけた。

まさに信孝は「秀吉の天下簒奪の片棒をかついだ」格好となってしまった。それだけならまだしも、にわかに身の危険さえ感じるまでになっていた。

信孝は、北陸を拠点とする勝家の軍事活動が制限される冬の間に、秀吉から攻撃されることを恐れた。そのため中立を装い、停戦協定を取り持つことにした。

むろん、秀吉は信孝と勝家の謀略をいぶかしみ、交渉は容易に進展しなかった。それでも十一月、信孝は勝家を説得し、その寄騎である前田利家・金森長近・不破勝光の三人を、この時の秀吉の本拠である山崎宝寺城《やまざきたからでら》に向かわせ、秀吉と勝家の停戦協定を締結させた。

むろんその裏では、信孝は勝家と滝川一益と語らい、秀吉包囲作戦をまとめ上げている。

作戦決行は北国《ほっこく》街道の雪が溶ける翌年三月と決まった。しかし、それに気づかぬ秀吉ではない。

風雲は、ひたひたと江北《こうほく》（近江国北部）に迫りつつあった。

十一

六月に入り、肥前名護屋にも雨の日が多くなった。

湿気のせいか、小康を保っていた氏房の病状は急速に悪化し、ある日、呆気なく息を引き取った。二十八歳という若さだった。

一部始終を看取った氏規は、この甥の不幸な人生に思いを馳せた。

北条家の次男という申し分のない血筋に生まれ、これから己の力を世に問わんとする時、家運は傾き、その奔流に押し流されるように氏房は死んだ。

小田原開城の後、氏房は自ら妻を離縁し、氏直に従って高野山に登った。

その後、罪を許された氏直と共に山を下り、豊臣家の家臣として第二の人生を歩み始めた氏房だったが、その機会を生かすべくもなく、この鄙びた漁村で孤独な最期を迎えた。

しかし氏房には、ほんの短い間ではあったが、誇るべき日々があった。

それは小田原籠城末期、氏直から敵方との交渉を任され、降伏開城を滞《とどこお》りなく行ったことである。あれだけ大規模な籠城戦の幕引きを一手に引き受け、何の事故もなく万事うまく運べたことは、氏房の功績に帰するところが大きかった。

——苦労をかけたな。

ほかにかける言葉も見当たらず、氏規は甥の安らかな死に顔を見ていた。

やがて、氏房の好んだ穏やかな海風が吹き込んできた。障子を閉めようとする田村安栖を制した氏規は、広縁に出た。

曇天の中、海は凪いでいた。

——あの日もこうであった。

氏規は、使者として秀吉の許に旅立った日のことを思い出していた。

天正十六年（一五八八）七月下旬、小田原を発った氏規は八月十七日に上洛を果たし、十九日に聚楽第において行われた諸侯の見舞い言上の席で、氏規は秀吉に拝謁した。

将軍義輝の申次衆として、永禄五年（一五六二）七月から同七年（一五六四）十二月までの二年半を京で暮らした氏規も、天正十四年（一五八六）九月に落成したばかりの聚楽第には、初めての訪問となる。

聚楽第とは「楽を聚《あつ》めた第（亭）」の意である。桃山文化の精華と後に謳われるこの政庁の北西隅には、白亜の櫓（天守）がそびえ、内苑には風情溢れる須浜池《すはまいけ》が配され、一階が船溜りとなっている三層の楼閣建築（飛雲閣）さえあったという。

桃山文化の贅を尽くしたこの亭を望み、氏規は驚嘆した。

――とても敵《かな》わぬ。

氏規は、あらためて秀吉の集めた富の大きさを思い知った。

その内装の豪華さに驚きつつ、秀吉の待つ飛雲閣に伺候した氏規は愕然とした。聖護院宮《しょうごいんのみや》、菊亭晴季《きくていはるすえ》ら公卿衆はもとより、すでに官位を授かっている織田信雄、徳川家康、前田利家、豊臣秀長らの諸大名が、狩衣《かりぎぬ》姿も美しく堂々と居並んでいたのだ。

それに対し、何の官位も持たない氏規は、武家装束である侍烏帽子《さむらいえぼし》に素袍《すおう》といういでたちである。

氏規は一人、周囲から浮き上がってしまった。

同朋に先導され、広縁沿いの末席に案内された氏規は、唇を嚙んで恥じ入った。諸侯の中には、あからさまな嘲りの視線を向ける者さえいる。

秀吉は、武家の棟梁と公家の最上位者という二つの顔をもっていた。

諸侯との正式な接見の場合、武家だけであれば大坂城を使う。それに対し、公家としての立場を必要とする場合、聚楽第を使う。つまり秀吉は、武家と公家の二つの顔を使い分けるために、豪奢極まりない二つの建築物を造ったのだ。

本来、大政所への見舞い言上は武家だけの行事だが、秀吉は落成したばかりの聚楽第を使いたくて仕方がない。そのため、わざわざ聖護院宮や菊亭晴季らを招き、今回の行事を聚楽第で行った。そうなれば官位を持つ武家は、公家風装束に着替えねばならない。しかし秀吉は、官位を持たない氏規の立場にまで思い至らなかったのである。

その時、はるか上座で家康らと何ごとか歓談していた秀吉が、氏規に気づいた。

「これは美濃守（氏規）ではないか。遠いところをよう参った」

「はっ。此度は大政所様が病と聞き、わが主、北条左京大夫（氏直）並びに隠居の相模守（氏政）もいたく心配し――」

「箱根の山は、よほど雪が深かったと見えますな」

氏規の口上の最中でありながら、誰かが氏規の装束を揶揄《やゆ》したので、一同はどっと沸いた。

口上の腰を折られ、氏規は身の置き所のないほどの焦燥感に駆られた。

「まあ、よいではないか。上方の事情に詳しい美濃守とはいえ、できたばかりの聚楽第の仕来りなど知るはずがなかろう」

秀吉が座をうまく取り成した。

その後、官位が上位の者から順番に見舞いの口上を述べ始めた。

氏規は、先ほど口上を述べようとしたことが、大きな誤りであることに気づいた。

誰かの揶揄は、暗にそれを戒めるためのものだったのだ。

公家故実と武家故実に通じた伊勢家を先祖に持つ北条家の者が、官位が上位の者を差し置いて、口上を述べるなどもってのほかである。

氏規は深く恥じ入った。

やがて名が呼ばれたが、背後に控える同朋に促されるまで、氏規は気づかないほどだった。

その後、宴となったが、氏規は運ばれた酒と膳に一切、手をつけず、放心したように夕日に輝く須浜池を眺めていた。

第二章

水路迷昧《すいろめいまい》

一

文禄元年（一五九二）四月に始まった唐入りは予想を上回る成果を上げていた。

釜山《プサン》・東莱《トンネ》両城を落とした小西行長・宗義智《そうよしとし》ら第一軍は、四月、忠州弾琴台で朝鮮騎馬隊と大会戦の末、これを壊滅させた。

漢城死守の方針を捨てた朝鮮国王は漢城を脱出、平壌《ピョンヤン》に逃れた。これにより第一軍と加藤清正・鍋島直茂ら第二軍は、漢城に無血入城を果たした。

この知らせを受けた秀吉の喜びは尋常でなかった。

イエズス会宣教師のルイス・フロイスの表現を借りれば、「異常な満足と過度の歓喜のために、茫然自失した者のようになり」といった有様だったという。

この壮挙を祝すべく、秀吉は、名護屋城山里丸に隣接した庭で大茶会を開くことにした。

この茶会は名護屋城落成以来、初めて行われる口切の茶会も兼ねていたため、秀吉は二百を越える天下の名物を京、大坂、伏見等から運ばせ、展示のための小屋を作り、茶会の始まる前に、これらの名物を公開した。

そこには、松永久秀が信長に献上した「付藻茄子茶入《つくもなすちゃいれ》」をはじめ、「初花肩衝《はつはなかたつき》」、「天目茶碗」、「三日月茶壺」など、天下の名物茶器が所狭しと並べられていた。

さらに秀吉は、自慢の黄金の茶室を庭に運ばせ、自ら茶を点《た》て、名護屋在陣諸将の労をねぎらうことにした。

使う茶碗を客に合わせて替え、その理由を付言する秀吉に、並み居る諸侯は大げさに感嘆した。

――これらの品々の大半は、元を正せば父上のものではないか。

陳列台に載せられた品々を眺めつつ、常真は呆れて言葉もなかった。

――盗品を自慢して何とする。

秀吉は天下だけでなく、本来、常真が所有すべき織田家の私有財産さえも横領した。しかも、それらを先祖伝来の品々のように諸侯に自慢している。

諸侯もそれらが皆、元は信長のものだったことを知っている。しかし追従《ついしょう》を述べるばかりで、それを指摘する者などいない。

――犬どもめ、皮肉の一つさえ言えぬか。

常真は権力に媚《こ》びへつらう者たちを嫌悪した。

茶の湯とは「茶室に入れば一視同仁」と言われ、身分の差がなくなるものとされている。茶室とは、相手がいかに高位の者でも対等に口をきける場であり、それを茶室の外に持ち出し、後から遺恨とすることは極めて不粋《ぶすい》とされた。

それゆえ、こうした趣味の悪い茶室や、人から盗んだ茶器を揶揄する者がいても、決しておかしくはない。

——盗人の茶など、わしは喫せん。

常真は内心、強がってみたが、招待を断る勇気などない。

寄付《よりつき》（客の控室）で退屈していると、ようやく常真の名が告げられた。

黄金の茶室に入るのは、常真も初めてである。

にじり口から身を滑り込ませるようにして茶室に入ると、秀吉が無言で茶を点てていた。秀吉は諸将の相手に疲れたらしく、常真の番と知ってか知らずか、黙したまま何も語らない。

その冷めた雰囲気が黄金に輝く壁と相まって、喩《たと》えようのない居心地の悪さを感じさせる。

座に着いて時候の挨拶が終わり、もじもじしていると、秀吉から茶が回されてきた。もちろん無言である。

茶器に口を付けようとした時、秀吉に逆らって殺された茶人の山上宗二《やまのうえそうじ》のことが思い出された。

宗二は千利休の高弟として名高く、秀吉の茶頭《さどう》まで務めたが、歯に衣着せぬ舌鋒《ぜっぽう》で秀吉を批判することをやめず、遂に所払いとなって小田原北条氏に身を寄せた。しかし小田原合戦が勃発し、北条氏のために秀吉と和睦交渉をしようと城を出たところを捕縛された。

家康の取り成しもあり、いったんは許された宗二だったが、茶会の席で、またしても秀吉を痛烈に批判し、遂に耳と鼻を切り落とされた末、殺された。

——茶人の矜持《きょうじ》か。

この世で誰一人として秀吉に逆らえない中、宗二だけは、秀吉に対して毅然としていた。宗二は権力に屈することなく、最期まで秀吉と対等の立場を貫き、死んでいったのだ。

常真も宗二のように生きたいと思った。

一瞬、躊躇した後、常真は茶器に口を付けただけで置いた。宗二には及ぶべくもないが、常真にとって、それがせめてもの抵抗だった。

その時、初めて秀吉から声がかかった。

「常真殿、茶の味はいかがであった」

常真の胸内で肝の縮み上がる音がした。

「はっ、今何と――」

「味はいかがかと聞いておる。若き頃より、名物茶器の数々で茶を喫してきた常真殿だ。味もさぞ利けるであろう」

「いえ――」

「まあ、よいわ。後でゆるりと聞かせていただく」

秀吉は「用が済んだら帰れ」と言わんばかりに、埋火《うずみび》の様子をうかがっている。

――わしの心中を見抜いておったのか。

常真は、冷や汗が法衣を伝うのを感じた。

外にいる同朋の咳払いで、ようやくわれに返った常真は、秀吉に一礼して座を立った。

少しでも早くその場を去りたい一心から、常真は慌てて履物を履いた。しかしその時、秀吉からまたしても声がかかった。

「常真殿」

「はっ、何か」

「履物が違う」

——あっ。

常真が履いたのは、緋羅紗《ひらしゃ》に金の刺繍《ししゅう》をあしらった秀吉の履物だった。

慌てて履物を換えようとする常真に、皮肉な笑いを含んだ秀吉の言葉が浴びせられた。

「これはご無礼を」

「つい以前の生活を思い出してしまうのは、人として致し方なきことだ。しかし、これからは何事も深慮の上、行動なされよ。そなたは以前のそなたではないのだからな」

「はっ」

幼い頃から織田家の公達《きんだち》として育てられてきた常真は、履物も立派なものを履かされてきた。履物が二つ並べてあれば、つい立派な方を履いてしまうのは、自然なことだった。

常真は悄然《しょうぜん》と首を垂れ、黄金の茶室を後にした。

常真は、初めて父の茶会に列した時のことを思い出していた。

その日が来るまで連日、傅役より茶の湯の作法と知識を詰め込まれた常真、すなわち信雄は、当日、極度の緊張に包まれていた。

それは、信長と息子三人だけの親子水入らずの茶会だった。

信雄は信忠の下座を与えられ、さらにその下座には信孝がいた。

無言のうちに事は進んだ。

信長が茶を点て信忠に回すと、信忠は悠揚《ゆうよう》迫らざる態度で茶を喫し、同じ碗を信雄に回した。ところが信雄は、手の震えが収まらず、図らずも碗を落とした。

信雄は、緊張すると手が汗ばみ、震えが収まらなくなるのだ。

碗は砕けなかったが、飛沫は信長の膝に染みをつくった。

――たいへんなことをしてしまった。

信雄はどうしていいか分からず、ただ茫然としていた。

茶室には父と三人の息子しかおらず、何かこぼせば、常のように近習が駆けつけ、汚れた着物や畳をぬぐってくれるわけではない。

信雄は懐に入れた懐紙のことさえ忘れ、途方に暮れていた。

信長は何事もなかったかのように瞑目していた。むろん、信雄がいかに対処するか待っているのだ。

しかし、畳に広がる染みを見つめつつ、信雄はなす術もなく、ただ茫然としていた。何かしなければならないのは分かるが、恐怖で体が言うことを聞かないのだ。

その様を見て、下座にいる信孝がくすりと笑った。

異変が起きたのはその時である。それは天地がひっくり返り、津波が押し寄せて来るかのような感覚だった。

突如として立ち上がった信長は「この不粋者め！」と叫ぶや、信孝を足蹴《あしげ》にした。

親子の親密な茶会どころではなくなった。

信長は信孝を扇子で打擲《ちょうちゃく》しつつ、狭い茶室の中を追い回した。

茶釜は倒れ、灰神楽《はいかぐら》が周囲に満ちた。

信忠は火事を起こすまいと、懸命に埋火を消している。

泣きながら詫びる信孝の態度に、さらに怒りを覚えた信長は、その横腹を数度にわたり蹴り上げると、憤然として茶室を出ていった。

信孝は唇を真っ青にして嗚咽していた。それを見た信忠は、すぐさま信孝の様子を見たが、幸い信孝に怪我はなかった。

人心地ついた後、信忠が信孝に言った。

「三七、三介に詫びよ。茶の湯の席では、同席する者を揶揄《やゆ》したり、嘲笑したりしてはいけないのだ」

信孝の詫びの言葉を聞きつつ、信雄は兄の威に打たれ、兄のようになりたいと思った。

思えば兄の信忠は、父同様、怜悧《れいり》な上に勇猛だったが、思慮深く温厚でもあった。同腹の信雄はもちろん、別腹の信孝にも分け隔てなく接してくれた。

三人は年が近かったので、共に武芸を習い、漢籍を学んだ。

おそらく信長は三人を競わせ、その中から後継者を選ぼうと考えていたに違いない。そのため弓を習う時も、漢籍の講義を受ける時も、三人は常に一緒だった。

「三七はどうした」

何かの講義がある時、信孝が来ないと、兄は近習を走らせて信孝を探させた。信雄の場合も同様だったという。

信雄も信孝もこの兄を慕った。しかし信雄にとって、兄は越えられない高峰だったが、信孝は兄を超克しようとした。

信孝は、文武両面にわたって血のにじむような努力をした。信忠も抜かれまいと、さらに研鑽《けんさん》した。いつしか二人は好敵手となっていた。

信雄は一人、置き去りにされた。

それでも信忠は、信雄に優しい眼差しを注ぎ、何かが少しでも上達すると、手放しに喜んでくれた。

「無理をせずともよい。そなたはそなたの速さで歩め」

何かがうまくいかなかった時、信忠は、そう言っては信雄を励ました。

父同様、随分と早い時期から、信忠も信雄の器量を見極めていたに違いない。それでも信雄の身が立つようにと、最低限の知識と武芸を身に付けられるよう手を貸してくれていたのだ。

しかし、その兄も今は冥府にいる。

――兄上が生きていてくれたら。

信雄は屈辱を感じる度に、そのことを思った。

二

文禄元年（一五九二）六月、小西行長と宗義智に率いられた渡海第一軍は、黒田長政や大友義統《よしむね》ら第三軍を後詰に従え、敵が防衛線を布く大同江《テドンガン》に迫った。

大同江を渡れば、平壌《ピョンヤン》は目前である。

平壌は大同江とその支流の普通江《ポトンガン》を外堀とする城郭都市で、この城を攻め落とすのは容易でないと、戦前から予想されており、秀吉も相当の損害を覚悟していた。

しかも、ここまで破竹の進撃を続けた第一軍にも、疲労の色が見え始めている。

この状態で渡河作戦を強行し、敵の矢玉を潜り抜けながら城壁を這い登るなど、小西らには考えもつかないことだった。しかし、このまま手をこまねいていては、咸鏡道《ハムギョンド》に向かった加藤清正に後れを取る。

行長と清正は犬猿の仲であり、この戦役に対する考え方も違っていた。すなわち、速やかに和睦を締結して日本に引き揚げようという行長と、大明国を征服するまで侵略戦争を続けようという清正では、その目的自体が相反していた。

困った行長らは、平壌を平和裏に接収すべく、朝鮮側に降伏を求めることにした。交渉は大同江に船を浮かべ、酒食を共にしながら和《なご》やかに行われたが、お互い歩み寄りは見られず、会談は決裂した。

いよいよ強襲しか手のなくなった第一軍首脳部には、悲壮感が漂っていた。

一方、平壌の守備に自信を持っている朝鮮軍は、強硬な意見に支配され始めていた。すでに国王を明国境に近い義州《イジュ》に逃し、その安全も確保しており、積極果敢に打って出ようというのである。

六月中旬の霧の深い夜、朝鮮軍夜襲部隊は大同江を渡り、日本軍陣地に奇襲攻撃を掛けてきた。しかし警戒を怠らなかった日本軍の逆襲に遭い、夜襲部隊は散々に破られた。これだけであれば、単なる夜襲の失敗だけで済んだはずである。しかし、ほうほうの体で逃げ帰る夜襲部隊を見て、恐怖に駆られた船手《ふなて》衆が、夜襲部隊を残したまま早々に対岸に引き返してしまった。取り残された夜襲部隊の残兵は、極秘にされていた王城灘《ワングンヨウル》（大同江中州）の浅瀬を渡り、平壌城内に引き返した。

これを見た日本軍は驚いた。大河である大同江に、人が歩いて渡れるような浅瀬があるとは思いもよらなかったのである。朝鮮軍に続いて日本軍も浅瀬を渡った。

夜のうちに王城灘の浅瀬を渡った日本軍は、日が昇ると同時に平壌城へ惣懸りし、翌日には平壌城を占領していた。

一方、朝鮮半島東北部の咸鏡道に着いた加藤清正ら第二軍は、通り過ぎる町ごとに在番将校を置きつつ、民心掌握に努めていた。

長期滞陣が予想されるので、逃げ散った農民を還住《げんじゅう》させ、農耕に従事させ、兵糧を確保する必要があったからである。

七月、城津《ソンジン》で決定的な勝利をものにし、咸鏡道支配を磐石なものとした清正は、明国境の会寧《フェリョン》まで逃げていた朝鮮二王子を捕え、豆満江《トウマンガン》を渡り、明領内のオランカイに至った。

秀吉の夢は現実になろうとしていた。

しかし陸上での赫々《かっかく》たる戦果とは裏腹に、海上では厳しい戦いが続き、朝鮮南部海域の制海権を失いつつあった。

この遠征の鍵が補給にあることを、秀吉とその幕僚は百も承知している。

秀吉は壱岐に勝本城を、対馬南端に清水山城《しみずやま》を、北端に結石山城《ゆいしやま》を築き、釜山鎮と名護屋をつなぐ補給基地とした。さらに、藤堂高虎・加藤嘉明《よしあき》・九鬼《くき》嘉隆《よしたか》・脇坂安治ら強力な水軍を持つ大名に、日本水軍の指揮を託した。彼らは陸上部隊の補給線を確保すべく、開戦と同時に北上を開始した。

ところが、五月七日の巨済島《クオジエド》沖海戦を皮切りに、日本軍は水軍戦でことごとく敗れた。朝鮮水軍には名将の誉れ高い李舜臣《イスンシン》がいたからである。

李舜臣は亀甲船という新兵器を開発していた。

亀甲船は前方に竜頭という鋭い衝角《しょうかく》を設け、火矢を防ぐべく鉄板を亀甲状に天井にめぐらし、その上に鋭い鉄菱《てつびし》を埋め込み、日本軍得意の斬り込みを防ぐという、完全防備の船だった。小船なので小回りが利く上、竜骨まで鉄製だったので、木製の箱舟でしかない日本船に衝角から突入すれば、いとも簡単に撃沈できた。

それでも日本軍は、全羅道《チョルラド》沿岸から西回りで、早急に平壌まで補給せねばならない。全羅道の北方にあたる黄海道《ファンヘド》の白川《ペクチュン》には黒田長政がおり、首を長くして補給を待っている。

日本水軍は総力を結集し、李舜臣に決戦を挑むことにした。

七月七日、加藤・九鬼・脇坂ら水軍将は、三軍共同で巨済島《ハンサンド》攻略を目指し、七十余艘の大船団を出発させた。対する李舜臣は、巨済島や閑山島に囲まれた狭い水域に船団を隠し、脇坂隊をおびき出した。まんまと罠にかかった脇坂隊は包囲殲滅《せんめつ》され、脇坂安治はほうほうの体で安骨浦《アンゴルポ》にいる加藤・九鬼両隊の元に逃げ帰った。しかし李舜臣は追撃の手を緩めず、安骨浦に攻め入り、これらの諸隊も打ち破った。

この閑山島・安骨浦両海戦の敗戦により、日本水軍は壊滅的打撃をこうむった。

折しも、秀吉の生母である大政所《おおまんどころ》逝去の報が肥前名護屋に入り、秀吉は、いったん大坂に引き揚げることになった。そのため急遽、軍評定《いくさひょうじょう》が行われることになった。

雨がそぼ降る中、名護屋城大広間に参集した諸将に対し、秀吉は開口一番、大政所の葬儀を済ませるや、八月には渡海すると宣言した。

諸将は騒然となった。渡海は危険すぎるとして、押しとどめる徳川家康と前田利家に対し、制海権をかろうじて維持しているうちに渡海し、前線の将士を鼓舞した上、冬が来る前に帰国すべしという、石田三成をはじめとした奉行衆との間で意見が対立した。

結局、敵水軍に一度でも打撃を与えぬ限り、秀吉の身に危険があるとして年内の渡海は中止されたが、翌年には渡海することに決した。しかし問題は、いかに敵に打撃を与えるかである。

しばしの間、諸将の勝手な議論に任せていた秀吉だったが、しばらくして、家康から順に主立つ者に意見を述べさせてみた。しかし水軍戦術に長けた者は出払っており、これといった策は出ない。議論は行き詰まったが、諸将は秀吉の歓心を買おうと、空論を振り回していた。

その時、秀吉が膝を打った。

「おう、そうだ。美濃守、そなたは北条水軍を束ねておったな。何かいい策があれば申してみよ」

ここまで黙っていたが、氏規には腹案があった。

得たりとばかりに、氏規が膝を進めた時である。家康と目が合った。その大きな眼球は、氏規に何かを訴えていた。

その視線に射すくめられた氏規は、発言をためらった。

「どうした美濃守」

「はっ」

「構わぬから、忌憚《きたん》なきところを述べてみよ」

秀吉が不審げな顔で、氏規をのぞき込んだ。

「さて、これといった策はありませぬ」

「そうか」

秀吉は明らかに落胆の表情を見せた。

次の瞬間、広間は再び百家争鳴の場と化し、諸将はここを先途《せんど》と発言を求めた。

その騒ぎの中、氏規は膝を摑み、奥歯を嚙みしめながら、才気のほとばしりを抑えた。


氏規は、初めて秀吉と膝を突き合わせて語り合った時のことを思い出していた。

天正十六年（一五八八）八月十九日、聚楽第で屈辱にまみれた日の夜、宿舎である相国寺《しょうこくじ》の宣明《せんみよう》（湯浴所）で、今日の屈辱を忘れるべく座禅し、蒸気で身を清めていた時である。小姓が慌てて駆け込んできた。

「関白殿下がお見えです」

その言葉に、弾かれたように立ち上がった氏規は、急ぎ装束を調え、裏方丈に駆けつけた。

相国寺の方丈は、表裏三部屋ずつ六部屋に分かれており、賓客は枯庭の見える裏方丈に通すのが慣例である。とくに中央の部屋は「御所移しの間」と呼ばれ、御所から譲られた襖絵の「吉野山桜図」が飾られた賓客だけに使われる間である。

広縁から「御所移しの間」の障子越しに氏規が声をかけた。

「殿下、お待たせいたしました。着替えに手間取りまして――」

「なあに、気にせんでよい。わしが勝手に押しかけたのだ。それより、はよう入られよ」

氏規が障子を開けて入室すると、秀吉は一人、静かに白湯《さゆ》を喫していた。

供の者は寺の外に待たせているらしく、姿が見えない。

――何と肝の太いお方か。

無防備の状態で相手の懐に飛び込み、相手を籠絡するのが「人たらし」と呼ばれる秀吉の常套《じょうとう》手段である。

とは言っても秀吉は、氏規が殺そうと思えば殺せる状況にあった。

むろん氏規は、秀吉を殺そうなどと思っていない。秀吉は膨大な情報から、氏規の心の隅々まで読みきった上で、こうした大胆な行動に出ているのだ。

「こんなところまでお越しいただき、申し訳ありませぬ」

「わしの寄進で建てた方丈と庭だ」

秀吉が高笑いした。

相国寺は室町幕府第三代将軍・足利義満により創建された禅刹《ぜんさつ》である。夢窓国師を勧請《かんじょう》開山とし、五山の上位に列せられたが、応仁・文明の乱など相次ぐ兵火により多くの堂宇を失った。

それを憐れんだ秀吉により再建が始まり、その死後の慶長十年（一六〇五）、秀頼の寄進により法堂《はっとう》が落成し、再興が成る。

「これを見よ」

齢五十三とは思えない素早い身ごなしで立ち上がった秀吉が、障子を開け放つと、眼前に枯庭が広がった。

篝火《かがりび》に照らされたその庭は、東西に長い枯流れという手法で築庭されたもので、西端には枯滝が造られ、北岸の斜面には、松や楓《かえで》などが植えられている。

「この庭はな――」

しばし無言で庭を鑑賞していた秀吉が言った。

「雨が降るとよい」

「雨の日がよろしいと――」

「うむ。雨が降ると枯流れが谷川へと変わる。わしは、何事も賑やかな方が好きなのでな」

氏規は、秀吉の飾らない人柄に好感を持った。

「今日はすまぬことをしたな」

「いえ――」

「わしも配慮が足らんかった。建てたばかりの聚楽第をどうしても使いたくてな。おかげで、そなたに恥をかかせてしもうた」

氏規が何と答えていいか戸惑っていると、話は意外な方向に転じた。

「わしはな、尾張の水呑《みずのみ》百姓の家に生まれた。そなたらのような貴種とは違う」

「何を仰せで」

「それゆえ、ああしたものを建てると、すぐ人に見せたくなる。それが貧乏人の本性というものよ」

広縁に立ち、呵々大笑する秀吉を見上げつつ、どう答えていいか分からず、氏規は途方に暮れていた。

「わしは天運により、今の地位まで上ることができた。しかし、わしの気持ちは水呑百姓の倅《せがれ》のままだ」

柔和な笑みを浮かべつつ、秀吉が座に戻った。

「できることなら、百姓に戻りたいとも思うておる」

その言がどこまで本気であるか、氏規には計りかねた。

「しかし、天が与え賜うた使命を放り出すわけにはいかぬ。わしは帝の代理として天下を治め、世に静謐《せいひつ》をもたらさねばならぬ。戦乱の心配なく、民が安んじて暮らせる世を作ることこそ、わしの念願だ」

秀吉の絶妙の語り口に、氏規は次第に惹《ひ》かれていった。

「いつ何時、戦に駆り出されるか分からぬでは、民も安んじて農事にいそしめぬ。

そうは思わぬか」

「仰せの通りでございます」

「わしは、兵は兵であり、民は民である世を作りたい。だが、そなたの家は――」

秀吉の眼光が鋭くなった。

「兵と民を分けておらぬ。いくら四公六民という善政を布こうとも、それでは収穫量は上がらず、結句、民を不幸にする」

氏規にも、ようやく秀吉の言わんとすることが分かりはじめてきた。

「よいか、わが領国は七公三民だ。そうであっても民は反発せぬ。それは、民が安堵して農事に専心でき、田畑一反あたりの収穫量が、貴国に比べて高いからだ。民は、さらに豊かになろうと工夫を重ね、仕舞いには競うようになる。貴国のように四公六民などという善政を布いたままでは、民は食べていけるので、それに安住して努力を怠る。それが民というものだ」

「つまり兵と農を分離し、民を農事に集中させて収穫量を上げていくべきと仰せでございますか」

「そうだ。さすれば領主と民は対立することなく、双方共に勝者となる」

秀吉の言は見事に的を射ていた。

――民との共存共栄を目指し、善政を布いているつもりで、われらは逆に民を不幸にしていたというのか。

氏規は秀吉という男に魅了された。

秀吉の話は、農業から交易を主体とした商業経済にまで及び、氏規にとって、刮《かつ》目《もく》すべき話が続いた。そして話は世界に及んだ。

「美濃守よ、日本国は広い。しかし大明国や南蛮諸国は、比べ物にならぬほど広大だ。わしは、伴天連から世界というものを教えられた」

「せかいと――」

「そう世界だ。日本国の戦乱が治まり、民が穏やかに暮らせる世が来たならば、わしは世界を取ろうと思っておる」

秀吉の夢は果てしがない。しかし夢もここまで大きければ、人は信じてしまうものである。

「そこでだ――」

本題に入るべく、秀吉が一拍置いた。

「わしはそなたの家と、この狭い日本国で、いつまでも争っておるわけにはまいらぬ。そなたの家がわしの存念（理念）に同心し、わしに臣従してくれるなら、関東全土を安堵しよう」

「はっ、はい」

氏規が慌てて平伏した。

「しかし――」

秀吉の声音が険しいものに変わった。

「わが存念を邪魔する者を、わしは容赦せぬ。それはすでに知っておろう」

「はっ」

秀吉は、北陸の佐々成政、紀州の雑賀・根来衆、四国の長宗我部《ちょうそかべ》、九州の島津氏らを軍事力で屈服させている。その発言は、はったりではない。

さらに秀吉は膝を詰め、懇々《こんこん》と天下の情勢を説いた。

数時間に及ぶこの会見が済んだ時、氏規はすっかり秀吉に心酔《しんすい》していた。

去り際に秀吉が言った。

「わしと一緒に世界を取らんか」

「世界を取ると仰せで」

「ああ、世界だ」

この瞬間、氏規の眼前に閃光《せんこう》が走り、氏規は秀吉という男の虜《とりこ》になった。

――何たる御仁か！

その時、にわかに雨が降り出した。

「雨か――」

広縁まで出た秀吉が、満面に笑みを浮かべた。

「従者どもがうるさいで、わしは帰らねばならぬが、そなたは、雨に濡れるこの庭を見ておけ」

「はっ」

秀吉の帰った後も、氏規は言われるままに庭を見ていた。

雨が庭土に浸透するように、秀吉の不思議な魅力が、氏規の心に染みわたっていった。

八月二十二日、大坂城に場所を移し、あらためて氏規を引見した秀吉は、相国寺の打ち解けた態度とは打って変わり、厳格かつ威厳ある態度で、北条氏の非違《ひい》を追及した。

北条氏の正使である氏規も容赦なく面罵《めんば》されたが、あらかじめ予期していたことでもあり、氏規は物怖じせずに応酬した。

その堂々たる態度に感じ入ったがごとく、秀吉は北条家の罪を許し、以後、豊臣政権下の一大名として領国を安堵すると宣した。

ただし年内に、北条家当主の氏直か、隠居の氏政の上洛がなければ、今の言葉を反故にし、討伐するとも付け加えた。

これに対して氏規は、臣従の条件として上野国の沼田領問題を秀吉に説明し、調停を依頼した。

秀吉は話を聞き、北条氏側に非がないことを看破《かんぱ》したが、あらためて証拠の提出と詳しい者の派遣を求め、この時には結論を出さなかった。

氏規が京洛の地を後にしたのは八月二十九日だった。

残暑の厳しい中、氏規の駕籠は鴨川を渡った。

沸き立つような思いを御しかねた氏規は、駕籠を降りて馬に乗り換えた。なぜか気分が高揚し、狭い駕籠に押し込められていることに耐えられなかったのである。

秀吉の起こした熱風は、氏規の胸内に渦巻き、ますます荒れ狂っていた。

隊列の先頭に出た氏規は、随行者が驚く中、馬に鞭を入れて疾走した。振り返ると、供回りが慌てて追いかけてくるのが見える。

——かの男と世界を取るか。

空を仰ぐと、入道雲が南の方から湧き出し、かの男の城のようにそびえている。

——それも一つの道だ。

氏規、四十四歳の秋だった。

三

文禄元年（一五九二）夏、氏房の葬儀を済ませた氏規は、再び出陣命令を待つ身となった。

氏規には四十人ほどの家臣がいるが、最近は、その士気もみるみる衰え、碁や将棋または釣りなどで、無聊《ぶりよう》を慰めるようになっていた。

――この陣屋に着いた時、真っ先に三鱗《みつうろこ》の旗を揚げ、皆で泣いたものだったな。最盛期二百三十万石の領土を誇った北条家が復活したような錯覚を覚え、あの時であれば、家臣たちと共に氏規さえも、死地に飛び込める心境だった。

しかしなすこともなく月日を経るに従い、当初の士気は衰え、今では皆、帰郷を待ち望んでいる。

そんな皆の気持ちとは裏腹に、秀吉に随伴して渡海するよう申し付けられている氏規は、その日まで、この陣所でじっとしていなければならない。

ところが肝心の秀吉は、大政所逝去の報を受け、大坂に帰ってしまった。これから葬儀や法要などで、しばらくは戻れないはずである。

氏規は倦怠感漂う家中に活を入れることもできず、ただ漠然と日を送っていた。

その日も書見していると、板部岡江雪斎の来訪が告げられた。

氏規は、江雪を誘って茜浜に散策に出かけた。

「そなたも無聊をかこっておるようだな」

「ははは、お分かりになられますか」

笑みを浮かべて、江雪が浜に打ち上げられた流木を飛び越えた。

五十の坂をとうに越えているはずの江雪だが、長年にわたり北条家の外交僧として各地を走り回ってきたためか、足腰は達者である。その面構えも、いまだ鷹のように鋭く、兵法者（武芸者）の趣をたたえていた。

「して、上方で何か変わったことでもあったのか」

東の空を仰ぎつつ氏規が問うた。

いかに暇を持て余しているといっても、用もなく江雪が来るわけがない。

「太閤殿下は大坂城に着くやいなや、大政所の遺骸の安置されている部屋に入り、出てまいりませぬ」

「そうか」

氏規は己の母に思いを馳せた。

氏規の母は、今川氏親《うじちか》の娘・瑞渓院《ずいけいいん》である。瑞渓院は小田原合戦最中の天正十八年（一五九〇）六月、氏政の継室・鳳翔院《ほうしょういん》と共に城中で自害を遂げていた。

甲相駿三国同盟の証人として、幼い頃に今川家に預けられた氏規に、実母の思い出はあまりなく、それが、かえって思慕の情を生んだことが懐かしく思い出される。

「太閤の悲しみは深く、幼子のように泣き喚《わめ》いては、別れを惜しんだと聞きます。

尤も尾張の野良人の言葉ゆえ、何を言っているのか周囲の者は分からず――」

「難渋したというのだな」

「はい、ただその中に『もう、終わりにせにゃーよ』という言葉があったとか」

「それは『もう、終わりにせい』ということか」

「はい」と首肯しつつ、江雪が続けた。

「むろん感情が高ぶったがゆえ、そう仰せになられたのかもしれませぬが、場合によっては、この外征も中止となるやも知れませぬ」

「それほどの悲しみようか」

――いかに巨大でも、人であることに変わりはない。

氏規の胸に奇妙な安堵感が広がった。

「ときに、美濃守様」

江雪が声をひそめた。

「先日の軍評定で発言をためらわれましたな。美濃守様には、何か方策が浮かんでいたはず」

「さすが江雪」

氏規は、あらためて江雪の洞察力に感服した。

「いかにも方策はあった」

「お聞かせいただけますするか」

氏規は少年のように瞳を輝かせた。

「相手の船が強力な場合、正面から海戦を挑んではいかん。しかし、強さと裏腹な弱みは必ずあるものだ。つまり敵の亀甲船は、小さいので小回りが利く反面、物資を積めぬので、長い距離を寄港せずに航行することはできぬ。いわゆる〝脚（航続距離）〟が短いのだ。全羅道を除く半島南部は、すべてこちらで押さえておるので、敵が亀甲船を押し立てて慶尚道沿岸まで出るには、港を奪取しながら進むほかない。それゆえ、寄港できる港という港に大砲を備えた陣城を築き、防備を固めておく。おそらく敵は城への攻撃をあきらめ、無理に釜山沖まで押し出し、無二の一戦を挑んでくるだろう。しかしその時、敵の水主《かこ》は疲弊して、動きが鈍いはずだ。そこが付け目となる」

得意げにそこまで語ったところで、氏規は空しくため息をついた。

「しかし、それもこれも太閤に言上しない限り、無駄なことだ」

「仰せの通り。ほうほうの体で帰国した脇坂安治殿が、同様のことを言上し、採択されました」

「見事、十万石逃したな」

二人は蒼天に届かんばかりに笑った。

「美濃守様は衰えておりませぬ。この江雪、安堵しましたが――」

江雪は足元の木片を拾い、それをじっと見つめると、やにわに法衣の袖をまくり、それを遠投した。木片は回転しながら大きく弧を描いて飛び、波間に落ちた。

「美濃守様、今、手元にあったものも、次の瞬間には手の届かぬものとなっております。太閤殿下は移り気ゆえ、発言を求められることが、これからもあるとは限りませぬ」

江雪の言わんとしていることは、氏規にもよく分かった。しかし、それでもあえて氏規は本心を押し隠した。

「いかにもその通りだ。ここにおる諸侯の大半は、われ先に発言を求め、功名を得ようとしている。それが武家の勤めだからだ。しかしこうした建言は、現地で戦った者が言ってこそ、殿下の心に訴える力がある。それゆえ此度も、脇坂殿が言ったからこそ採択されたのだ」

「いかにも」

氏規は、かつての家来筋である江雪にさえも、その真意は明かさなかった。今の江雪は豊臣家家臣である。家康の意を汲んだ氏規の本心を知ることで、無用な後ろめたさを抱かせることもないと思ったからである。

江雪は一礼し、城の方に帰って行った。

――江雪、すまぬ。わしの立場を分かってくれ。

氏規は去り行く江雪の背に謝った。

中天には、昼の月が懸かっていた。その半月は切れ切れの雲に隠れつつ、夜の到来を待っているかのようである。

――今のわしは昼の月。ここで目立ってはならぬのだ。

氏規は己の才気のほとばしりを、これからも抑えていくことを心に誓った。

四

「これは恐れ入りました。お見事な布石でございました」

剃りたての頭を撫で上げながら常真が言うと、満足げに盤上を眺めていた秀次が呟《つぶや》いた。

「此度は、常真殿とも思えぬ手筋でありましたな」

常真の背に冷や汗が流れた。

「いやいや、関白殿下が上達なされたのでございます」

「世辞を申されるな」

そう言いながらも、関白秀次が会心の笑みを浮かべた。

文禄元年（一五九二）九月、名護屋城内にある関白秀次の居館で、常真は秀次を相手に碁を打っていた。

本来、秀次は留守居として聚楽第にあって京の警備を任されていたが、秀吉が大坂に帰ったので、その代理として、秀吉が戻るまでの間、名護屋に在陣することになっていた。

「これで三番、立て続けに負けましたな」

「勝負は時の運と申すもの。もう一番」

「いやいや、関白殿下には敵いませぬ。今宵は、これくらいで勘弁して下され」

常真は、卑屈な笑みを浮かべながら辞退した。

――わざと負けてやっておるのにも気づかず、愚かな男よ。

ここ数年、秀次は碁に凝《さんさ》っていた。

しかし初代本因坊の算砂に師事し、子供の頃から碁を打ってきた常真と違い、成人してから碁を覚えた秀次の腕は未熟で、勝とうと思えば、赤子の手をひねるようなものだった。

しかし、そうもいかないのが御伽衆である。

「それでは今日のところは、これで仕舞いとするか」

「それがよろしいかと」

秀次の目配せにより、部屋の隅に控えていた近習が碁石を片付け始めた。その作業が終わるや、別の近習が煎茶を運んできた。

「常真殿、そういえば太閤殿下の勘気《かんき》が解けたそうではないか」

脇息に寄りかかり、頬まで広がる自慢のもみあげを撫でながら、秀次が言った。

「あっ、はい――」

「よかったな。わしも口添えさせていただいた」

——そなたごときに口添えされては逆に迷惑だわ。

馬鹿馬鹿しいとは思いつつも、常真は感謝の意を表すべく、深く平伏した。

「真にありがたきご配慮、この常真、お礼の言葉もありませぬ」

秀次は、まんざらでもないといった顔をして話を転じた。

「ときに常真殿、新しき仕事はいかがかな」

——此奴、わしを愚弄しておるのか。

下卑た笑みを浮かべつつ、上目遣いに相手を見たが、秀次は、からかっているわけではないようである。

常真は逆に問うてみた。

「関白殿下こそ、山の頂からの眺めは、いかがでございますか」

「そうさな」

秀次は少し考えてから答えた。

「人臣の位階を極めると申しても、しょせんは太閤の血縁だからこそだ。わしの武功や才覚で出頭したわけではない」

——当たり前だ。それを知らぬ者はおらぬわ。

しかし、常真は内心と裏腹のことを言った。

「いえいえ、関白殿下のご器量が、余人に抜きん出ていればこそのご出頭でございます」

「本心から、そう思われるか」

「言うまでもありませぬ」

「そうか、やはりそうであろうな」

秀次は満足げな笑みを浮かべた。

——わしは、かような者に世辞を言い続けねばならぬのか。

常真は情けなさで泣きたくなった。

秀吉ならまだしも、その愚昧《ぐまい》な縁者たちの機嫌をも、常真は取り結ばねばならないのだ。

——そういえば、秀次は誰かに似ておる。あっ、そうか。

その小才子《こざいし》然とした挙措《きょそ》といい、人を見下したような物言いといい、すべてが信孝に酷似していた。

天正十年（一五八二）六月二十七日に行われた清須会議を経て、秀吉と勝家は対決姿勢を深めていった。

天下簒奪を目論む秀吉と、織田家第一を考える柴田勝家とは、その目指すものからして大きく違っている。それゆえ軍事衝突は必然だった。

それを知る信孝は、勝家との連携を深め、さらに滝川一益を加えて秘密裏に反秀吉同盟を結んだ。

さらに信孝は、四国の長宗我部、高野山の僧兵、根来衆《ねごろ》や雑賀衆《さいか》に働きかけ、多方面からの包囲作戦を企図していた。まさに信長包囲網の再現である。しかし秀吉は、すべてを見通していた。

勝家が雪で身動きできない同年十二月、秀吉は停戦協定を一方的に破棄し、勝家方の最前線拠点である北近江の長浜城を包囲した。

長浜城は清須会議で勝家に譲られた城だが、元を正せば、秀吉が手塩にかけて造り上げた城である。すなわち秀吉は、城の縄張りを知り尽くしている。

しかも羽柴勢は五万の大軍である。長浜城を守っていた勝家の養子・勝豊は戦わずして降伏した。

長浜城の呆気ない自落に、勝家は大きな衝撃を受けた。

続いて秀吉は、北国街道を眼下に見下ろす余呉湖周辺の尾根上に陣城を築き始めた。これは、雪が解け始めるや攻め寄せてくるであろう勝家の行き足を止めている間に、信孝と滝川一益を各個撃破するためである。

ちなみに余呉湖とは、琵琶湖の北東隅にある小さな湖である。その余呉湖と琵琶湖の間を隔てているのが賤《しず》ヶ岳《たけ》である。

これを知った勝家は焦ったが、越前敦賀《つるが》から余呉湖に至るまでの北国街道は雪に埋もれており、大軍の進退はままならない。

柴田勢四万の来援なくして、信孝と滝川一益に生き残る術はない。

二人は、それぞれ岐阜と伊勢長島に籠城し、与党勢力にも参戦を呼びかけた。

こうした動きを茫然と見ていた信雄に届いた秀吉の書状には、「岐阜城を包囲して信孝を降《くだ》せば、三法師後見役に任じ、三法師が成人するまで織田家の家督を預ける」と書かれていた。

秀吉とて三方面作戦は厳しい。しかも、主筋の信孝を表立って攻めることは憚《はばか》られる。それゆえ信雄を前面に押し出し、美濃戦線は織田家の家督争いという名分に持っていきたかったのだ。

秀吉の申し出を滝川雄利と土方雄久に諮《はか》ると、二人は一も二もなく言った。

「まずは、受けるべし」

しかし信雄には、一つだけ疑問があった。

「三郎兵衛、そなたの養父である左近将監《さこんのしょうげん》（一益）を敵に回すことになるが、構わぬのか」

「もとより」

かつて坊主にすぎなかった雄利は、養父一益の手筋を使って織田家に通じることができた。それがなければ、実家の木造氏は、主の北畠氏と共に滅んでいたに違いない。

それほど大恩ある一益を、平然と敵に回すことができる神経が、信雄には理解できなかった。

しかし雄利には、雄利の論理がある。

「それがしは、今この時、養父から扶持を得ているわけではありませぬ。それがしの主は中将様です。いかに大恩ある養父とはいえ、それで目が曇り、中将様の判断を狂わせるわけにはまいりませぬ」

雄利は当然のごとく付け加えた。

「今の主人への忠義を第一に考えるのが、武士というものでござろう」

「いかさま、な」

「殿、後見だろうが何だろうが、いったん織田家の家督さえいただいてしまえば、後はいかようにもなります。三法師が成人する前に死ぬこともあれば、秀吉とて、何があるか分かりませぬ」

雄久も秀吉の命に従うことを強く勧める。

「何があるか分からぬ、とな」

「いかにも」

鶴のように痩せた雄利と、小太りの雄久がそろってうなずいた。

信雄勢一万が岐阜城目指して北進を開始した。

秀吉を牽制するため、長浜城に先制攻撃を掛けようとしていた信孝は、これを見て出戦を断念、岐阜城の守りを固めると、進軍中の信雄の許に、宿老の岡本重政を派遣した。

信雄とその幕僚に対し、秀吉に与《くみ》する愚を説くためである。

重政は口角泡を飛ばして力説した。

「秀吉ある限り、織田家は根絶やしにされまする。わが主（信孝）の次は三介殿の番ですぞ。続いて於次丸殿、最後は三法師様でありましょう」

於次丸とは、信長の四男で秀吉に養子入りしている秀勝のことである。

「しかし、われらは総見院様の家督を争っている立場ではないか」と、雄久が反論すると、重政は「今は同じ織田家の者として力を合わせ、秀吉の首を取った後、雌《し》雄《ゆう》を決すればよかろう」と答えた。

その場での返事を保留し、重政を帰した後、信雄と二人の宿老は密談を重ねた。

「岡本の申すことは、尤もに聞こえるが」

信雄は、秀吉より信孝に信が置けると思った。しかし雄利と雄久の二人は、容易に信孝を信じない。

三人は進軍を止めて議論したが結論は出ず、戦局を横目で見つつ、去就《きよしゆう》を決めることになった。

　雄利が話をまとめた。

「いずれにせよ、攻城戦を行えば、こちらの被害も甚大な上、岐阜城は大要害。やっとの思いで落としても、その後に無傷の秀吉に進駐されては、われらは秀吉に従わざるを得ませぬ。包囲するだけして、秀吉と勝家の戦いの帰趨を待って判断すればよいではありませぬか」

　雄久が言葉を引き取った。

「秀吉が勝家に勝てば信孝は降ります。逆に勝家が勝てば、信孝と一時的に矢留《やどめ》（停戦）し、その後で調略を施し、勝家と信孝を離反させ、殿は勝家の担ぐ神輿《みこし》に乗ればよい」

「それほどうまくいくとは思えぬが――」

　二人の考えは至極、妥当に思えたが、中途半端なことも確かである。

　――藤吉は知恵をめぐらせ、必ずや、わしに城を攻めさせるはずだ。

　かといって、このままここで考え込んでいても、埒《らち》が明かない。

「まずは、岐阜城を囲みましょう」

二人の宿老に急き立てられるようにして、信雄は進軍を再開した。

これを知った信孝は、信雄の真意を量りかね、身動きが取れなくなった。

信孝としては、清須会議で煮え湯を飲まされた一人である信雄が、あからさまに秀吉に与するわけはないと踏んでいたのだ。

一方、伊勢長島の滝川一益は、秀吉に味方した近隣の三城を落とし、気勢を上げていた。

岐阜城付近に着いた信雄は包囲陣を布き、戦況の変化を待った。

これに驚いた岡本重政は、「三法師とその養育権は譲るゆえ、力を合わせて秀吉を倒そう」と譲歩案を提示してきた。

三法師の養育権譲渡は、信孝の持つ最高の札を渡すと言っているに等しい。

信孝の提案に信雄は傾いた。

「先々、秀吉が、われらの脅威となることは間違いないし、三法師の養育権もわしに譲ると言っておるので、悪い話ではなさそうだが――」

それでも二人の宿老は、首を横に振った。

「虚言に惑わされてはなりませぬ。三七殿に寝首をかかれますぞ」

「とにかく、秀吉と勝家の戦いの帰趨がはっきりしてから動くに越したことはありませぬ」

信雄も信孝を心底から信用しているわけではなく、二人の言葉に「そんなものかな」とも思い、返答を保留したまま岡本重政を引き取らせた。

ところが、秀吉は甘くはない。

伊勢に出撃した秀吉は、滝川一益と対陣しながら、信雄に再三、使者を送って攻城を促してきた。これに対し、信雄が何のかのと理由を並べて攻城に踏み切らないと、今度は、伊勢陣中への援軍を要請してきた。

秀吉はいかなる形を取っても、信雄を争乱に巻き込もうとしていた。

致し方なく信雄は、津川玄蕃允義冬《げんばのじょうよしふゆ》、岡田長門守重孝、浅井田宮丸長時を援軍として秀吉の許に派遣した。とりあえず援軍を派遣することで、岐阜城攻めを猶予してもらおうと思ったのである。

しかし、そのくらいで手綱を緩めるような秀吉ではない。

十二月中旬、攻撃をためらう信雄に対して秀吉は、津川ら三名を返してきた。この三人は元々、親秀吉派なので、信雄は厄介払いしたつもりでいたが、それが裏目に出て、攻城を促す使者として送り返されてきたのだ。

その代わりとして、秀吉の指名を受けた雄利が、森雄成《もりかつしげ》、飯田半兵衛らを引き連れて伊勢に向かうことになった。雄利は一益の養子であることから秀吉に疑われ、伊勢戦線に呼び出されたのである。

津川ら三人は、戻るやいなや口を酸っぱくして岐阜城への攻撃開始を進言した。あくまで秀吉は、「織田家の家督争い」として、信雄に信孝の始末をつけさせるつもりでいるのだ。

それでも城攻めを始めない信雄に対し、秀吉は最後通牒を突きつけた。伊勢から駆けつけてきた使者は、「岐阜を攻める気がないならそれでもよい。今からそなたを殺しに行くので待っておれ」という内容である。

信雄は震え上がった。

時を置かず、秀吉に与する丹羽長秀、細川忠興、筒井順慶、池田恒興らがやってきた。

これにより攻城軍は二万近くに膨れ上がった。

一方、養家の神戸衆にさえ逃亡された信孝の兵力は一千に満たないものとなり、頼りとするのは、稲葉・氏家・安藤の西美濃三人衆だけとなっていた。

信孝は再三、勝家に書状を送り、秀吉方の賤ヶ岳防衛線の強行突破を促すと同時に、信雄には秀吉との和睦の仲立ちを依頼してきた。

信雄が信孝の意向を秀吉に伝えたところ、秀吉は三法師に加えて、信孝の実母坂《さか》氏と、信孝の幼い娘を人質として差し出すなら和睦に応じると答えてきた。

「いかに信孝でも、こんな条件を受け入れられまい」とたかをくっていた信雄だったが、信孝がさらに追いこまれたことで、事態は一変した。

稲葉ら西美濃三人衆が、秀吉方に寝返ったのだ。

信孝は唯一、頼りとしていた西美濃三人衆にも見捨てられ、完全に孤立した。勝家の進撃をじりじりとした思いで待つ信孝には、時間だけが頼みの綱である。そのためには実母と娘の命さえ、危険に晒す気になっていた。

実母は、かつて信長の寵愛《ちょうあい》を受けた身であり、信孝の娘は信長の孫である。いかに秀吉とて、むごいまねはすまいと思うのは当然だった。

十二月二十日、信孝はこの条件を飲み、三法師、信孝の実母、娘の三人を受取役の丹羽長秀に引き渡した。

これにより美濃戦線は、一時《いっとき》の小康を得た。

引き渡された三人は、信雄の引見もないまま、秀吉の許に連れていかれた。

「人を馬鹿にしておる」

美濃戦線を任されている信雄の引見なく、三法師と人質を連行されたことが、信雄には不満だった。

いずれにせよ、これにより和睦は成り、岐阜城を包囲する必要はなくなった。

信雄は何の疑問も差し挟まず、配下に撤退を命じた。しかし、信雄らが撤退準備をしている最中、秀吉から使者が来着した。

「囲みを解くに及ばず」

信雄は唖然とした。

「わしに矢留の約定を踏みにじれと言うのか」

「信孝との約定を守るつもりなど、秀吉には初めからなかったのです」

土方雄久が目の端をひくつかせながら続けた。

「岐阜城攻めの総大将は殿でござる。このままでは、秀吉ではなく殿が表裏者《ひょうりもの》となり、世間の評判が失墜いたしまする」

「そんなことをさせてたまるか！」

信雄は喚いたが、喚いたところでどうすることもできない。

信孝だけではなく、信雄も秀吉の罠にはまったのだ。

五

天正十一年（一五八三）三月三日、佐久間盛政に率いられた柴田勢先手衆《さきて》一万余が北庄《きたのしょう》城を出陣した。続いて九日、勝家と前田利家を中心とした主力勢一万余も発向した。

勝家は内中尾山《うちなかおやま》（玄蕃尾城《げんばおお》）に本陣を据え、周辺の山々に諸将を分散配置した。

一方、北伊勢で滝川一益と対陣中に「勝家来たる」の報に接した秀吉は、北伊勢戦線を蒲生氏郷に任せて北上を開始、十七日に余呉湖の東南にあたる木之本《きのもと》に着陣した。総勢は四万五千である。

この時、大垣《おおがき》を通過した際に、秀吉は信雄へ恫喝《どうかつ》を忘れなかった。

「一月《ひとつき》のうちに岐阜城を攻めないのであれば、信孝ともども岐阜城に籠もれ」

この言葉を使者の口から聞いた信雄と二人の宿老は、震え上がった。

一方、賤ヶ岳周辺の陣城群に拠った勝家と秀吉は、にらみ合いを続けていた。

しかし琵琶湖水運を使えば、どこからでも自在に兵糧を運び込める秀吉方に対し、越前敦賀から険しい峠道を越えて兵糧を運ばざるを得ない勝家方に、持久戦での勝ち目は少ない。

そんな最中の四月十二日の深夜、秀吉方に寝返った長浜城主・柴田勝豊の組下与力である山路将監正国が、佐久間盛政の陣に駆け込んできた。山路ら長浜衆（柴田勝豊配下）は、以前より勝家から帰参を呼びかけられており、正国はその誘いに乗ったのである。

正国の登場で、両者の対峙は大きな転機を迎える。というのも、正国がとんでもないものを手土産に帰参したからである。

それは秀吉方の陣城に関する詳細情報だった。

これにより、秀吉方陣城群の配備兵力から縄張りまでもが、勝家方の知るところとなった。

とくに賤ヶ岳から北東に伸びる尾根筋にある大岩山砦は、半造作《はんぞうさ》であり、落とすのは容易だった。

さらに十五日、戦線に動きがあった。伊勢《いせ》長島《ながしま》城に逼塞《ひっそく》していた滝川一益が長良《ながら》川をさかのぼり、織田信雄の支城である美濃今尾《いまお》城に奇襲を掛けたのだ。

これを聞いた岐阜城の信孝も再び反旗を翻した。

一益と信孝は攻勢に転じることで、暗に勝家に賤ヶ岳防衛線の突破を促してきたのだ。

これを聞いた秀吉は十七日、豪雨の中、二万の兵を率いて本陣のある木之本を後にした。目指すは美濃大垣城である。

秀吉は、揖斐《いび》川を挟んで岐阜城まで三里半ほど西にある大垣城に入り、信雄を急き立てて岐阜城を攻めさせ、目途が立ち次第、北伊勢へと転じるつもりだった。

「秀吉出陣」の一報は勝家方にも伝わった。これで敵の後備《うしろぞなえ》はなくなり、兵力も四万五千から二万五千に減った。

天が、勝家に勝機を与えたとしか思えなかった。

勝家は女婿の佐久間盛政の提案を入れ、奇襲攻撃を決意、盛政に半造作の大岩山砦の攻撃を許可した。

二十日早暁、八千の軍勢を率いた佐久間盛政が、大岩山砦の中川清秀勢に襲い掛かった。

これにより賤ヶ岳合戦の火蓋が切られた。

——いよいよ明日、秀吉が来るのか。

十八日、信雄は苦悩の極にあった。

信孝からは、撤退を催促する使者が日に何度も来るが、信雄はそれを黙殺した。

信孝が再び反旗を翻したのは確かだが、和睦条件を履行せず、岐阜城包囲を解かなかったのだから、責《せめ》は信雄にある。

——わしは表裏者として青史に名を残すことになるのか。

信雄は嘆息した。

秀吉は手を汚さずに信孝を滅ぼし、続いて信雄に矛先を向けるつもりなのかもしれない。その時、卑劣な信雄を助ける者は、織田家旧臣にいないはずである。

信雄は、秀吉の網に徐々に搦《から》め捕《と》られていることを覚った。しかし、いったん術中にはまってしまえば、そこから這い出る術はない。

ところが秀吉は、豪雨のため揖斐川を渡河できず、大垣城に足止めされていた。岐阜城への攻撃は十九日を期して行われるはずだったが、秀吉勢が信雄勢に合流できず、攻撃は延期された。

その十九日、秀吉から急使が入った。

「柴田勢南下により江北で戦闘開始。よって岐阜城攻撃は中止。構えを固くし信孝を逃がすな」

信雄は安堵のため息をついた。

大垣―木之本間十三里（五十二キロ）の距離を、約五時間で踏破するという大返しを演じた秀吉は、戦場に着くや、佐久間盛政が、すでに大岩山砦を落としたことを知った。

続いて尾根続きの岩崎山砦を自落させた盛政は、尾根続きの賤ヶ岳までも占領しようと目論んでいた。

これは、慎重な勝家の意に反した行動である。

勝家は六度にわたって盛政に撤退を命じたが、盛政は大岩山砦に居座っていた。

った。

その矢先、賤ヶ岳守将の桑山重晴が先に撤退を開始した。これで盛政の肚《はら》が決まった。

勝家の命を無視し、盛政は大岩山に居座り続けることにした。

ところがその日の真夜中、盛政は信じ難い光景を目にする。

おびただしい数の松明《たいまつ》の列が、北国街道に続いているのだ。

盛政は即座に撤退を決意した。

二十一日午前二時、いまだ盛政が大岩山にいることを知った秀吉は、惣懸《そうがか》りを命じた。

午前三時、秀吉の前駆《さきがけ》部隊が、逃げる盛政の殿軍《しんがり》に追いつく。しかし、いくさ巧者の盛政も必死の退《の》き戦《いくさ》を展開する。余呉湖西岸を後退する盛政は、退くと見せては押し返し、陣形を乱さぬまま勝家本隊に合流せんとした。

しかし余呉湖西北端の川並《かわなみ》で、盛政勢八千は秀吉勢一万八千に追いつかれた。双方一進一退の凄まじい激戦が展開されたが、戦力差は歴然で、盛政勢に疲れの色が見え始めた。

しかし柴田方には、絶対の切札があった。

川並背後の茂山《しげやま》に陣取る前田利家隊二千である。

盛政は再三にわたり利家に使者を送り、前田勢の下山を促した。

一方、かねてから秀吉と懇意であった利家は、しつこいほどの秀吉の甘言に傾きつつも、「親父殿」と呼び、幾多の戦場を共にしてきた勝家を裏切れなかった。

決断がつかないまま、柴田勢の一翼を担って出陣してしまった利家だが、川並での戦闘を見て、秀吉の勝利を確信、柴田方からの離反を決意した。

しかし臆病な利家は、戦闘参加ではなく、戦線離脱という形で秀吉に貢献しようとする。前田勢が琵琶湖方面に退却を開始したという報が入るや、必死の戦いを続けていた盛政も力が尽きた。しかも前田勢の裏切りと、佐久間勢の壊乱を見た勝家の与力大名たちも、裏崩れを起こした。

勝家の眼前で、櫛の歯が欠けるように、味方が戦線を離脱していく。

しかし勝家は、山のように動かない。

陣形を乱すことを嫌い、壊乱する味方も取り込もうとせず、勝家は本陣を構える狐塚での決戦を決意した。

深追いする秀吉勢が狐塚の狭隘《きょうあい》地に入った時、勝家は全軍で逆襲を掛けるつもりだった。しかしその間にも、裏崩れは続いた。

脇を固めているはずの金森長近勢に至っては、すでに一兵の姿もない。勝家の直臣の中にも、恐怖から戦線を離脱する者が増え始めていた。

気づけば、勝家勢はわずか三千となっていた。

それでも勝家は悠然と構え、秀吉と刺し違えんとしていた。しかし、越前北庄での籠城を勧める小姓頭の毛受《めんじゅ》勝照らの必死の説得にほだされ、遂に戦場を脱することに決する。

これにより大勢が決した。

賤ヶ岳合戦は、五千余の戦死者と逃亡者を出した柴田勢の惨敗に終わった。

一方、越前北庄城に戻った勝家は、態勢を立て直す前に追撃してきた秀吉の前に、戦いらしい戦いもできずに自刃《じじん》した。

四月二十一日の賤ヶ岳合戦から、わずか三日後のことである。

その翌日、滝川一益も降伏し、瞬く間に織田家家臣団の抗争は決着を迎えた。

二十六日、なすこともなく茫然としていた信雄の許に、信孝が降伏を申し入れてきた。

これで攻城戦を行う必要はなくなり、信雄は自軍を温存することができた。

自軍が健在であれば、いかに秀吉とて、容易には信雄に手が出せない。

これにより信雄の地位は安泰となり、逆に信孝を待つのは破滅だけである。

——三七め、いかなる顔をして詫びを入れてくるか楽しみだな。

そんなことを思いつつ信雄は信孝を待った。

やがて、城受け取り役の浅井長時に引っ立てられ、信孝が姿を現した。

「あっ」

その姿を見た信雄は大きな衝撃を受けた。

背後に手を回された信孝は縄掛けされ、その縄の端を長時に摑まれていた。

突然、信雄の体内に奔流が起こった。抑えようのない怒りが胸底から突き上げてくる。

「この大馬鹿者が！」

これまで誰も聞いたことのない怒声が陣幕を震わせた。

「三七殿は織田家の男子であるぞ。その方《ほう》ごとき下賤の者が、織田家の男子を縄掛けするなどもってのほかだ。この武士の道を知らぬ大たわけが！」

床机を蹴倒した信雄は、脇差を抜き浅井長時に斬り掛からんとした。

その時、その場にいた者すべてが、信雄の中に信長を見た。

幕僚たちは凍りつき、誰も信雄を抑えようとする者はいない。下卑た笑いを浮かべていた長時の顔は、そのまま凍りついている。

城受け取り役といっても長時は、いまだ二十歳に満たぬ若輩である。

ようやく事態を察した長時は、地に額を擦り付け、懸命に非礼を詫びると、震える手で信孝の縄を解いた。

信孝は信雄に感謝の目配せをしてきた。

その後、信雄は酒席を用意し、しばし信孝と語り合った。おそらくこれが、兄弟最後の語らいとなることは、二人とも分かっていた。

信孝は、実母の坂氏と娘のことを信雄に託してきた。信雄は、その件については手を尽くすことを約束したが、秀吉に信孝の助命嘆願をできないことと、秀吉の許に信孝を送らねばならぬことを告げた。

信孝はすでに己の命をあきらめていたが、母親と娘のことだけは、繰り返し信雄に依頼した。そして、去り際に警句だけは忘れなかった。

「三介殿、ゆめゆめ油断めさるな。かの猿面冠者《さるめんかんじゃ》は必ずや貴殿に刃《やいば》を向ける」

その言葉にうなずいた信雄は、丁重に信孝を送り届けた。

秀吉の許に送られた信孝は、望んでいた秀吉との目通りも叶わず、あっさり死罪を申し渡された。その時、すでに母と娘も処刑されていると告げられ、その遺髪を渡された信孝は逆上した。

信長の側室だった己の母と信長の孫娘を秀吉が殺すなど、信孝は想像だにしていなかったのだ。

五月二日、信孝は尾張国知多郡野間内海《うつみ》荘にある大御堂寺《おおみどうじ》に移され、自害させられた。

その時、信孝は無念腹を切った。

無念腹とは、切腹の際、腹から溢れ出た腸《はらわた》を引きちぎり、周囲に投げつけることだ。この世に強烈な怨恨《えんこん》を残して死ぬ際に、それを周囲に伝えるために行われる。

信孝は壮絶な辞世の句も残した。


昔より主を内海の野間なれば　報いを待てや羽柴筑前

その昔、平治の乱で敗れた源義朝は、郎党である鎌田正清の案内で野間の地に落ちのびた。正清の舅《しゅうと》である長田忠致《おさだただむね》に匿《かくま》ってもらおうとしたのである。しかし平氏の権勢を恐れた忠致は、義朝主従をだまし討ちした。

この辞世の歌は、この故事を持ち出し、内海と「討つ身」をかけている。

信孝は狂わんばかりの怨恨を残し、この世を去った。

信孝の死後、その母子の保護を秀吉に申し入れた信雄だったが、あっさりと処刑されたと告げられた。

——兄弟の最期の頼みさえ、わしは叶えられなかった。

自らの無力を嘆いても、すべては後の祭りである。

——三七は、小才子であるがゆえに身を滅ぼしたのだ。

天井の節目を見つめながら、常真は回想を終えた。

中途半端に才ある者は、なまじ先が見えるために先手を打って動きたがる。

——しかし小才子は、しょせん小才子でしかないのだ。

信孝は人並み以上の才を持ち、織田家に生まれた。その織田家は、天下統一にあと一歩で手が届くところまで行った。しかも父と後嗣の兄が同時に死んだのだ。

――多少なりとも才があれば、天意を思い違いしたとしても不思議ではない。

織田家は信長の死と共に天運を失った。しかし、己に天が微笑んだと勘違いした信孝は、滅びの道を歩んだ。

――考えてみれば、わしは秀吉の片棒を担ぎ、織田家の衰運に棹《さお》差したのではないか。

結果から見れば、それはまごうかたなき事実である。

――わしは秀吉の走狗《そうく》にすぎなかったのだ。

それに気づいた時、腹の底から笑いがこみ上げてきた。

しかし笑いは、次第に悲しみに変わっていった。

気づくと、常真は泣いていた。

六

文禄元年（一五九二）九月を境にして、海上以外でも、日本軍の劣勢は覆い難くなっていた。

開戦劈頭《へきとう》、日本軍の火器に圧倒された李氏朝鮮軍は、正規兵のほとんどを失ったが、郷民を中心とした義軍が各地で蜂起し、日本軍の兵站線を破壊した。

義兵闘争である。

さらに明軍の支援も本格化し、続々と遼東から援軍が来着、その最新鋭の大砲の威力は、日本軍を圧倒した。

これらの知らせを受けた秀吉は、さすがに意気消沈し、「来春、自分が渡海し、一揆ばら（義兵）を撫で斬りとするまで、釜山・漢城・平壌を確保せよ」という指示を出した。

日本軍の支配は面から線へ、そして点へと、縮小を余儀なくされていった。

それだけならまだしも、日本軍には、さらなる試練が待っていた。

肥前名護屋も秋を迎え、山々の木々も色づき始めた頃、氏規は懐かしい知人の来訪を受けた。

「こうしてよく晴れた日には、壱岐対馬が見える」

「その彼方に朝鮮半島があるのですな」

客は宇野（外郎《ういろう》）藤右衛門光治といい、かつて北条家の御用商人を務めていた男である。

大陸から渡ってきた初代・陳外郎が、万能の丸薬として「透頂香《とうちんこう》」を開発し、京の貴顕の間で爆発的な人気を得たことに始まる外郎家の繁栄は、苦い薬を飲みやすくするための甘菓子を製造した二代目により、さらに大きなものとなった。

五代目に至り、本家を弟に譲った兄が小田原に渡り、以来、小田原北条家の商業顧問的地位を得て、薬種の独占販売を許可された。さらに、外郎家は北条家家臣として知行までもらい、小田原籠城戦にも最後まで従った。

北条家滅亡後、外郎家は武士の格式を奪われたが、商家としての存続を許され、小田原の復興に努めてきた。

八代目の光治は、すでに齢六十にかかろうとしていたが、その眼光はいまだ鋭く、北条家の商業顧問をしていた頃と何ら変わらない。

朝鮮半島に製薬や金創薬（塗り薬）などを送り届けるために名護屋を訪れた光治

は、その手配を終えた後、氏規を訪ねたのである。

氏規は光治を散策に誘った。

にわかに現実味を帯びてきた太閤渡海に、船番匠たちも安穏としてはいられず、茜浜のそこかしこで、船の修築の槌音が響いている。その中を縫うようにして二人は進んだ。

「藤右衛門は、あいかわらずだな」

「商人《あきゆうど》ですから、何であろうと商機は見逃しません」

晴れ渡った秋の空に二人の笑い声が響いた。

すでに豊臣政権には、多くの薬種商人が食い込んでおり、何の伝手《つて》もない外郎家が入り込むのは容易でなかったはずだ。にもかかわらず光治は、北条家滅亡後、二年を経ずして豊臣政権の御用商人の一人になっている。

「この外征は武家から商人まで総動員だ。そこに需要が生まれるというわけだな」

「需要が生まれれば入り込む隙もできる、というわけです」

半島への出兵は、商人たちにとっても大きな商機を生んでいた。この波に乗るか乗れぬかで、今後の盛衰は決せられる。

そうした意味で戦乱は、武家以上に商人にとって飛躍の好機である。

「太閤は本気で唐入りするつもりだ。大政所逝去により、全軍撤退もあるかと淡い期待を抱く者もおったが、太閤は名護屋に戻るや、再び渡海を言い出しておる」

「しかし、近頃は戦況も芳《かんば》しくないと聞きます」

「うむ。敵水軍と義兵の決起により、半島の各地で兵站が分断され、補給が思うに任せなくなっておる」

「そして、冬がまいりますな」

「うむ、半島の冬は厳しいと聞く。十万を越える大軍をいかに越冬させるか、奉行たちの手腕が問われる」

氏規の足は自然、いつも行く小丘に向いていた。

そこから見下ろす玄界灘は、いつになく荒れていた。湾口にある加部島にも白い波頭が砕け、その彼方に壱岐対馬が煙っている。

「その昔、鎌倉武士は、この海で元の大軍を破りましたな」

「あの時は天佑があった。天佑は祖先の地を守る者に多くある。他国を攻める者には、その地の神を敵に回す覚悟が必要だ」

「神とは美濃守様らしくもない」

期せずして二人は笑った。

氏規は徹底した現実主義者だった。若い頃より和漢の書籍を手当たり次第に読破した氏規は、真理を自然科学に求めた。それが高じて、自らの印判には、『真実』の二文字を使うほどであった。

「しかし、われらの地には天佑はなかったな」

「いかにも」

二人は同じことを考えていた。


天正十六年（一五八八）十月、秀吉との面談を終えて帰還した氏規の報告により、上野国沼田領問題の裁定を仰げると聞いた氏政・氏直父子は、この問題に詳しい板部岡江雪斎を上洛させ、その詳細を豊臣家の奉行衆に説明させた。

秀吉としては、天下人として公平な裁きを下さねばならない。

この裁定に理がないと見切った訴訟相手の真田昌幸は勝訴をあきらめ、秀吉に哀訴した。昌幸の主張は「先祖代々の墳墓の地である名胡桃《なぐるみ》だけは残してほしい」という点に終始した。

名胡桃とは、利根川以西の沼田領のことである。

信州上田が発祥の地である真田家の墳墓が、上州名胡桃にあるわけがないのは、秀吉も分かっていたが、一方的な裁定を下すことにより、北条家に甘い顔を見せるわけにもいかず、双方の顔が立つ裁定を下した。

一、沼田領三万石の地を三等分する
二、その三分の二を北条家の領有とする
三、残る名胡桃の地は真田家の領有とする
四、真田家の失った沼田領二万石の替地は、信濃国内のいずれかの地に、徳川家が用意する
五、以上のごとく沼田領の裁定が下されたので、氏政か氏直のどちらかが上洛する

小田原では、この裁定を受け入れるかどうかの評定が開かれた。受け入れぬとな

れば開戦は必至である。そのため氏規は必死の論陣を張った。

「名胡桃一万石をあきらめるだけで、北条領国が安堵されるなら、それでよいではないか」という氏規に対し、氏照は「その一万石が、かの老人（昌幸）の楔《くさび》（橋頭堡）となる。敵の領国内に飛び地を持てば、そこを舞台に、いかようにも舞うのが真田昌幸という男よ」と言って譲らない。

一日目の評定は平行線をたどり、結論が出なかった。

隠居の氏政、重臣筆頭の松田憲秀、次席の大道寺盛昌の三人は、氏照に賛意を示し、譲ろうとしない。

そのため氏規は、その夜、板部岡江雪斎を伴い、すぐ上の兄にあたる氏邦の許を訪れた。

氏邦は、氏康の三男で氏政と氏照の同腹弟にあたる。

氏邦は上野戦線を担当しているため、氏邦さえこの条件をのめば、家内きっての実力者の氏照でも、口をつぐまざるを得ないことになる。

しかし氏邦は、かつて織田政権の滝川一益が関東奉行に着任することにより、上野国から立ち退かざるを得なくなるという苦い経験を経てきており、上方政権に対する不信感は人一倍強い。

しかし時勢を見る目は確かで、その言葉の端々から、豊臣軍と戦っても利がないと感じているのは間違いない。

氏規の夜を徹した説得により、氏邦も臣従に賛意を示した。

翌日の評定は、氏邦が牽引した。

「秀吉の裁定に異を唱えることは、秀吉の面目をつぶすことになる。ここは大人しく裁定に従い、沼田領を安堵してもらおう」

氏邦の意見には説得力があり、重臣の多くがうなずいた。

しかし氏照も譲らない。

「真田家に名胡桃の地を押さえられてしまえば、沼田城は孤立する。それが因となり上野一国を失うことになる」

議論は延々と続くかに思われたが、氏邦の次の一言で大勢は決した。

「沼田には、わしが入る。兄者ではない」

氏照は色をなしたが、返す言葉はなかった。

かくして秀吉の裁定に従うことにした北条家は、豊臣家に臣従することになった。

この決定に従い、すぐさま板部岡江雪斎が上洛し、豊臣家奉行衆に受諾の意を伝えた。

氏規は感無量だった。

これで戦雲は去り、北条家は安泰となったのだ。


「ときに、美濃守様」

回想にふけっていた氏規は、光治の声でわれに返った。

「十郎様（氏房）のことは、無念でありましたな」

「十郎は、これからという時に家を失っただけでなく命まで失った。名ある家に人並み以上の器量を持って生まれても、それを生かせる運命《さだめ》になかったのだ」

「それでも、十郎様は偉業を成し遂げました。十郎様なくして、あれほど円滑に開城が進んだとは思えませぬ。われら小田原商人が今日あるのも、そのおかげでございます」

「そう言ってくれるか」

光治の言葉に氏規は救われた気がした。

「人は皆、使命を背負ってこの世に生まれる。十郎には無辜《むこ》の民を救うという使命があり、それを成し得たからこそ、この世から旅立っていったのだ」

小田原合戦の折、氏房が当主の氏直を説得し、秀吉に無条件降伏したからこそ、小田原城に籠もった民は救われたのだ。

「いかにも」

「それでは、わしの使命は何だ」

氏規が、兄のような光治に甘えるかのように内心を吐露した。

「美濃守様には、誰にも成し得ない大事な使命があります。早雲庵様以来の北条家の祀りを絶やさず、北条家の理念を後世に伝えてゆくことは、美濃守様でなければできぬ仕事でございます」

光治は恬淡《てんたん》として答えたが、氏規は納得できない。

「天がわしに与えた使命は、それだけか。わしは、そのためだけに生まれてきたというのか」

それを聞いた光治は、ぽつりと言った。

「枡《ます》からこぼれた酒は、誰にも飲めませぬ」

「枡からこぼれた酒――、となる」

「はい、それがしが祖父から聞いた唐土の話ですが、人の胸底には、酒の海があるといいます。満々と酒をたたえた胸底もあれば、枯野のように干からびた胸底もあります。人はその酒を使い、それぞれの仕事を成し遂げようとします。しかし、いかに酒量が多くとも、枡が小さければ、酒は枡からこぼれ落ちるだけなのです」

――酒量とは器量のこと、枡とは天運のことか。

人は、己の才に見合った使命を天から下されるとは限らないと、光治は言いたいのだ。

「太閤殿下の枡は、桁違いに大きいということだな」

「はい、殿下の枡は誰よりも大きい。しかしかの御仁は、その枡の大きさを見極められず、その大きさを知るために大陸を制さんとしておるのです。万が一、大陸を制したとて、殿下は枡の大きさを知ることはなく、さらに西の天竺や南蛮までも制さんとするに違いありませぬ」

秀吉は死に至るまで己の枡の大きさを知ることはなく、命ある限り侵略を続けるというのだ。

「つまり、その無間《むげん》地獄は、殿下の死まで続くというのだな」

「はい、それが、かの御仁の運命《さだめ》でありましょう」

「それでは、わしは一万石を守り、それを後世に伝えていくだけの運命なのだな」

光治が苦しげに顔を歪ませた。

「美濃守様の枡は、酒量に比べていかにも小さい。小さすぎる。しかし枡の大きさは、誰にも変えられぬのです。美濃守様、忍耐でございます」

眼下で砕け散る波濤が、氏規の胸底に眠る酒を揺さぶった。

七

「淀殿懐妊《かいにん》」

この驚くべき一報が肥前名護屋陣を駆けめぐったのは、十二月中頃だった。

名護屋在陣諸将の中でも、この情報をいち早く得た者は、われ先に祝辞を述べるため城に向かった。

前年に鶴松を失っている秀吉の喜びもひとしおで、その日のうちに祝辞を述べに来た者には、誰彼構わずに会った。しかし二日目からは、奉行を通じて秀吉の時間を押さえるよう通達が出された。

祝辞を述べにやってくる者が、あまりに多かったためである。

初日に駆けつけられなかった常真も、懇意にしている前田玄以《げんい》の伝手《つて》を使い、秀吉の時間を押さえることに成功した。引出物をどうしようかと悩んでいると、その時間を譲ってくれ、売ってくれなどという大名連中からの要請があった。

——ふざけるな。これは戦と同じだわ。

常真はそれらの話を丁重に断った。

ところが登城の支度をしていると、滝川雄利と土方雄久の二人がやってきた。

二人はぜひ同道したいという。正式には、すでに常真と主従関係にない二人だが、万が一、常真が大領を回復した際には、重臣として返り咲ける可能性もあり、随伴を願ってきたのだ。

しかも交換条件のように、「徳善院殿（前田玄以）より、大名の格式での登城許可をもらってきました」という。大名に重臣が付き従い、共に秀吉に拝謁するのは、よくあることである。臨時雇いの供回りだけでは、寂しいと思っていた矢先でもある。

常真は二人の随伴を許すと、かつてのように悠然と駕籠に乗った。

名護屋に来て以来、常真は最も気分がよかった。駕籠の窓をたくし上げて外を見ると、そこかしこに寒椿の花が咲き、穏やかな日差しは枯枝の葉を照らしている。

——もう秋か。

季節の移り変わりを楽しむでもなく、屋敷内でふさぎ込んでいたのが嘘のようである。

通り過ぎる将兵も、常真の格式を見て、道を譲って立礼していく。

常真は、無意識のうちに猿楽『高砂《たかさご》』の一節を口ずさんでいた。

高砂や、この浦舟に帆を上げて、月もろともにいでしおの、浪の淡路の島かげや

ところが、常真の得意もそこまでだった。

城内に入るや秀吉の不興が知れた。御殿を歩き回る同朋や取次役の微妙に張り詰めた空気で、常真は、それと知ることができるようになっていた。

それが、座敷で功名を挙げねばならぬ者の悲しき性《さが》である。

――押しかける諸大名に応対しているうちに、お疲れになったのだろうか。

対面の間で、そんなことをつらつら考えていると、秀吉の足音が聞こえてきた。

不機嫌そうに座に着く秀吉を上目遣いに見つつ、常真は額を畳に擦り付けた。

「此度の事、真《まこと》にもってめでたきことにございます。これにより豊臣家千年の計は成ったも同じ――」

常真は用意してきた挨拶の言葉を並べたが、秀吉は無言である。通り一遍の祝辞が終わると、次の言葉をどう続けるべきか分からない。

額に冷や汗が浮かんでいるのに気づいたので、常真は懐に手を入れ、手巾《しゅきん》を取り出した。その時、手が震えた。

それを秀吉が見逃すはずがないことを、常真は知っていた。

主人の信長同様、秀吉は、弱気な者、卑屈な者、怯える者に対して、ことさら辛く当たる。この気質は終生変わらず、敗れても堂々としている者には礼を尽くすが、命乞いした者に容赦はない。

途方に暮れる常真を見るのにも飽いたのか、ようやく秀吉が助け舟を出した。

「さて常真殿、わしは貴殿に用はないが、貴殿は、わしに何の用がおありかの」

それは助け舟どころか、常真をさらに追い込むための泥舟だった。

「はっ、淀殿ご懐妊と聞き及び、祝賀を述べに参りました」

語尾が震えた。こうした場合、最も避けねばならないことである。

「ほほう、それは殊勝な心がけだな。確かに淀は懐妊した。しかし、わしが正式に発しておらん話をどこで聞き及んだものか」

「えっ——」

「これは私的なことだ。雑説《ぞうせつ》はすぐに広まるものとはいえ、御伽衆が、いちいちそれらに聞き耳を立てるのはいかがなものかの」

秀吉の目に冷酷な光が浮かんだ。

常真は、次に来るであろう恐ろしい言葉に身構えた。

「ところで常真殿は、大名の格式で来られたようだが、この秀吉の知らぬところで、誰が常真殿を大名にしたのかの」

常真は肩越しに左右後方を見たが、二人の元宿老も平伏しているだけである。

「どうせ誰かにそそのかされて、大名の格式での登城許可をもらったとでも吹き込まれたのだろう。のう下総」

下総とは滝川雄利のことである。

「はっ」

滝川雄利にも言葉がなかった。

「徳善院殿から許可をもらいました」と抗弁したところで、秀吉の機嫌をさらに悪くするだけである。

尤も、手堅い玄以が秀吉の許しを得ていないはずはなく、秀吉が常真を困らせようとしているのは明らかである。

「常真殿、わしは亡き総見院様に大恩を受けておる。それゆえ唯一の正統である貴殿を、わが子のように思うてきた。その父が、あえて申したいことは一つ」

秀吉が、体をもたせかけていた脇息《きょうそく》を後方に押しやった。決めの一言を発する時の癖である。

「分をわきまえろ」

——あっ！

常真は、己の拠って立つ足元が崩れるような衝撃を受けた。

――これほどの屈辱があろうか。

確かに常真には人並みの能力はなく、人並みの気概もない。しかし曲がりなりにも常真は、かつての天下人である信長の息子である。

――この男は、わしの最後の誇りまでもはぎ取ろうというのか。

常真はあまりの情けなさから、骨が砕け、臓腑が溶けていくような感覚に襲われた。

気づくと秀吉がいた場所には、すでに誰もいなかった。その後方に控えていた小姓たちの姿もない。

ようやく顔を上げた常真は、眼下に三つの染みがあるのに気づいた。一つは額から出た汗であろう。残る二つは、常真の両目から出たものらしかった。

八

「叔父上、いかな者でも、小田原で決めた豊臣への臣従という方針を無視し、名胡桃を奪うなどということはできませぬ。きっと虚説でありましょう」

氏規と対座する氏直が笑みを浮かべてそう言ったが、氏規は釈然としなかった。

小田原城大広間――。

年賀の祝いを述べに氏規が参上した時である。突然、入ってきた使者が、上州沼田城代・猪俣邦憲《いのまたくにのり》の名胡桃城奪取を報告してきた。

真田方の名胡桃城を奪い取ることは、秀吉の定めた「関東奥羽惣無事令《そうぶじれい》」に違背する行為である。それは豊臣政権への反逆を意味し、即時に北条攻めが発令されることにつながる。

しかし惣無事令を遵守《じゅんしゅ》する旨は、各城主・城代・城将にすでに伝えてある。小田原の方針を無視し、一城代の猪俣が勝手なことをするわけがない。

――何か事情があるに違いない。

氏規が様々に考えをめぐらしていると、第二の使者が来て、先ほどのことは誤報であると告げた。

――よかった。これで平和な正月を迎えられる。

氏規は胸を撫で下ろした。いつしかそこには、氏政、氏照、氏邦ら同腹兄弟が集まり、酒盛りになっていた。

「虚説でよかったの、兄者」

氏規は隣の氏照に声をかけた。

「虚説とは名胡桃のことか。あれは真だ。わしが取らせた」

氏照がにやりとした。

「何――、それはどういうことか」

「秀吉と戦をしたかったのでな」

「何ということを！」

氏規は逆上し、氏照に摑み掛かった。

「よせ助五郎、戯れ言も分からぬか」

氏照は笑いながら逃げ回っている。

「兄者、またわしを謀《たばか》ったな」

氏規が背後から氏照に組み付くと、それを見た氏政や氏邦も大笑いしている。

いつしか皆、童子になっていた。生真面目な氏規を氏照がからかうことは、子供の頃、よくあった光景である。

皆の笑い声が耳朶《じだ》に響き、氏規も負けじと笑い声を上げた。

しかし、夢はそこで終わった。

蒲団をはねのけて半身を起こした氏規は、そこが肥前名護屋陣であることを思い出した。

「どうかなされましたか」

障子を隔て、格子番《こうしばん》の燭台の灯がゆらめいている。

「すまぬ。何でもない」

格子番を下がらせた氏規は、周囲を見回し、今のことが夢であったことを、あらためて覚った。

——あれから何度、同じような夢を見たことか。

場面や人は違っても、夢の内容はいつも同じだった。

名胡桃城強奪が誤報であり、「よかった、よかった」と言いながら、皆で新年を祝うという構図である。

夢の中で北条家は安泰であり、小田原城には、無数の三鱗旗がはためいていた。

氏規は近くに置いた手巾で汗をぬぐい、水差しの水を飲んだ。

——あれが本当に夢であったら、どれほどよかったか。

氏規は苦闘の日々に思いを馳せていた。

天正十七年（一五八九）十月、北条家が豊臣政権に臣従したことで、小田原は一時の平穏に満たされていた。宿《しゅく》を行き交う人々の顔から不安は失《う》せ、笑みが見られるようになった。

氏政の上洛を十二月に控え、この日も評定の間では、上洛人数や費用の知行役負担割りが協議されていた。

上洛といっても、氏政が身一つで行くわけではない。関東の覇者として、それなりの人数と格式を調えねばならない。とくに己が上洛した際の屈辱を思うと、氏規は、兄にはそれなりの人数と格式を調えてやりたかった。

勘定方と綿密な下打ち合わせを行った氏規は、家臣たちの負担が平等になるよう、苦心の計画を練り上げていた。

ちょうど、それを勘定方に発表させている最中のことだった。緊張した顔つきの取次役が駆け込んでくると、氏直に何か耳打ちし、書状を渡した。

書状を読む氏直の顔は、見る見る真っ青になり、顔を上げるや、その視線が氏規に向けられた。

——よもや。

何も言わずとも、氏直の瞳はすべてを語っていた。

この評定には、氏政、氏照、氏邦の三人が出席しておらず、氏政か氏照が独断で何かを仕出かしたに違いないと氏規は踏んだ。

議事進行役の氏規は評定の中断を宣すると、すかさず氏直の側に寄った。

「いかがなされましたか」

「叔父上、たいへんなことになった。安房守（氏邦）からの書状だ」

氏規はそれに目を通すや、すべての努力が潰《つい》えたことを覚った。

その書状には、沼田城代の猪俣邦憲が、独断で真田家の名胡桃城を奪取したと書かれていた。氏邦の印判も捺されており、誤報ではない。

これにより「関東奥羽惣無事令」への違背として、秀吉に関東征伐の口実を与えたことになる。

この頃、秀吉の怒りは、惣無事令を無視して蘆《あし》名《な》盛重と戦闘に及んだ伊達政宗に向けられていた。しかし、これで矛先は再び関東に向けられる。

「叔父上、いかがいたすべきか」

遠くで氏直の声が聞こえる。われに返った氏規が目を開けると、重臣たちの視線が氏規に注がれていた。

「致し方ありませぬ。皆にお話し下さい」

氏直は首肯し、重臣たちに包み隠さず事件を話した。

評定の間は、小田原城始まって以来の騒ぎになった。大声で何か論じる者、席を立ってうろうろする者、家臣を呼び、己の城に使者を立てんとする者などで、混乱は極まった。

「静まれ！」

氏規が一喝すると、皆の動きが止まった。

「おのおの方は、いったん本拠に戻り、戦《いくさ》支度に掛かられたい。これで戦と決まったわけではないが、それぞれの城の防備を厳にしておくに越したことはない」

氏規は、状況が明らかとなるまで和戦両様の構えを貫くつもりでいた。

「その後のことは、追って沙汰する」

それを最後に、諸将は評定の間を後にした。瞬く間に喧噪は去り、大広間には氏直と氏規、さらに重臣席には、外交担当の板部岡江雪斎だけが残っていた。

　氏直は茫然自失の体である。

「若殿、すぐに大殿（氏政）と奥州（氏照）に使者を送られよ。不穏な動きを厳に慎むよう、当主として厳命なされるのです。さらに関白殿下に弁明と謝罪の書状を送られよ。早ければ早いほどよい。さらに、徳川殿に仲介の労を取っていただくしかありますまい。それでも関白殿下が誤解を解かなければ、弁明使を送られよ。関白への弁明使は石巻康敬《いしまきやすまさ》を、徳川殿には江雪をあてるべし」

「分かった。すぐに手配りする」

　氏直は、よろよろと立ち上がると奥に下がっていった。

　それを見届けた氏規は江雪に眼を向けた。

「江雪、ここからが勝負だ。関白殿下の足下にひれ伏しても戦はせぬ。その方針だけは貫く」

「分かりました」

　江雪も事態の厳しさを十分に覚っている。

「まずは弁明だ。頼むぞ江雪」

「引き受けまして候」

岩塊のような江雪の面に、不退転の覚悟が表れていた。

第三章

四水晦冥《しすいかいめい》

一

文禄二年（一五九三）に入り、朝鮮渡海軍は深刻な戦線の縮小を強いられていた。

平壌にいる小西行長は頻繁に兵糧不足を訴えてきており、これにより平壌―漢城間の兵站が危機に瀕していることが、足軽小者にまで知られるようになった。

秀吉はそれでも強気の姿勢を崩さず、「平壌死守」を行長に厳命、石田三成や大谷刑部《ぎょうぶ》ら奉行衆を渡海させた。

平穏な日々が続いていた名護屋にも、にわかに緊迫感が漂い始めていた。

昨秋頃から、負傷者や病で倒れた者を乗せて引き揚げてくる船の往来が激しくなり、その疲弊した様子から、容易ならざる戦いが、半島で行われていることが明らかとなってきた。

こうした状況を憂慮した秀吉は、沈滞する名護屋在陣将兵の士気の鼓舞を図るため、何らかの行事を挙行しようとした。

まず秀吉が思いついたのが「瓜畑《うりはた》遊び」である。

「瓜畑遊び」とは、名護屋城山里曲輪に瓜畑を作らせ、その周囲に旅籠《はたご》、酒屋、茶店などの模擬店を設け、参陣諸侯に寸劇を演じさせるという趣向の遊びである。菅笠《すげがさ》をかぶった秀吉は、柿色の帷子《かたびら》に藁《わら》の腰蓑《こしみの》を着け、瓜の籠を背負い、「味よしの瓜召せ召せ」と呼ばわった。その下卑た歩き方や節回しが、あまりに真に迫っていたので、人々は「お里が知れる」と噂し合ったという。

高野聖に扮した前田利家は、笈《おい》を背負って「宿請う、宿請う」と野太い声を上げ、家康も〝あじか（竹製のざる）〟売りに扮したという。

「瓜畑遊び」は好評を博したが、これくらいで将兵の士気が騰《あ》がるはずもない。

そのため秀吉は、新年を祝した初能奉納を大宰府天満宮で行うことに決めた。

しかも次第に計画は肥大化し、遂に庶民にまで能見物を許可することになった。

そのため集まり来る群集を天満宮内におさめることは困難となり、秀吉は、かつての大宰府の跡地に大規模な能舞台と桟敷《さじき》を築くことにした。

この頃から秀吉の能への傾倒が激しくなる。

文禄二年二月、秀吉は山城八幡社の能楽師・暮松《くれまつ》新九郎を名護屋に呼び寄せ、演能の手ほどきを受けると、三月には十番もの能を舞うことができるようになったという。

大坂に戻ってからは、さらに能への傾倒に拍車がかかり、遂には帝に能を披露すべく、同年十月、禁中能を挙行した。

庶民の芸能である猿楽から発展した新しい娯楽である能を、宮中で天覧に供するなど前例がなく、思いとどまるよう進言する公家もいたが、秀吉は意に介さなかった。

文禄二年十月を皮切りに、同三年（一五九四）四月、文禄五年（一五九六）五月と、つごう三度にわたって秀吉は禁中能を催した。もちろん、その間に行われた常の能興行は数知れず、秀吉はそのたびに激しい稽古に励み、自ら舞った。

しかもそれに飽き足らず、秀吉は、お抱えの能作家である大村由己《ゆうこ》に新作能『明智討』、『柴田』、『北条』、『吉野詣』、『高野参詣』などを書かせ、自ら作中の自身を演じたのだ。

自らの事績を自らが演じるという前例のないことを秀吉は行い、それに耽溺《たんでき》していった。

そこには、自らを神の子と信じる底知れぬ自己陶酔があった。遂に桃山の熱気は、渦の中心にいる秀吉までものみ込んだのである。

七草の明けた一月中頃、秀吉一行は、華美な装束を競うように大宰府天満宮に向かった。

天満宮で新年の参拝と戦勝祈願の儀式を執り行った後、一行は大宰府跡に移動することになっていた。

唐津街道を東に進むその一行の中に、常真もいた。

途中、前原《まえばる》で休憩した折、前田玄以が常真の駕籠までやってきた。

「殿下が常真殿の舞をぜひ見たいと仰せになられております。とくに常真殿の『船弁慶』は当代随一。久方ぶりに見てみたいとのことですが、いかがなされますか」

常真は、呆れて二の句が継げなかった。

――わしを晒《さら》し者にする気か。

「面、衣装、小道具などは、こちらで手配いたします」

常真に否を言う権利はない。豊臣政権における秀吉の意向は決定事項なのだ。

玄以は常真の返事も聞かずに、そそくさと行ってしまった。

常真は憂鬱な気持ちで駕籠に揺られた。

――かの男は、あの時も所望したな。

常真は、封印していた苦い思い出を図らずも引き出していた。

二

天正十二年（一五八四）一月、安土の大宝坊において、信雄は秀吉と対面することになった。柴田勝家らを滅ぼし、織田信孝と滝川一益を屈服させることにより、天下統一が視野に入ってきたため、秀吉から面談を求めてきたのである。

当然、その裏には、信雄の真意を探るという目的がある。

真意とは、これからも秀吉に従属していく気があるかどうかということである。

対面の儀は、戦勝と年賀の祝いを兼ねて盛大なものとなるはずだった。

場所が安土ということもあり、主は信雄が務め、客は秀吉という形式を取ることになった。その席には、兄信忠の嫡男・三法師や弟の秀勝もやってくる。

いた。

　秀吉との久方ぶりの対面を前に、信雄は、亡き信孝の最期の言葉が気にかかって
　──秀吉は次にわしを狙ってくるのか。

　松ヶ島城小書院に籠もって気をもんでいると、土方雄久が現れた。

「殿、千載一遇の機が参りましたな」

「何のことだ」

「お戯れも、ほどほどになされよ」

　雄久が小馬鹿にしたように言った。この男は、いつもこうである。

「殿、この機を逃せば秀吉を討つことはできませぬ。幸いわれらが差配の下《もと》、対面の儀は執り行われます。いずこかに兵を隠し、有無を言わさず討ち取ってしまうべきでしょう」

　謀略を語る時のこの男の癖で、目尻を痙攣《けいれん》させている。

「馬鹿を申すな」

「秀吉は少数の供回りだけで寺に入るはず。入るやいなや門を閉めれば──」

「それほど容易に、秀吉を討ち取れるはずがあるまい」

雄久の浅知恵に、信雄は、ほとほと愛想が尽き始めていた。

「それでは堂に火を放ち、混乱に紛れて討ち取りましょう」

「そんな見え透いた手が通じる相手ではないわ」

信雄がため息混じりに言った。

伏兵を置くなど、先行した秀吉の先触れが下調べをするので無理である。社殿の陰から鉄砲で狙撃するにしても相当の腕が要る。唯一、秀吉に近づくことさえできれば、刺殺することは可能である。

しかし秀吉が、危険な者を近づけるはずはなく、よしんば近づけたとしても、事の成否を問わず、刺殺者は間違いなく殺される。

殺されるのを覚悟で、こんな役回りを引き受ける者がいるとは思えない。

「秀吉が油断し、人を近づける機会と言えば——、そうだ能奉納を行いましょう」

雄久が熱に浮かされたように言った。この男は、陰謀に熱中している時が最もいきいきしている。

「能と申したか」

「はい、能舞台から最前列の秀吉の席までは、三間もありませぬ」

激しく目尻を引きつらせつつ雄久が続けた。

「疾風のように舞台を駆け下り、秀吉を刺すことは、不可能ではございませぬ」

「失敗すればどうなる」

「殿、わが配下に能役者と見まがうばかりの舞の名人がおります。舞の最中、その者が秀吉に近づき、ひと思いに――」

雄久は信雄の問いに答えず、言葉を続けた。

「演題は『船弁慶』がよろしかろう。仕手《シテ》（主役）の知盛の持つ薙刀《なぎなた》の中に本物の手《て》槍《やり》を仕込んでおく。そして頃合を見て舞台から飛び降り、秀吉を刺す。その者は討たれましょうが、息子に一万石やると言えば引き受けましょう」

雄久は自分の策に酔っていた。謀略家にありがちなことである。

「わしはどうする」

信雄は、秀吉の隣に席を設けられるはずである。

「殿は、知盛役の仕手が舞台を飛び降りるのを機にお逃げなされ。それがしが脱出の手配りをしておきます」

「とは申しても、相手は秀吉だぞ」

「殿、これほどの機会は二度と訪れませぬぞ」

雄久に促されるままに、信雄は断を下した。


天正十二年（一五八四）一月九日、秀吉が安土の信雄を訪ねてきた。

主力部隊に焼け落ちた安土城の片付けを命じた秀吉は、百名程度の供回りだけで園城寺に来た。先導するのは滝川雄利である。今回の陰謀は、一方の腹心である滝川雄利にも内密にしてある。

「中将殿、久方ぶりだの」

信雄は左近衛中将に任官し、周囲から「中将殿」と呼ばれるようになっていた。

満面に笑みを浮かべているものの、秀吉の両目は用心深く左右を見回している。

年賀の辞を取り交わした二人は、会食した後、能を観ることになった。

新設された能舞台の正面には、三つの貴賓席が設けられ、秀吉、信雄、秀勝がそこに座す。能の終演は夜になるので、秀吉は三法師を先に帰らせていた。

案内されずとも中央の座に着いた秀吉は、いかにも親しげに信雄に語りかけた。

「柴田殿を討つのは、わしも忍び難かった。上様（信長）亡き後、皆で力を合わせ、その大事業を完成させることが、何よりも供養になると信じておったが、柴田殿は悪心を抱いたのだ」

「えっ」

信長の遺志を継ぎ、「天下布武」を完成させようとしていたのは柴田勝家であり、織田家の天下を簒奪したのは秀吉である。

にもかかわらず、その立場は見事に入れ替わっていた。

――正義は常に勝者と共にあるのだ。

信雄は、かつて信長から聞いた言葉を思い出していた。

「上様の大事業を完成させることだけが、今のわしの望みだ。上様の血縁者や寵愛を受けた者でも、それを邪魔する者は許さん。中将殿は――」

豪傑じみた素振りで、秀吉が信雄の肩を叩いた。

「わしに賛同し、力を貸してくれた。真に殊勝だ」

――殊勝だと。

秀吉は、すでに上位者として信雄を見下していた。そこには信長の息子に対する礼節や尊敬など欠片《かけら》もない。

しかし信雄は、秀吉の言葉に謝意を示すと同時に、秀吉の差し出す盃を受けた。

これにより信雄は、秀吉に「殊勝」と言われる立場を認めたことになる。

「のう中将殿、わしには欲などない。上様の大事業が完成したあかつきには、俗世から身を引き、どこぞに庵《いおり》でも編もうと思うておる。その時、三法師様を守《も》り立て『天下布武』を支えるのは、丹波中納言（秀勝）と貴殿となる」

――この男は本気で言っておるのか。

自らの言葉に酔ったように話す秀吉の横顔を見て、信雄は、この言葉を信じてもよい気がした。

やがて拍子木が打たれ、能が始まった。

秀吉は役者が舞台に上がったり、舞台から下がったりする度《たび》に、腕まくりして大げさに手を叩いた。

秀吉の好みなど心得たものと豪語した雄利は、一番能に天下泰平を祝した「賀茂」を、二番に修羅能としては軽めの「清経《きよつね》」を、三番の鬘物《かずらもの》には幽玄美の「松風」を、四番の雑能には「恋重荷《こいのおもに》」を、それぞれ夫婦狂言を挟みつつ配した。

そして最後の演目となる五番が「船弁慶」である。

である。

「船弁慶」とは平家滅亡の後、頼朝と不仲になった義経が、西国に落ちる途次、摂津尼崎から船出したところで、平知盛の怨霊が現れて道行きを邪魔しようとする話である。

義経や弁慶が出ることもあり、武士の間で、とくに好まれた演目である。

夕刻から始まった能は、三番能の頃には夜になっていた。

その頃には、双方の家臣にも酒が回り、打ち解けた雰囲気が漂ってきた。

秀吉は夫婦狂言を見ては下卑た笑い声を発し、周囲に笑いを促すかのように、左右を見ては、その顔色をうかがった。

秀吉の皺深い顔が向けられる度に、信雄は引きつった笑みを浮かべた。

舞い狂う大篝火《おおかがりび》の灯を受け、能舞台の背景となる寺の樹林は、風が吹く度に大きく揺らぐ。そのざわめきは、信長が警鐘《けいしょう》を鳴らしているようにも感じられる。

信雄に迷いが生じ始めていた。

——やはり、やめるか。

そう思ったが、土方とその配下に連絡するには、信雄自ら座を外して楽屋に行かねばならない。主賓の秀吉の相伴をせねばならない信雄が、そんなことをすれば、怪しまれるに決まっている。

些細なことから行き違いが生じ、斬り合いにでも発展すれば、秀吉を討てずに戦になってしまう。それは最も避けねばならないことである。

――賽《さい》は投げられたのだ。

信雄は緊張を気取られないよう、懸命に秀吉の話に調子を合わせ、その機嫌を取り結ぼうとした。

三番の「松風」が終わり、しばしの休憩となった時、秀吉が膝を打った。

「おう、そうだ。中将殿は舞の名人であったな。しかも得意は、『船弁慶』ではないか。わしとしたことが、気がつかなんだわ。能役者にはすまぬが、ここは中将殿が舞を披露してくれぬか」

「えっ」

信雄は、雷に直撃されたような衝撃を受けた。

――われらの策配を秀吉は見抜いておるのか。いや、そんなことはあるまい。

引きつった笑みを浮かべて、信雄が秀吉の盃を満たした。

諸口《もろくち》と呼ばれる柄の長い銚子の先が、無様なまでに震えている。

「ここのところ精進しておりませぬので、とてもお見せできるものではありませぬ」

「何を謙遜しておる。かつて総見院様から、『天下を取ったらいかがいたすか』と問われて、『まずは能を舞います』と答えた貴殿のこと。さぞや天下取りの舞は見事であろう。それをこの秀吉にも、ちと見せてくれんかの」

信長からそう問われた信雄が、答えに窮して、そう言ったことは事実である。その噂は瞬く間に広まり、「三介殿、天下取りの舞」として、巷間《こうかん》に流布《るふ》された。

「いや、しかし――」

返答に詰まった信雄を見て、秀吉の金壺眼が光った。

「それとも、何か不都合でもおありかな」

「いや、そんなことはありませぬ」

「それなら見せていただけるな」

「はっ、はい」

「よし、それでは誰ぞ中将殿の着替えを手伝え」

秀吉が手を叩くと人が集まり、信雄を押し立てるように控室へと連れていった。

控室へ向かう信雄の背に、「天下取りの舞を、とくと見せていただく」という秀吉の声が投げつけられた。

控室には、舞台用の薙刀を手にした雄久が待っていた。今日の行事を取り仕切っているので、控室にいるのは不自然ではないが、間が悪いのは確かである。

能衣装を着せられようとしている信雄を見て、瞬く間に事情を察した雄利は、着替えを手伝った。

信雄は浮織の見事な厚板《あついた》を着せられ、腰帯を巻かれた。そうこうしているうちに四番能も終わり、間《あい》狂言のやりとりが聞こえてきた。

——まさか、わしがやるのか。

その時になって初めて、信雄はそれに気づいた。

信雄は救いを求めるように雄久を見た。しかし雄久は、それまで他人に触れさせていない薙刀を、無言で信雄に持たせた。

ずしりと重い。

——わしが、この手で秀吉を殺すのか。

信雄が視線で問うと、額に汗を浮かべた雄久が小さくうなずいた。

その時、信雄の出番が告げられた。

雄久は容赦なく信雄の背を押した。

決心がつかないまま舞台の袖まで来ると、そこから桟敷の様子が見えた。

信雄の視線は、喝采する秀吉の姿に吸い寄せられた。その笑顔は猿そのものであり、腕をまくって後方に拍手を促す下卑た仕草は、隠そうとしても隠せない育ちの悪さを物語っている。

その時、信雄の胸底から沸々《ふつふつ》とした怒りがこみ上げてきた。

信雄には、己の体に信長が乗り移ったような気がした。

「茶筅よ、猿を殺せ。殺さねば織田家の血は断たれる」

――わしの手で猿を殺してやる。

この瞬間、信雄は決意した。

いよいよ出番が来た。信雄が踊るように舞台に飛び出すと、それを見た秀吉は何事か声を上げた。それに促され、後方に控える双方の家臣たちも、大歓声で信雄を迎える。

信雄は舞った。

おそらく、これまでで最も上出来な舞であろう。

鬼気迫る信雄の舞に、謡《うたい》と鼓も煽《あお》られ、舞台上に凄まじい磁場が生じた。

秀吉をはじめとする観客の視線は、舞台に釘付けになった。

風に舞い狂う大篝火と競うかのように、信雄の舞は激しさを増し、遂に信雄は知盛の怨霊と同化した。

秀吉ら観衆は唖然として口を開け、この様を見ている。

舞いながら秀吉に最も近い位置に来た時、信雄は秀吉と目が合った。

――いまだ！

信雄は、「死ねや！」と叫びつつ跳躍する己の姿を脳裏に思い描いた。

薙刀から飛び出した鋭利な刃物は一閃の炎と化し、秀吉の胸奥深くに突き入れられる。秀吉の皺深い顔に恐怖の色が浮かび、最後は哀れみを乞うように信雄の袖に取りすがるのだ。

――猿め、思い知れ。

信雄が薙刀を持ち替えた時である。

汗で手が滑り、図らずも薙刀を落とした。

次の瞬間、薙刀の覆いが外れ、中の刃が飛び出す様が浮かんだ。

全身の毛が逆立つ。

しかし細工は壊れなかった。

信雄は一瞬の躊躇の後、薙刀を拾った。

その時、秀吉と目が合った。

秀吉が、かすかに目を見張ったように感じられた。

細工は壊れなかったものの、薙刀の転がり方は鈍重だった。勘の鋭い秀吉が、それに気づかぬはずはない。

信雄は舞い続けたが、不安に駆られ、舞に集中することができない。

気づくと、己に乗り移っていたはずの信長も消えていた。

信雄は、これまでと同じ信雄に戻った。むろん舞台を飛び降りるなど、考えもつかない。

信雄は激しく舞いつつ、再び秀吉をうかがった。すると、秀吉が近習の耳元で何か囁《ささや》いている。次の瞬間、近習は闇に消えていた。

——気づかれたか。

もはや舞どころではなかった。手足も乱れ、呼吸も激しくなった。

やっとの思いで演じ終えると、信雄は倒れるように控室に駆け込んだ。

そこに誰よりも早く駆けつけた土方雄久は、信雄の手から薙刀をもぎ取ると、そのままいずこへか消えた。その目には、勇気のない信雄を咎める光が宿っていた。

すべての演目が終わり、信雄は飛ぶように秀吉の許に駆けつけた。

秀吉は儀礼的に信雄の舞をほめると、悠然と座を立った。

信雄が能装束のまま秀吉を山門まで見送ると、門前には、安土城跡に駐屯しているはずの秀吉の手勢が出迎えに来ていた。

それを見た信雄は、冷や汗が止まらなかった。

文禄二年正月、大宰府跡地には、秀吉の初能奉納を見ようと、万余の人だかりができていた。秀吉は、左右に鈴なりになっている民衆に手を振りながら進み、正面の座に着いた。その周囲には、諸大名や上級家臣のための大きな桟敷が設《しつら》えられている。

常真の座もあったが、諸侯と顔を合わせるのを嫌い、早々と常真は、舞台裏に詰めていた。

常真は雑念を払うことを心がけた。

やがて常真の出番が来た。

常真は虚心坦懐《きょしんたんかい》に舞った。

ときに激しく、ときに哀しく、常真は知盛の怨霊になりきろうとした。

その熱気は謡手《うたいて》と鼓手《こしゅ》を巻き込み、鬼気迫る地謡と鼓が舞台を包んだ。脇方《ワキ》の弁慶や子方の義経も煽られ、迫真の演技を見せる。

一万余の観衆は、固唾をのんで舞台を見つめていた。

常真の舞が終わった時、歓声はいつまでも鳴りやまなかった。

片膝をついてかしこまる常真に、秀吉は「生涯、これほどの能は観たことがない」と、絶賛の言葉を贈り、観衆に今一度、歓声を求めた。

玄界灘の波音にも勝るほどの割れんばかりの歓声に、常真は包まれていた。

常真が能役者であれば、これほど名誉なことはないはずである。しかし常真は、賞賛されればされるだけ、みじめな気分になっていった。

収まらぬ歓声の中、秀吉は立ち上がると一言、言った。

「三介殿、此度の薙刀は軽々とお持ちのようだったの」

秀吉は呵々大笑しながら去っていった。

——秀吉は知っていたのか。

それも今となっては謎である。


秀吉が輿の中に姿を消すと、諸侯と民衆も、潮が引くように去っていった。

大宰府跡に海風が飄々《ひょうひょう》と鳴る中、行事差配者と解体人足だけが、舞台回りを忙しげに行き交っている。

夜も更けて風は強くなり、雨も降ってきた。

そんな中、常真は一人、その場に佇《たたず》んでいた。

己の舞の余韻に酔うかのように、呆然と立ち尽くす常真に、土方雄久が近づいてきた。

「いつになく、素晴らしき出来栄えでございました」

「うむ。薙刀が軽うて、うまく舞えたからな」

常真が皮肉な笑みを浮かべた。

「あの時も――」

雄久は何か言いかけてやめた。

常真は心のうちで、その続きを言った。

――薙刀を落とすまでは、見事な舞であったな。

玄界灘から吹いてくる烈風が容赦なく常真の法衣を翻《ひるがえ》す。

――そして落とした薙刀のように、天下が、するりとわが手から落ちていったわ。

「ははは」

傲然と胸を張り、常真は風に抗するように笑い続けた。

三

大宰府での能奉納が終わった翌日、新年の祝賀を述べに、氏規は徳川家康の陣所に赴いた。

「淀殿の御懐妊、初能の奉納と行事が相次ぎ、新年の挨拶に遅れましたこと、お詫び申し上げます」

氏規が平伏すると、家康が笑みを浮かべて言った。

「何も、そう格式ばらんでいい。そなたとわしの仲ではないか」

その幼少時、氏規と家康は、共に今川家の人質として駿府城下で暮らしたことがある。

天文十八年（一五四九）十一月から永禄元年（一五五八）に初陣を飾るまで、家康は駿府城下にとどめ置かれていた。実に八歳から十七歳までの多感な十年間を、家康は人質として今川家で過ごしたのだ。

一方、天文二十三年（一五五四）、武田・今川・北条三家により三国間の攻守同盟が締結され、その折に人質として駿府に送られた氏規は、三歳年長の家康とすぐに親しくなり、以後、敵味方となりながらも親しい関係は続いていた。

「それにしても、芳しからざる戦況よ。明が参戦してくることによって平壌が陥落し、弥九郎（小西行長）も漢城に逃げ帰ったという」

「このままでは漢城も危ういですな」

「うむ、漢城まで陥落すれば、半島から兵を引かねばならなくなる」

半ばそれを望んでいるかのように、家康がわずかに微笑んだ。

秀吉の企図が頓挫することは、秀吉の威権が失墜することにつながる。それは家康にとって、利のないことではない。

文禄元年（一五九二）六月、小西行長が平壌に入った頃、李氏朝鮮政府からの援軍要請に応えた明軍が鴨緑江《おうりょくこう》を渡河してきた。

七月、平壌近郊に到達した明軍に対し、当初から侵攻作戦に反対だった行長は、平壌からの自軍の撤退を条件に、和睦を呼びかけた。

明軍もそれに応じたため、明軍との戦の可能性がなくなった第一軍は、残る兵糧を食べ尽くし、武具も梱包して撤退の時を待っていた。

しかし明軍は、和睦を踏みにじって攻撃を開始、行長は、ようやく一杯食わされたことを覚ったが、時すでに遅く、第一軍は平壌城を放棄し、漢城まで敗走のやむなきに至った。

「かような情勢下で、美濃殿には、何か策でもあるか」

名護屋城大広間での軍議を思い出したのか、家康が皮肉な笑みを浮かべた。

「この場は、貴殿とわしの二人だけだ。存分に考えを述べるがよい」

「それでは――」

氏規は顔を上げて家康を見据えた。

「明軍は砲力に優れていると聞きます。漢城での籠城となれば、敵は思うさま砲を使えます」

明軍には、天字銃筒《てんじじゆうとう》、大将軍砲、仏狼機砲《フランキ》、震天雷《しんてんらい》といった、用途に応じた様々な砲があり、その射程も、鉄砲を主武器とする日本軍とは比べものにならなかった。天字銃筒に至っては六町（六百メートル強）前後の射程を持っており、欧州も含めて最強の砲である。

「つまり、敵に砲を使わせてはならぬと言うのだな」

「いかにも。敵は平壌で小西勢を破り、慢心しておるはず。それゆえ些細なことは気にも留めず、漢城に迫ってくるはず。さすれば、砲を十分に使えぬ地形を通ることもあるでしょう」

「敵の強みを弱みに変えるのだな」

「はい、砲は大きければ大きいほど重い。とくに山道や泥濘《でいねい》路を進むのは容易なことではありませぬ。しかし、平壌の勝利で味をしめた騎馬兵などは意気が騰がり、先に進みたがります」

「兵種別に編成された敵を分断するのだな」

「はい、そのためには、山間《やまあい》の戦こそ必勝の方策かと」

家康は黙って立ち上がると、氏規の横を通り過ぎ、広縁に面した障子を開けた。はるかに波濤の砕ける音が聞こえ、たちまち潮の香が室内に満ちた。

「貴殿は実に器用者よの」

器用者とは「才覚のある者」のことであり、この時代の最上の褒め言葉の一つである。

「器用に振る舞うことのできる者は多いが、真の器用者は、なかなかおらぬ」

氏規に背を向け、庭越しに海を望みつつ、家康が独り言のように言った。

「それがしは凡庸です。真の器用者であれば北条家は生き延びていたはず」

「あの時、四男の貴殿に何ができたというのだ」

常識的に考えれば、家康の言は尤もである。しかし氏規は、それだけは考えまいとしていた。

「貴殿を生かせなかった北条家は、やはり滅びるしかなかったのだろうな」

「それがしは、そこまでの者ではありませぬ」

「そんなことはない」

家康はゆっくりと座に戻ると言った。

「今朝、届いた書状によると、小早川（隆景）らも同様のことを考え、漢城の北西五里にある碧蹄館《へきていかん》渓谷の南に広がる丘陵地帯に布陣したとのことだ」

「つまり敵が山間の道を抜け、ようやく平地に出たところですな」

「うむ、積雪もあるとのことで、敵は砲を運ぶのに相当、難儀するはずだ」

「して、どのようなことになりましたか」

「それは、明日か明後日には分かるであろう」

明軍との大会戦の結果は、いまだ入ってきていないようである。

しかし家康も氏規も、戦う前に勝敗が決していることを知っていた。戦とは、実際の戦闘よりも戦闘前の両軍の状況に左右されるからである。その最たる物こそ、どのような地を戦場にするかである。今回の場合、戦場をどこにするか決めたのは日本軍であり、言うまでもなく自軍に有利な地勢を得たことになる。

「美濃殿、貴殿の言を用いなかったご本家（北条宗家）は、真に不明であったな」

「それは申されますまい」

氏規は威儀を正した。

「己一個の力で主家の盛衰を左右できるほど、それがしは器用ではありませぬ」

「それでも、やるだけのことはやった」

「はい、あの時は必死でした。しかし天は、北条家に微笑みませなんだ」

氏規は苦渋の日々に思いを馳せた。


天正十七年（一五八九）十月、真田昌幸の注進により、名胡桃城奪取の報が秀吉の許に届いた。

それを追うように、氏直の弁明状も到着した。

しかし十一月二十一日、秀吉は北条征伐決定の返書を真田昌幸に送り、二十四日には、氏直に宣戦布告状を発した。

これを見た氏直は、事態が容易ならざるところまで来たと知り、徳川家康に取り成しを依頼すると共に、重臣の一人である石巻下野守《しもつけのかみ》康敬を急ぎ上洛させた。しかし石巻康敬は、秀吉への謁見が叶わず、京から追い返された。

十二月十日、秀吉は聚楽第で小田原攻めの大軍議を催した。

ここまで来てしまえば、合戦は避けられない。

氏規は軍事衝突を小規模なものにとどめ、北条家の強さを見せつけることにより、早期に和睦に漕ぎつけようという方針に転換した。

そのためには、敵の最も脆弱《ぜいじゃく》な部分を突くことが肝要である。

豊臣軍の最大の弱点は、寄せ集め軍団という点にある。

敵陣営に疑心暗鬼を醸成すべく、氏規は敵方諸将に内応勧誘の密使を立てた。もちろん誰も応じてこないことは、承知の上である。

「あの時、わしが秀吉を裏切っていたら、さぞや痛快であったのう」

家康が腹を揺するようにして笑った。

「さすれば国内は乱れ、唐入りどころではありませんでしたな」

「それはそれで、両国の民には幸いであったのにな」

その当初より家康は、朝鮮出兵に関して消極的反対の立場にあった。しかし、反対の急先鋒であった大和大納言秀長が病に倒れ、秀長に同調していた前田利家が軟化すると、家康は賛成に転じた。むろん徳川軍が渡海するのは、朝鮮を完全に掌握した後という言質《げんち》を、秀吉から取っていたからである。

「のう美濃守殿、小田原合戦の折、仮に貴殿がわしの軍師だったら、わしに秀吉を裏切らせ、北条に加担することを勧めたか」

氏規はおもむろに上体を起こし、家康を見据えた。

「万に一つも、お勧めいたしませぬ」

「それでは、初めから北条の側に立っていたら、わしは秀吉を破り、天下を取っていたと思うか」

二人は強い視線を合わせた。

「否」

その時、知らぬ間にやってきた雨雲が、末枯《うらが》れの庭を激しくたたき始めた。

家康は「否」以上の言葉を欲せず、二人はしばし雨の音に聞き入った。

雨音はさらに激しくなり、二人の沈黙は、さらに深いものとなっていった。

四

平壌から日本軍を追ってきた明軍は、文禄二年（一五九三）一月二十三日、碧蹄館渓谷を突破してきた。朝鮮軍一万を加えた明軍は、五万三千の大軍と化していたが、泥濘路と化した碧蹄館渓谷の峠道を進軍してきたため、大砲を引くのに難儀し、砲術隊が遅れていた。そのため騎馬隊が先行する形になった。

一方、総勢四万一千の日本軍は、碧蹄館渓谷の出口で明軍を待ち構えていた。明軍を迎え撃つ日本軍の先手は立花宗茂である。

いくつかの小競り合いを経た後、一月二十六日未明、両軍は碧蹄館渓谷の南の平原で激突した。

雨模様の天候の中、人馬の喧噪は峡谷《きょうこく》にこだまし、ぶつかり合う刀槍は青白い火花を発した。

しかし大砲攻撃のない明軍は、日本軍の敵ではない。

戦端が開かれるや、鬼神のごとく暴れまくる日本軍に、明軍は激しく追い立てられ、大勢は一気に決した。

退勢の挽回をあきらめ、碧蹄館渓谷に逃れようとする明軍だったが、隘路のため思うようにはいかない。押し合いへし合いしているうちに、日本軍に追いつかれ、激しい鉄砲攻撃を浴びた末、六千もの首級を献上した。

この勝利を決定的なものにするためには、この勢いで追撃を行うべきだが、主将の小早川隆景は、これ以上の追撃を手控えた。漢城を固守し、漢城で越冬することが、この時の日本軍の目標だったからである。

寒気が厳しい折でもあり、これ以上の深追いは、不測の事態を招きかねないため、追撃中止は致し方ない面もあった。

そのため、開城《ケソン》まで撤退した明軍と漢城の日本軍は、にらみ合う格好になり、戦線は膠着《こうちゃく》した。

しかしこの戦いの結果、明軍は正面から日本軍と戦う意欲を失った。

一方の日本軍も、朝鮮水軍と義兵闘争による兵站破壊に悩まされ、漢城で越冬するので精一杯となっていた。

九州の梅は早い。

名護屋城周辺の梅の蕾《つぼみ》も、いまだ寒気が去らないうちからほころびかけていた。

春の到来に人々の気分が華やぐ中、常真だけは鬱々《うつうつ》としていた。

そんな折、名護屋城山里曲輪で、朝鮮在陣諸将を激励する連歌会が開かれることになった。この会で歌われた百韻は、朝鮮在陣諸将に送られることになる。

秀吉は、連歌の第一人者・里村紹巴《じょうは》を京から招くほど、この連歌会に力を入れていた。

連歌は古代和歌から派生し、近世の俳諧の基礎となったもので、五七五（長句）に、七七（短句）を付け、さらに五七五を付けるといったように、交互に数人で詠む集団文芸である。和歌とは異なり、一句一句が独立した内容を持ち、百句まで連ねるのが、連歌の基本「百韻」となる。

折しも、連歌を好んだ亡き誠仁《さねひと》親王の王子である八条宮智仁《としひと》親王が、御陽成帝の名代《みょうだい》として名護屋入りしていたので、秀吉は主賓役を八条宮に決めた。

八条宮は過去に秀吉の猶子《ゆうし》となっていたが、皇族で病死する者が相次ぎ、皇位継承順位が急速に上がったため、皇室は八条宮の返還を秀吉に求めた。秀吉はこれに快く応じ、八条宮との猶子関係を解消した。それでも宮は終生、秀吉を「義父上《ちちうえ》」と呼び続けた。

連歌会は名護屋城大書院で行われた。

亭主である秀吉は、上機嫌で八条宮の発句を受けて脇句を詠み、宗匠《そうしょう》の里村紹巴が第三句をつないだ。その後、諸大名が鎖のように句を詠みつないでいく。

常真は上座の人々の句を漫然と聞いていたが、想念は別のところに飛んでいた。

天正十二年（一五八四）二月、秀吉に与して信孝を滅ぼした信雄は、自領に加え、信忠、信孝、滝川一益の遺領である尾張・伊勢・伊賀を吸収し、百万石を越える大名となった。

本拠と定めた伊勢長島城には連日、朝廷、諸大名、大社大寺《たいしやだいじ》からの祝賀使が絶えず、信雄はその応対に忙殺された。

秀吉の下風に立たされたとはいえ、自力で父信長にも匹敵する百万石の大名となった信雄は、有頂天になっていた。

そんな信雄を尻目に、謀臣の土方雄久は気が気でなかった。

これだけもらってしまうと、信雄に利用価値がなくなった時、秀吉に消される可能性も高まるからである。

信雄への優遇は、秀吉が天下の簒奪者でないことの証明のようなものだが、秀吉が衆目を気にする必要もないくらい肥大化してしまえば、その必要もなくなる。

雄久は、信雄に家康への接近を勧めた。

一方、秀吉と柴田勝家の戦いを、織田家中の内訌《ないこう》と見なした家康は、不介入の方針を貫いた。しかし秀吉の矛先が、次は己に向くことを十分に承知している。

それゆえ家康は北条家と攻守同盟を締結し、背後の憂いを絶つと同時に、信雄とも同盟し、秀吉に対抗しようと思っていた。

豊臣・徳川両陣営の緊張が高まる中、信雄家中は、どちらに接近するかで意見が二分された。

土方雄久は、秘密裏に家康と誼《よしみ》を通じることを主張していたが、親秀吉派の津川玄蕃允《げんばのじょう》義冬・岡田長門守重孝・浅井田宮丸長時の宿老三人は、秀吉に忠節を尽くすことを勧めてきた。

百万石に加増されたことで人材の払底《ふってい》した信雄家中では、秀吉の勧めにより、三人を宿老格に昇進させていた。しかし宿老とは名ばかりで、三人は秀吉から付けられた監視役も同然である。

彼ら三人は、ことあるごとに秀吉の意を汲んだ言動に及び、雄久とその与党である森雄成《かつしげ》、飯田半兵衛らと反目していた。

家中が二つに割れた。

信雄はなす術もなく、それを見ているしかなかった。軍事指揮権を担う滝川雄利は中立と称し、双方と距離を置いている。むろん、いざとなれば有利な方に付くつもりである。

津川ら三人は入れ替わりに信雄の許を訪れ、家康との音信を絶つことを進言した。それに対し、家康と誼を通じることが唯一の生き残りの道だと力説する雄久らも、信雄に肚を決めることを迫った。

雄久は家康の謀臣・本多正信から、軍事同盟締結のためには、不退転の覚悟を示す証拠を提出すべきとほのめかされていた。

信雄には女児がいたが、赤子ゆえ人質には出せない。にわか養女を作るなどという小細工が通じる相手ではない。

信雄の優柔不断を知悉《ちしつ》している家康が、それなりの証を要求するのは、当然と言えば当然だった。

信雄は迷った。

秀吉を選べば、豊臣政権下での当面の安泰は得られる。しかしいつ何時、難癖をつけられて攻撃されるか分からない。

しかも秀吉が、家康と合戦に及ぶ場合、地勢的に矢面に立つのは信雄である。信雄の領国が双方の緩衝地帯を成しているためである。

となれば秀吉が勝ったとしても、傷つくのは信雄の兵ばかりである。

戦勝後に待っているのは、おそらく秀吉による粛清である。家康との戦いを通じて疲弊した信雄に難癖をつけ、改易ないしは減封に処すのは目に見えている。

利用価値がなくなれば、何か理由を見つけて消そうとする秀吉のやり方は、父信長と同じである。

よきにつけ悪しきにつけ、秀吉ほど信長から学んだ弟子はいない。

信雄の脳裏に、周囲の冷たい視線を浴びながら、高野山で経を唱える己の姿が浮かんだ。しかし、それならまだましな方で、いつの日か、秀吉の使者として福島正則あたりが高野山に現れ、「腹を召されよ」と告げてくるに違いない。

信雄の脳裏に悪い妄想が次々と浮かんだ。

一方、家康と結べば秀吉と一戦交えることになるが、秀吉を滅亡に追い込みさえすれば、得るものは大きい。天下人は家康となるが、律義者で鳴らした家康が、大義なく信雄を処断することもないはずだ。

眠れぬ日々を過ごした信雄は両者を天秤《てんびん》にかけ、人柄から家康を選んだ。しかし本多正信の要求する証を何にすべきかまでは、信雄の脳は答えてくれない。

長島城の小書院に土方雄久を招き入れた信雄が、小声で呟いた。

「三河殿（家康）に与することに決めた」

それを聞いた雄久は、「それでこそ総見院様（信長）の男子！」と喚きつつ、膝を打った。

その声の大きさに辟易《へきえき》しつつ、信雄は問うた。

「しかし、本多佐渡の言う証に何を差し出すべきか」

「首のほかありませぬ」

鼻息荒く雄久が言った。

「首と申すか。いったい誰の首を持っていくのだ」

あまりに突飛な発想に、信雄が目をむいた。

「津川、岡田、浅井の首でございます」

「馬鹿を申すな」

予想もしなかった雄久の言葉に、信雄は唖然とした。

——いかに政敵とはいえ、同じ家中ではないか。

「兵を動かして討ち取ろうとすれば、時間と手間がかかります。しかも軍勢を催せば、事前に察知されて、秀吉の懐に逃げ込まれぬとも限りませぬ」

「では何とする」

「謀殺に勝る手はなし」

この時代、血なまぐさいことは多くとも、合戦であれば誰が生きて誰が死のうが、さほどの恨みを買うことはない。

武士を売る市場が合戦であり、そこでの命のやりとりは、武士の間で「恨みっこなし」という慣習だからである。

しかし謀殺となれば、話は変わる。

謀殺すべき相手を殺せても、その一族郎党から深い恨みを買い、世間からも卑怯者として後ろ指を指される覚悟が必要である。

とくに、謀殺の相手が国人土豪層出身であった場合、その一族全体の恨みを買い、激しい抵抗に遭うことが多い。

幸い三人とも、元を正せば織田家中であるため、伊勢における地盤が弱く、信雄の家中にも、多くの係累《けいるい》がいるわけではない。

彼らにとって不幸な条件はそろっていた。

しかし家康に与すると決しても、信雄は謀殺まで決心がつかない。

「殿、それではほかに、徳川家への証はございますか。まさか一粒種の姫様を出すわけにはまいりますまい」

「そうだな」

信雄にも、人並みに子に対する愛情はある。

「それでは、いかに謀殺する」

知らぬ間に信雄の方から話を進めていた。雄久から「姫様を出すしか手はありませぬ」と言われるのが恐ろしかったのである。

雄久が「待ってました」とばかりに膝を進めた。むろん、かねてより策を考えていたに違いない。

「幸い来月三日は桃の節句。観桃《かんとう》の会を催し、ひとおもいに――」

「観桃の会だと」

「殿、ここが切所《せつしょ》でございますぞ」

「とは申しても——」

「それでは秀吉に忠節を尽くしまするか。殿がいかに秀吉に忠節を誓おうとも、秀吉は、いつか必ず殿を破滅させようとしますぞ。秀吉が攻めてきた時、『助けてくれ』と言っても、三河殿はそっぽを向きましょう。致し方なく殿は、後詰《ごづめ》のない籠城戦に踏み切らざるを得ませぬ。しかしその時、城内には、いつ裏切るか分からぬ獅子身中の虫が三匹もおりまする」

「ああ——」

雄久の組み上げた筋書きは見事の一語に尽きた。

確かに、ここで家康を袖にしてしまえば、いざという時に助けてくれない。

「やるか」

「ご英断にございます」

信雄の許しが出るや、雄久は迅速に動いた。

三月三日、桃の花の咲き乱れる伊勢長島城に、三人は何の疑義も挟まず登城してきた。

観桃の宴の始まる前、小書院で信雄と歓談した三人は、すぐにでもご機嫌伺いの名目で上洛し、秀吉に忠節を示すことを勧めてきた。

これに信雄が前向きな返答をしたため、三人は喜び、満面に笑みを浮かべて酒を酌み交わした。

――そろそろだな。

信雄が小用に立つと言って姿を消した時である。

飯田と森に率いられた兵が四方から小書院に乱入した。

「お命、頂戴いたす！」と叫びつつ飯田が抜刀するや、津川玄蕃は「何を無体な！」と叫びながら、信雄の去った方に向けて駆け出した。信雄と刺し違えようとしたのである。

めったやたらと太刀を振り回しつつ長廊に出た玄蕃だったが、予備隊として控えていた雄久の隊に道をふさがれ、斬り伏せられた。

一方、座を立つこともなく、岡田長門は従容《しょうよう》として首を差し出した。高齢のため抵抗しても無駄と覚ったのである。

最後に残った浅井田宮丸は、満開の桃の木を巧みに渡りながら、脇差一本で二人まで斬り伏せたが、ほどなくして全身血みどろとなって力尽きた。彼らの従者もことごとく討ち取られ、戦国期にも珍しい陰惨な暗殺事件は終わった。


三人の殺害を聞いた秀吉の怒りは、凄まじいものだった。

すかさず信雄に宣戦布告した秀吉は、全軍に陣触れを発した。

家康も動いた。

思わぬ形で、秀吉と戦う大義名分となり得る玉《ぎょく》、つまり信雄を手に入れた家康は、秀吉に対し、全面衝突も辞さない覚悟で臨んだ。

家康にも勝算はあった。

秀吉が織田家中の内部抗争に明け暮れている間、家康は武田家旧領の甲斐・信濃両国の領有に成功し、強兵で鳴らした武田家旧臣の大半を、軍団に組み込んでいたからである。

寄せ集めの秀吉軍団に比べ、徳川勢が一段と精強になったことは明白であり、家康は軍事衝突となれば勝つ自信があった。

さらに、甲斐・信濃両国の領有をめぐり争った北条家との間には、攻守同盟も締結しており、後顧《こうこ》の憂いもない。

後世から見れば、この時の家康の決断は、後年の彼のものと比較し、慎重さに欠けていると思われがちだが、この頃の秀吉は、信長の勢威をそっくりそのまま継承したわけではなく、存立基盤が不安定である。

今なら叩くことも可能だと、家康は目論んでいた。しかも、その目論見は半ば正しかった。

ただ一点、信雄という要素を除いては――。

かくして、小牧長久手の戦いの火蓋が切られることになる。


上座から回された短冊に気づかず、常真は回想にふけっていた。

「常真殿」

下座から声をかけられ、ようやく常真はわれに返った。

あわてて短冊を取り上げると、そこには「幾山河越えて届けよ桃の香」とある。

常真は無心で浮かんだ下の句を記した。

「血煙消さん異瀬の国城」

「桃の香りよ、幾山河を越えて、異海の国の城を攻める将兵に届き、血の臭いを消してくれ」という意である。

常真がそれを詠むと、一瞬、張り詰めた沈黙が座を支配した。顔を見合わせている者もいる。

ようやく異変に気づいた常真が、周囲を見回した時、秀吉の甲高い声が響いた。

「ほほう、常真殿は、さすがに皮肉が利いておる。八条宮のおわすこの席で、秀吉に何かを思い出させようという魂胆なのだな」

「えっ、いや別に――」

常真には、何のことやら分からない。

慌てて畳に置いた短冊に再び目をやった時、脳天を雷が貫いた。

――伊勢の国城と。

ようやく常真は、そうも詠めることに気づいた。

かつて秀吉派の三宿老を成敗したのは伊勢長島城であり、しかも同じ三月である。

詠み方によっては、その意は「桃の香りよ、幾山河を越えて伊勢の国の城に届き、血の臭いを消してくれ」となる。

「いや、これは――」

常真は平伏し、他意がないことを、しどろもどろになりながら弁明した。そして咄嗟《とっさ》に、「山の背渡る風に載せられ」と詠み直した。

「つまらぬ」と秀吉は言うと、里村紹巴の方を向いた。

「元の句に戻そう。のう里村殿」

「はあ」と答えつつ、紹巴も渋い顔をしている。

和やかに進んでいた座は、常真の一句で突然、白けた。

秀吉は、百韻が終わるのを待たずに宮を促して席を立った。宮の体調などを理由にしていたが、常真の句によって気分を害したことは明白である。

常真は微動だにできなかった。

背中からは滝のように汗が流れている。

――何ということをしたのだ。

その後の百韻はお座なりに進んだ。その間も、常真は凍りついたように動けなかった。

誤解であることは弁明により明白だが、折角の連歌会の雰囲気を台無しにしたことだけは間違いない。

常真は茫然自失の体で、同朋に両脇を抱えられて退室した。

五

文禄二年（一五九三）四月、北条家名護屋陣で騒動が持ち上がった。陣所を接する北条・長束《なつか》両家の間で、五十名余に及ぶ足軽小者が取っ組み合い、大きな騒ぎとなったのだ。

事件は些細な行き違いから始まった。

北条家の陣所に運び入れられる予定の兵糧荷駄が、何かの手違いで長束陣に入ってしまった。北条家の賄方《まかないがた》代官は、荷駄を返してもらうよう丁重に懇願したが、長束家では間違いと思わず、取り合わなかった。

長束家の留守居役が不在だったため代官は出直そうとしたが、その間に小競り合いは起こった。代官が荷駄運びのために足軽数人を同行させたのが、間違いの元だった。

門前で待つ北条家の足軽たちに、たまたま通りかかった長束家の足軽たちが、罵《ば》詈《り》雑言《ぞうごん》を浴びせたことが原因だった。

耐えに耐えていた北条家の足軽たちも、「穀《ごく》つぶしの主君でも米の飯を食うのかのう」という一言で堪忍袋の緒が切れた。

確かに多忙な長束正家と違い、今の氏規は無聊をかこっている。

一人が言い返すと、それを合図に罵り合いが始まり、すぐに摑み合いに発展した。

騒ぎを聞きつけた双方の陣屋から足軽小者が集まり、一時は、乱闘が各所で繰り広げられるほどの騒ぎとなった。

急を聞いた氏規が陣所に戻った時、すでに騒ぎは収まっていたが、怪我人も出たため、このまま放置しておくわけにもいかない。

相手は豊臣家の勘定奉行の長束正家である。処置を誤ると秀吉の逆鱗《げきりん》に触れ、改易も免れ得ない。

氏規が取り調べの行われている足軽陣屋に赴くと、三人の足軽が縄掛けされていた。

厳しい表情で土間に足を踏み入れた氏規は、目を見張った。

「喜兵衛ではないか」

「はっ、申し訳ありません」

喜兵衛と呼ばれた若者は、後ろ手に縛られた上体をかがめて、額を地面に擦り付けようとした。

「いったい、何があったのだ」

「申し訳ありません」

喜兵衛が泣き崩れると、ほかの二人も泣きながら謝罪した。

喜兵衛は、かつて氏規の本拠だった北伊豆・韮山城付近の農家の出である。素朴で実直な人柄のため、氏規は喜兵衛をかわいがり、韮山城主だった頃から馬丁として使ってきた。韮山開城後も、奉公を続けたいという本人の希望を入れ、数少ない家臣の一人に残してきた。

「まさか、そなたが——」

氏規が愕然として天を仰いだ時、足軽たちの傍らにいた老人が、突然、もろ肌脱ぎになるや、膝をついて腹に脇差を突き立てた。

「何をする！」

たちまち取り巻いている傍輩《ほうばい》に押さえられたが、老人は周囲の手を振り払い、刃を突き立てたまま氏規の足下ににじり寄った。

「此度の不祥事は、それがしの配下の不心得から生じたもの。何卒《なにとぞ》、わが首を長束様に差し出し、詫びを入れて下され」

「何ということを――」

片膝をついた氏規は老人の腕を押さえたが、すでに腹からは、紫色の腸が溢れ出し、誰の目から見ても手遅れである。

老人は、足軽物頭を任せていた韮山土手和田《どてわだ》村の出口次郎左衛門だった。

次郎左衛門も長く氏規に付き従ってきた一人である。

「次郎左衛門、死ぬな」

「いや、わしは死なねばなりませぬ。誰かの首を持っていかねば、長束様と当家の間のわだかまりは消えず、それが禍根《かこん》となれば――」

「もう言うな」

「これも北条家のため。何があろうと、北条家の血を絶やしてはなりませぬ」

「あい分かった。そなたの命、無駄にはせぬ」

その言葉を聞いた次郎左衛門は、わずかに笑みを浮かべると、首をがくんと垂れさせた。

真新しい素袍《すおう》を血だらけにしながら、氏規は次郎左衛門を抱え起こした。

「すまなかった」

――われらは、罪のない者の命を差し出しても生き延びねばならぬのだ。

外様の小藩は、不祥事一つで改易されてしまう立場にある。そのみじめさを、氏規は痛いほど味わっていた。

非がなくても、相手の立場によっては、地面に額を擦り付けてでも謝罪せねばならない。それが、外様小藩が生き残る唯一の道である。

――武士の矜持《きょうじ》を捨ててまで、わしは血脈を後世に伝えていかねばならぬのか。

その時、肺腑《はいふ》を搾り出すような喜兵衛の声が聞こえた。

「わしの首も刎《は》ねて下せえ」

若者は、嗚咽しながら氏規の草鞋《わらじ》に額を擦り付けた。

それを払うように立ち上がると、氏規は周囲を見回した。

「いかなる理由《わけ》があろうと、他家と事を構えたことは許し難い。短慮を起こせば誰かが責を問われる。此度も、こうして次郎左衛門が腹を切った。しかし、この死を無駄にしてはいけない。喧嘩をした者の身代わりとして次郎左衛門は死んだのだ。これ以上の命を捧げては、次郎左衛門も浮かばれぬ。これに懲《こ》りて、これからは何があっても、他家と喧嘩をするでないぞ」

氏規は常にない厳しい顔で諭した。

――皆、辛いのは分かる。しかし耐えてくれ。

氏規は心の中で念じた。

喜兵衛と残る二人の縄を解くと、三人は次郎左衛門の遺骸に取りすがって泣いた。三人の手で次郎左衛門の身は清められ、やがて慎重に首を打たれた。丁重な供養を済ませた後、氏規は次郎左衛門の首を桐箱に入れ、丁重に長束陣に送り届けた。長束家には名代を送り、礼を尽くして詫びを入れさせたが、先方からは、正式には何の返答もなく、ただ次郎左衛門の首と兵糧荷駄を返してきた。

長束正家の耳にまで届いていないのかもしれないが、一人の命を犠牲にして詫びを入れた北条家にとって、正式の返答のないことは愉快なものではなかった。

それでも、これで手打ちとなったことは間違いない。

事件は闇から闇へと葬り去られたのだ。

氏規は返されてきた次郎左衛門の首と胴をつなぎ、陣所近くの丘に埋葬《まいそう》した。

六

あまりの息苦しさに、常真は胸をかきむしった。

何者かが己の上に乗っているような気がするのだが、瞼《まぶた》は開かない。

――どうしたというのだ。

叫び声を上げようとしたが、かすれて声も出ない。

その時だった。常真の耳に懐かしい声が聞こえた。

「体だけは、いまだ丈夫なようだの」

「えっ」

「そなたは知恵こそ回らなかったが、体だけは丈夫だった」

「ま、まさか父上――」

常真の体の上に座している黒い影は信長だった。

「わしの息子が、今では猿の御伽衆か」

「ああ、申し訳ありませぬ」

常真は何と詫びていいのか分からない。

「今の境遇に身を置き、どのような気分だ」

「父上、お許しを」

「そなたは許しを請うのか。ここまで織田の家名に泥を塗っても、そなたは、まだ生きたいと申すか」

「ああ、どうか、お許しを」

信長の存在感が遠ざかると同時に、目を開けることができた。

「父上、お許し下され、どのような境涯に身を落とそうが、茶筅は生きとうございます」

常真は腕を伸ばし、信長の影に取りすがろうとした。しかし腕は、空しく宙をかくだけである。

「父上、お待ちを。今一度《ひとたび》、生き返り、あの猿めを足蹴にして下され！」

宙をかく常真の手首を何者かが押さえた。

「あっ」

目が覚めると、常真は自らの宿館に寝かされていた。

「わしは――」

「お目覚めか」

滝川雄利の骨張った顔と、土方雄久の丸顔が、心配そうにのぞき込んでいる。

「ここはどこだ」

「肥前名護屋陣に候」

雄利が野太い声で応じた。

「父上は――、父上はどうした」

その言葉を聞いた二人は顔を見合わせると、わずかに首を横に振った。

「随分とうなされておりましたが、悪い夢でも見られたのですな」

雄久が、さも悲しげに眉に皺を寄せている。

「夢であったか」

記憶が徐々によみがえってきた。

二人の力を借りて上体を起こした常真は、差し出された薬湯《やくとう》を一口、喫した。

薬湯の苦みが胃の腑に染みわたり、ようやく常真は正気を取り戻した。

「わしはどうしたのだ」

二人によると、連歌会が終わり、同朋に手を取られて長廊まで出たところで、常真は突然、気を失ったという。

「そうであったか」

怒った秀吉が座を立ったまでは覚えていたが、それ以後の記憶は曖昧《あいまい》である。

それでも常真は、すべてを思い出したふりをした。

「お倒れになったと聞き、急ぎ駆けつけてまいりましたが、ご無事で胸を撫で下ろしました」

雄久の言葉には、すでに利害打算を超え、落魄した者へのいたわりが込められていた。

「その後、殿下はいかがいたした」

「ご心配には及びませぬ。すでにご機嫌もよくなりました」

「そうか、それはよかった」

さらに一口、薬湯を飲むと、ぼんやりしていた頭も冴《さ》えてきた。

「徳川大納言も、いたくご心配なさっておいででした」

「そうか、三河殿が——」

滝川雄利の言葉に、信雄は救われた気がした。

「三河殿には世話になった」

その言葉には、万感の思いがこもっていた。


天正十二年（一五八四）三月三日、津川義冬・岡田重孝・浅井長時を討ち取った信雄は、秀吉に事実上の宣戦布告を行った。

これを聞いた家康も、間髪入れず行動を起こした。家康が使嗾《しそう》したものではないとはいえ、すでに賽は投じられたことを、家康もよく承知していた。

三月七日、岡崎城を出陣した家康は、十三日には信雄と清須城で合流し、最初の軍議を開いた。

すでにこの前日の十二日、信雄は伊勢神戸《かんべ》城主の神戸正武《まさたけ》、尾張蟹江《かにえ》城主の佐久間信栄《のぶひで》、尾張犬山城主の中川定成《さだなり》に、秀吉方となった伊勢亀山城の関盛信《もりのぶ》・一政《かずまさ》父子を攻めさせていた。

果敢な先制攻撃に意気騰がる信雄は、家康から威勢のよい言葉が聞けるとばかり思っていた。

「この戦、到底、勝てますまい」

しかし家康の意外な一言に、信雄とその腹心は蒼白になった。

酒井忠次をはじめとした家康の幕僚たちも、平然とうなずいている。

愕然とする信雄を尻目に、家康の言葉は、さらに衝撃に満ちていた。

それによると、秀吉の勢力圏は、東は美濃・近江から、西は伯耆《ほうき》・備中まで二十カ国に及び、最も農業生産性の高い日本国の中央部を押さえている。その動員兵力は十五万。

対する織田・徳川連合軍は、信雄が三カ国、家康が五カ国の太守とはいえ、せいぜい五万余の動員兵力だという。

「戦は、まず算術から始まります」

「三河殿《ご》、それでは、いかがいたすおつもりか」

この期に及んで、童子にも分かる算術を持ち出す家康に、信雄は苛立ちを隠せない。

「まずは、お聞きなされよ」

家康の方針はいたって明快だった。

まず前線をどこにするか定め、陣城群による防衛線を構築する。敵が陣城群を突破しようとすれば、猛然と襲い掛かるが、敵の勢力圏には侵攻しない。

その間に、各地に蟠踞《ばんきょ》する反秀吉勢力に決起を呼びかける。紀伊の雑賀・根来、四国の長宗我部、越中の佐々成政らである。中国の毛利も、戦況次第では味方する。

その包囲網が、秀吉をじわじわと締め付ける。そうなれば、耐えられなくなった秀吉は、必ず先に仕掛けてくる。それを待って一気に雌雄を決する。

「後手必勝か」

「いかにも」

そのためには、かつて信長が悩まされたと同じ包囲型の持久戦を取る必要がある。

むろん家康には勝算があった。

一つ目は「海道一の弓取り」と謳われる自らへの輿望《よぼう》、二つ目は武田家旧臣団を吸収して急速に精強になった徳川軍、そして大義名分である。

「大義名分が、こちらにあると申すか」

信雄の愚問にも家康は懇切に答えた。

「はい、織田中将様を旗頭に戴いているわれらに大義はあります」

「ああ、そうか」

信雄は、己の存在そのものが大義であることを思い出した。

「三河殿、よろしゅう頼むぞ」

「分かりました。ただ一つだけお約束下され」

「おう、何でも約束するぞ」

「向後《こうご》、中将様が兵を動かす際は、必ずそれがしの同意を取ってからにしていただきたいのです」

「何と――」

信雄が、傍らにいる滝川雄利と顔を合わせた。雄利も唖然としている。

百万石の軍事指揮権を委ねよと、家康は言うのである。

しかし信雄には、家康を頼るよりほかに道はない。

再び雄利を顧みると、かすかに顎を上下させている。

「分かった」

「くれぐれも、ご違背《いはい》なきよう」

軽く会釈する家康の顔には、穏やかな笑みが浮かんでいたが、その瞳は、冷たい光をたたえていた。

信雄との間で作戦が煮詰まると、家康は四方に使者を飛ばして与党を募った。

しかし秀吉とて、手をこまねいてこれを見ていたわけではない。

四国の長宗我部に対しては、淡路の仙石秀久に海上封鎖を命じ、雑賀・根来両衆に対しては、防衛拠点の岸和田城に中村一氏・蜂須賀家政・黒田如水を入れ、毛利の抑えには宇喜多秀家を配した。さらに前田利家と丹羽長秀には、佐々成政の動きを封じさせると同時に、背後から上杉景勝に牽制させた。

また、家康と同盟関係にある北条家に援軍を出させないために、佐竹義重・宇都宮国綱・結城晴朝らに命じ、下野国をめぐる小競り合いを拡大させた。

両陣営の対立は、北陸から関東諸国にまで広がりつつあった。

本営を佐和山城に設け、そこに豊臣方諸将を集めた秀吉は、諸国に向けて信雄と家康の非を鳴らすと、包囲網が形を成す前に先手を打った。

先手必勝で勝ち続けた秀吉にとり、後手必勝など頭の片隅にもなかった。

三月十日に大坂から入京した秀吉は、十三日、池田恒興と森長可《ながよし》に尾張国の犬山城を急襲させた。

城主の中川定成は、主兵力を率いて伊勢方面に向かっており、その情報を摑んだ恒興らが夜襲を掛けたのである。

恒興らの先制攻撃は見事に成功し、一夜にして犬山城を奪うことに成功した。

さらに秀吉は、蒲生氏郷、堀秀政、滝川一益、長谷川秀一に命じて、亀山城を包囲している佐久間信栄らの本陣となっていた峰城を攻撃させた。

この攻撃により、峰城は十五日に落城、佐久間信栄《のぶひで》は逃げ延びたが、後詰に駆けつけてきた中川定成は、敗走途中に討ち取られた。

二十日には神戸城も落ち、瞬く間に北伊勢を制圧された信雄は、尾張と南伊勢との連携を断たれた。

一方、南伊勢に向かった羽柴秀長と筒井順慶は、滝川雄利の籠もる松ヶ島城を攻撃していた。

秀吉の先制攻撃により突然、戦雲が急を告げてきた。

地滑り的に後退する戦線を支えるべく、家康が犬山城に向けて出陣した。

そのため伊勢国の防衛は信雄に委ねられた。

信雄は、北伊勢の菰野《こもの》城に籠もる土方雄久を呼び寄せ、松ヶ島城に五百の兵力で拠る滝川雄利救援策を練った。

「三郎兵衛が降れば南伊勢が危うい。それを防ぐには、誰かが後詰に向かわねばならぬ」

「誰かと仰せになられますと」

「そなたに決まっておる」

久方ぶりに信雄は、雄久の上に立てた気がした。

「三河殿は、松ヶ島包囲は囮《おとり》ゆえ清須の兵は動かすなと言い置いていった。つまり、わしが伊勢に向かえば、清須が手薄になる。敵はそれを待っているというのだ。それゆえ、そなたに行ってほしいのだ」

「いや、それがしは――」

雄久が言葉に詰まった。

南伊勢が崩れると、伊勢北部にある雄久の菰野城も危機に瀕《ひん》する。雄久としては、松ヶ島城に信雄の主力勢を派遣してほしいが、己が行くのは嫌なのだ。

「そなたが行くしかあるまい」

痺れを切らしたように信雄が言ったが、雄久は首を横に振った。

「軍勢を使うよりも、効果的な策がございます」

膝行《しっこう》してきた雄久が信雄の耳元で囁いた。

「秀吉の手勢が出払っている今、秀吉の周囲は手薄のはず」

「それがどうした」

「秀吉を殺します」

「何と――」

雄久の策とは、またしても謀殺だった。

一度、謀殺や暗殺に手を染めると、その癖が抜けなくなるというが、雄久こそ、まさにその見本である。

「わが方に、佐久間信栄と道徳《みちのり》の兄弟がおるのはご存じの通り」

雄久によると、信雄方の佐久間信栄とその弟道徳の仲が険悪なことは、織田家中でもつとに有名であり、それを利用しようというのだ。

「つまり、信栄と道徳が衝突し、道徳が出奔したとみせかけて秀吉に近づき、ひとおもいに――」

――何と姑息《こそく》な男だ。

しかし信雄には、ほかにいい手など思いつかない。

「こんな時もあるかと思い、すでに道徳と話はつけております」

「道徳は、やると申しておるのか」

「はい、道徳は持病が悪化し、余命いくばくもないとのことで、その場で殺されても構わぬとのこと。むろん息子を取り立てるという約束ですが――」

「それで、息子に何をやる」

「伊勢国内に十万石」

「何だと」

「死を覚悟している道徳にしてみれば、それでも安いくらいでござろう」

信雄は、雄久が己の代官のように振る舞い、勝手に褒賞《ほうしょう》を約することに、かねてより不快感を抱いていた。しかし、この場で何を言っても始まらない。

「それでは三河殿の了解をもらう」

「古来、事が広まった後の謀略は、成功した例《ためし》がありませぬ」

「三河殿に内密で事を進めると申すか」

「いかにも」

信雄は迷ったが、失敗したところで道徳が勝手にやったこととすれば、家康の叱責もないと思い、最後には同意した。

雄久から連絡を受けた道徳は、敵陣営に駆け込み、京にいる秀吉の許に送られた。この頃、秀吉はいったん佐和山から京に戻ってきていたからである。

秀吉は上機嫌で道徳を迎え、信雄方の軍制や兵力を聞きたがった。

道徳はいい加減なことを尤もらしく答えながら、隙をうかがったが、さすが秀吉、一分の隙も見せない。しかし、それは十分に予想していたことでもある。

だいいち、聚楽第で暗殺に成功しても道徳の命がない。雄久が信雄に話したような捨て身の暗殺など、道徳は考えてもいなかった。

道徳は、京における秀吉の手勢が手薄なこの折、町中《まちなか》に火をつけて混乱に陥れ、驚いて聚楽第から出てきた秀吉を襲うつもりでいた。

しかし道徳が隙をうかがううちに、事態は急展開していった。

三月十六日、秀吉は犬山城にいた森長可に三千の兵を率いさせ、清須城攻撃に向かわせた。

犬山に向かっていた家康は、酒井忠次、奥平信昌、松平家忠らに五千の兵を与え、侵攻してきた森長可勢に当たらせた。

八幡林《はちまんばやし》から羽黒川にかけて衝突した両軍は、一歩も譲らぬ激戦を展開したが、兵力で劣る森勢は次第に押され、陣を捨てて潰走《かいそう》した。

緒戦は、家康が勝った。

一方、この頃、手詰まりとなった松ヶ島城の滝川雄利は、城を捨てて海路、尾張に逃げ帰ってきた。五百ばかりの手勢で籠城していた雄利は、羽柴秀長と筒井順慶に、蒲生氏郷らも合流した万余の大軍に抗すべくもなかった。

尾張が主戦場になると思った雄利は、自ら志願して、最も安全と思われる伊勢南端の松ヶ島城に籠もったが、それが裏目に出たのである。

かくして南伊勢が秀吉の手に落ちた。

両軍は一進一退を繰り広げていた。

家康は小牧山での長期戦を覚悟し、その構えを強化すると同時に、蟹清水・北外《きたと》山《やま》・宇田津《うだつ》・田楽《たがら》の諸砦を構築、小幡《こばた》城と比良《ひら》城を修築し、岡崎・清須間の防衛線を強化した。

一方、あらためて家康を「侮り難し」と思った秀吉は、本陣を犬山城に移し、突貫工事で、堀を深くうがち、土塁をかさ上げするなどして防御力を向上させると、二重堀《ふたえぼり》・田中・小松寺山・楽田《がくでん》等の諸砦を築いた。

この時の秀吉方の総兵力は八万余。対する家康・信雄方の総兵力は三万五千余にすぎない。

戦況は、賤ヶ岳合戦に似た陣城構築戦に移行しつつあった。

双方共に乾坤一擲《けんこんいってき》の勝負を打つ気はなく、何らかの事情により相手に隙が生じた際、そこに付け入る形で勝機を摑もうとしていた。

家康と信雄は、二十八から二十九日にかけて相次いで小牧山に入った。兵は徳川・織田両軍合わせても一万六千余である。

これに対して秀吉も、二十八日、犬山城から楽田まで陣を進めた。

両軍の緊張は日増しに高まっていたが、双方共に先に仕掛けることを控え、にらみ合いの状態が続いた。

四月に入り、少人数での奇襲攻撃や、相手を挑発するための放火などの小競り合いが続いたが、戦局を左右するものはなく、長期戦の様相を呈しつつあった。

そんな中、忸怩《じくじ》たる思いを抱いた男がいた。

森長可である。

信長幕下にあり、その勇名をほしいままにしていた長可が、羽黒八幡林の戦いで呆気なく敗れたことは、豊臣陣営に微妙な空気を生んでいた。

秀吉の不敗伝説は陰りを見せ、逆に家康の武名が騰がったのだ。

こうした微妙な空気を感じ取った森長可は、秀吉に積極策を建言した。

別働隊に家康の本拠である三河を急襲させ、慌てて兵を返そうとする家康の背後を、秀吉が突くという作戦である。

長可は岳父である池田恒興の賛同を得て、この策を強く推した。

多分に危険な賭けでもあったが、これまで幸運に見放されたことのない己の運を過信していた秀吉は、この積極的な策を許した。信長の死後、常に己に味方してくれた池田と森に対する負い目もあった。

四月六日、羽柴秀次（この時は三好信吉）を総大将に、池田恒興、森長可、堀秀政率いる二万余の三河侵攻部隊が、尾張東部の丘陵地帯を迂回して岡崎に向かった。しかし奇襲部隊にしては大軍である。それゆえ翌七日夕刻には、家康の知るところとなった。

八日、先手を担う池田・森隊は、三河への進軍路を扼《やく》する岩崎城への攻撃を開始する。

一方の家康は、榊原康政と大須賀康高に四千五百の兵を率いさせ、その夜のうちに先発させた。自らも、夜半には小牧山を出て小幡城に入った。

九日未明、徳川勢の先手が、長久手北方の白山林《はくさんばやし》で、秀次勢に奇襲を掛けた。予想もしていなかった背後からの攻撃に、たちまち秀次勢が突き崩される。

これを聞いて救援に駆けつけた堀秀政は、秀次勢の壊乱ぶりを尻目に、檜ケ根《ひのきね》で徳川方に攻撃を仕掛け、これを撃退したものの、退勢の挽回をあきらめ、秀吉主力との合流を図るべく撤退に移った。

その頃には、森長可と池田恒興も反転して徳川勢に挑んでいたが、敵の勢いを押しとどめる術もなく崩れ立った。

池田恒興とその嫡男の元助、さらに森長可は乱軍の中で討ち死にを遂げた。

これを知った秀吉は、すぐさま楽田を出発、家康との決戦に及ぼうとしたが、家康は迅速に戦場から離脱し、再び小牧山に籠もった。

家康は秀吉と決戦に及ぶ気はなく、勝利を積み重ねることによって、秀吉を圧迫するつもりでいた。

信雄は家康に三千の兵を託しただけで、こうした動きを小牧山で指をくわえて見ていた。

家康が信雄を動かそうとしなかったからである。

孫子に「実を避けて虚を討つ」という言葉があるが、敵の三河侵攻軍の虚が秀次であるのと同様、徳川・織田連合軍の虚こそ信雄だからである。

かくして南伊勢の失陥を補って余りある戦果を、徳川・織田連合軍は挙げていた。

両軍はにらみ合いを続けたが、五月一日、秀吉が陣を払った。

秀吉が負けたという一報が畿内諸国に大げさに伝わり、背後が不安になってきたからである。

この一報を受けた家康も、信雄と共に清須城へと撤収した。

家康は、まんまと勝ち逃げに成功したことになる。

両陣営の最前線となった犬山城と小牧城には、それぞれの残留部隊が陣を構え、にらみ合いを続けていた。

五月は小競り合いもなく、戦線は膠着していたが、この頃、京で動きがあった。

佐久間道徳の陰謀が発覚したのだ。

少人数ずつ組に分けて潜行させてきた手下を、一条車之町や実相院辻町に潜伏させた道徳は、大量の油を買いいれ、放火の準備を始めていた。しかし、そんなことをすれば、気づかれるのは当然である。

五月某日、突如押し寄せた所司代の手勢によって、道徳の配下は討ち取られた。道徳は逃走したらしく、その後の行方は不明である。

かくして土方雄久、乾坤一擲の謀略も不発に終わった。


六月に入り、意外な人物が活躍する。

滝川一益である。

賤ヶ岳合戦で秀吉に敵対した一益は、この頃、秀吉に罪を許され、秀吉方の一将として参陣していた。

六月、芳しからざる戦況を憂慮した一益は、清須と長島を結ぶ要衝である蟹江城奪取を秀吉に進言、許可を得るや蟹江城に潜行した。

折しも、城主の佐久間信栄が長島城に援軍として出向いており、蟹江城には城代の前田種利《たねとし》しかいなかった。

種利と一益は従兄弟《いとこ》にあたる。

一益は種利に対し、秀吉に内応する利を懇々と説き、大坂湾に待機していた九鬼嘉隆の軍船に乗せた家臣七百を蟹江城に入れた。

ここまでは見事な手際だった。

同じ手で近隣の大野城を預かる山口重政の調略に及んだ一益だったが、重政に拒否されて失敗。挙句に徳川方に通報され、ほうほうの体で蟹江城に戻った。

しかし滝川勢と兵糧を積んだ九鬼水軍は、急ぎ駆けつけてきた徳川水軍に行く手を阻まれて入城できず、一益は、前田種利勢と合わせても千に満たない兵力で蟹江城に籠もることになった。

七月、城を包囲された一益は、家康の降伏条件である前田種利の首を持参し、許しを請うた。

一益は一命を救われたが、無理に内応させた従兄弟を殺したことで、その名声は地に落ちた。以後、武将としての輿望を失った一益は歴史の表舞台から消え去ることになる。

この戦いを最後に、後に小牧長久手合戦と呼ばれることになる戦いは、終息に向かう。

秀吉と家康の直接対決は、家康の圧勝で幕を閉じた。これにより秀吉の不敗伝説に陰りが差し、逆に家康の名声は天を衝くばかりとなる。

「わしは何もさせてもらえなかった」

常真の言葉に、二人の元宿老はうなだれるだけである。

「それどころか、三河殿の足を引っ張るだけであった」

昔語りに時を忘れていた三人は、ようやく夜の帳《とばり》が落ち始めたことに気づいた。

「三河殿が中納言（秀次）を破った時、わしも快哉《かいさい》を叫んだ。しかし、われらの出番はいつになっても来なかった。日増しに高まるのは三河殿の武名ばかり」

燭台に燃える一穂《いっすい》の炎を見つめながら、常真がため息をついた。

「長久手で敵を破った後に決戦を挑んでおれば、活躍の場もあったのですが——」

滝川雄利が唇を嚙んだ。あの時、雄利は家康に主力決戦を迫ったが、「この戦は勝つことよりも、負けぬことに眼目があるのです」と、にべもなく断られている。

「そこまでは致し方なきこと。それより悔いるべきは、その後のことでござろう」

土方雄久の言葉に二人もうなずいた。


清須城に戻った信雄の許に、秀吉から書状が届いたのは、天正十二年（一五八四）九月に入ってからである。

「此度のことは誤解から生じたものなので、再び誼を通じ、共に天下の計を図ろう」という主旨である。むろん信雄の本領を安堵し、家康とも和睦すると付け加えられていた。

「ふん」

信雄は、秀吉から膝を屈して来たことに湧き立つような喜びを感じながらも、秀吉を信じるつもりはなかった。

「三河殿への手前もある。黙殺なされよ」

土方雄久がそう言うと、滝川雄利が反対の意見を述べた。

「いや、敵対しているとはいえ、儀礼的なやりとりを欠かさないのが武家の習い。衆の上に立つ織田家だからこそ、鷹揚《おうよう》であらねばなりませぬ」

「返書くらいは出そう」

とりあえず信雄は儀礼的な返書を出した。

すると、日を置かずして再び使者が来訪するではないか。一度、返書を出した手前、黙殺するわけにも行かず、再び信雄は返書をしたためた。

すると返書が届くか届かぬかのうちに、また使者が来る。

その使者も、禅坊主、連歌師、茶道衆に始まり、遂には奉行の一人・前田玄以まで来た。

玄以が初めの使者であれば、門前払いもできただろうが、信雄らも、この頃には秀吉の使者に鈍感になっており、深く考えずに玄以を城に入れた。

玄以は、とりとめもない話をして帰っていった。

信雄らは「あやつは何しに来たのだ」と言って笑ったが、玄以にとって、これで十分に目的は達せられたのである。

当然、こうした事態に疑念の目を向ける者がいた。

清須城に在番する徳川家の連絡将校である。

在番交代時に岡崎に戻った彼らは、口々に信雄の表裏を家康に報告した。はじめは「また、秀吉の調略が始まったか」と言って取り合わなかった家康も、信雄の優柔さを知るだけに、一抹の不安を抱いていた。

次第に秀吉の使者攻勢は過熱していった。文官から武将まで清須を詣でるようになり、珍奇な品々も献上されるようになった。

信雄は使者の来訪を気にすることはなくなり、献上品も憚《はばか》ることなくもらうようになった。

こうした事態を憂慮した家康は、暗に信雄を諫《いさ》めたが、遠回しな言い方で分かる信雄ではない。

遂に在番将校を清須から撤収した家康は、信雄との連絡を絶った。

家康としては、ここまでやれば秀吉の調略に搦め捕られそうになっていることに、さすがの信雄も気づくだろうと思ったのである。

案の定、信雄は家康の怒りに愕然とし、十月になってから、土方雄久を弁明使として送った。しかし岡崎で家康の叱責を受けた雄久は、ほうほうの体で清須に戻ってきた。

――たいへんなことになった。

家康との連携がなければ、信雄など秀吉の好餌《こうじ》である。

家康としては後年、関ヶ原で小早川秀秋を寝返らせた時のように、威嚇により信雄の目を覚まさせようとしていた。しかし、相手は調略の天才秀吉である。一方は威嚇、一方は甘言となっては、信雄程度の人物が甘言に傾くのは当然だった。

十一月十五日、板挟みの圧力に耐えかねた信雄は、桑名で秀吉と会見し、和睦に同意した。しかも信雄は、秀吉の出した条件をすべてのんだ。

言うまでもなく、秀吉の講和条件は過酷なものだった。

すなわち、すでに秀吉が占拠した南伊勢と伊賀は戻らず、幼い信雄の娘を秀吉の養女として差し出す。さらに滝川雄利と土方雄久の二人にも、人質の差し出しが求められた。

いかに過酷な条件でも、家康の後ろ盾を失った信雄には、もはや抗する術はない。

秀吉は歓喜し、「それでこそ三介殿」と手を叩いて喜んだ。

一方、信雄の単独講和を聞いた家康は、苦虫を嚙みつぶしたような顔で、「担ぐ相手を間違えた」と吐き捨てた。


これにより家康は孤立した。

家康唯一の与党勢力である北条家は、秀吉与党の佐竹・宇都宮・結城らと下野国をめぐり、泥沼の抗争を続けている。そのため本格的な援軍は望むべくもなく、先々、想定される信雄勢を先手とした秀吉方との衝突には、単独で立ち向かうことになる。

しかし秀吉とて、一度、ひどい目に遭った相手と再び戦い、後れを取っては取り返しがつかないことになる。

それゆえ秀吉は、信雄に新たな使命を課した。

天正十四年（一五八六）一月、秀吉から家康を臣従させるという重大な使命を託された信雄は、岡崎に下った。

単独講和の件をさかんに弁明する信雄を制した家康は、「関白には委細承知とお伝えくだされ」とだけ言い、後は何を言っても、この話に触れなかった。

信雄は逃げるように岡崎を後にした。


「思えば愚かなものであった」

常真が自嘲すると、滝川雄利と土方雄久の二人も苦い笑みを浮かべた。

しかしそれ以上、会話は弾まず、重い沈黙の中、二人は去っていった。

去り際に見た二人の顔には、「もう、このお方はだめだ」と書いてあった。常真はその顔を見て、無性におかしかった。

――わしに期待した、そなたらが愚かなのだ。

一人になった常真は、ひとしきり笑った後、さめざめと泣いた。

泣いてみると無性に人恋しくなった。御伽衆でありながら話し相手がほしくなり、広縁に出たものの、今の常真の話し相手など、この城には一人としていないことを思い出した。

広縁から空を見上げると、名護屋城天守の上に、朧月《おぼろづき》が浮かんでいた。

――もう春であったな。

常真は一句ひねろうかと思った。しかし詩文の得意でない頭に、気のきいた言葉は何一つ浮かばない。

——この頭は、句さえ浮かべられぬか。

月を眺めながら、常真はまた泣きたくなった。

七

文禄二年（一五九三）五月、家康の取り成しにより、長束家との騒動を大過なく収めた氏規は、お礼言上に本多正信の陣所を訪れた。

型通りのお礼と一通りの世間話の後、正信が乱杭歯《らんぐいば》をせり出し、笑みを浮かべた。

「貴殿にお会いしたいというお方が、この肥前名護屋に参っておりますぞ」

「はっ、それはどなたで——」

「会ってからのお楽しみでござる。貴殿のよく行く場所で、海を眺めながら待っておるとのことです」

本多正信の陣所を後にした氏規は、いつもの小丘に急いだ。

胸騒ぎがして、氏規の足は自然、速くなった。

石段沿いに植えられた松並木を抜けると青空が広がる。そこは風の運ぶ潮の香りに満ちている。しかしこの日だけは、いつもと違っていた。丘の上に近づくに従い、喩えようもない芳香が漂ってきたのだ。

――女人《によにん》か。

氏規を待っているのは、案に相違して女人のようである。

――これは竜涎香《りゅうぜんこう》ではないか。

竜涎香とは抹香鯨《まっこうくじら》の腸内から取れる分泌物だが、芳香を放つため、高貴な女性たちの垂涎《すいぜん》の的となっていた。

――竜涎香を付けられる女人は限られている。ということは――。

石段を上りきると、そこに天女がいた。

――まさか。

氏規の存在に気づき、振り向いた天女の面に笑みが広がる。

「お久《ひさ》殿」

「ご無沙汰いたしておりました」

天女の正体は、家康の側室・お久の方だった。

お久が着る辻が花染めの小袖は、片身替わりの色鮮やかなもので、大きな紅色の縞取りと、その間にちりばめられた葉の緑が、大胆な文様を描いていた。

むろん小袖がどれだけ豪奢であろうが、着る者次第である。

お久こそ、その小袖にふさわしい、関東一とうたわれた美貌の持ち主だった。

氏規は、驚きで二の句が継げないでいた。

「どうかなされましたか」

お久は、その愁いを帯びた瞳を氏規に向けてきた。

「また、お美しくなられた」

「おやめ下さい」

お久が照れたように下を向いた。

「それより、こんな遠くまでいかがなされた」

「上様のお召しにより参りました」

「そうであったな。今のお久殿は、徳川大納言の室でありましたな」

氏規が自らの愚問に照れた。

「はい、上様に茜浜まで、お出迎えいただきました」

「そうか、それはよかった」

家康がお久を大切にしていることを知り、氏規は安心した。

「その節は、ご迷惑をおかけしました」

「お久殿が幸せであれば、それでよいのだ」

氏規はそれ以外の言葉を思いつかない。

お久こそ、氏規の正室となるべき女人だったからである。

太陽は西に傾き、最後の強い光を投げかけていた。その光が、お久の半顔《はんがん》を朱色に染めている。

「こうして見ておると、夫婦《めおと》のようですな」

振り向くと板部岡江雪斎が立っていた。江雪がお久を案内してきたらしい。

「戯れ言はよせ。徳川家に聞こえたら、わしの命はない」

氏規の言葉に三人は笑った。

笑いが収まると、お久がぽつりと言った。

「北条家とゆかり深き者は、随分と死んでしまいましたね」

その言葉に氏規と江雪は、どう答えてよいか分からなかった。

小田原開城後、各地に散っていった北条家ゆかりの人々も、ここ数年で次々と没し、今では数えるほどになってしまった。不遇の中で心を病んで頓死した者、世を儚《はかな》んで自害した者、病を得て亡くなった者、様々だったが、一人抜け、二人抜け、櫛の歯が欠けるように人々は去っていった。

そして今、三人の周囲には、三様の新たな人間関係が築かれつつあった。

一万石の大名として新たな北条家を担うことになった氏規、秀吉の御伽衆の江雪、家康の側室のお久、それぞれの間には見えない壁が屹立《きつりつ》し、かつてのように、親しく話をすることさえままならなくなっていた。

それは三人に限らず、諸家に仕える北条家にゆかりの人々すべてに共通することだった。

「人はいつか死ぬ。それが早いか遅いかの違いだけだ」

氏規が自らに言い聞かせるように言った。

「小田原合戦の折、わが父・間宮康俊は山中城で討ち死にいたしました。いま思うと、父祖代々の北条家家臣であった父にとって、その方が幸せだったに違いありませぬ」

お久の父である間宮豊前守康俊は、小田原合戦の口火を切った山中城の激戦で討ち死にを遂げていた。

小田原開城後、康俊の天晴れな最期と、その美貌の娘の噂を聞いた家康は、お久に目通りを命じると、側室として迎え入れると通達してきた。

天下人となって後も、家康は正室を置かず、側室は十五人しかいない。家康の好みで後家が多いとはいえ、日本各地から集められた選り抜きの美女たちである。そのうちの一人にお久は指名された。お久の気持ちは別としても、滅びた大名家の家臣の娘としては、破格の幸運である。

実はその頃、お久は、正室を亡くした氏規への再嫁の話が進められており、それを秀吉に願い出んとしていたのが板部岡江雪斎だった。

小禄とはいえ、豊臣家への奉公が決まっている氏規の生活に不安はない。お久にとっても、氏規は主筋の上、童女の頃から憧憬《しょうけい》していたこともあり、否やはなかった。

ところが、よもやと思われた筋から横槍が入った。もちろん家康の要請に抗する術はない。江雪は氏規と図り、お久を家康に輿入れさせることに奔走した。

それが、誰にとっても幸いだと思えたからである。

運命の奔流に弄《もてあそ》ばれた天賦の美貌の持ち主が、今、幸せであるか、氏規は問いたかった。しかしそれだけは、何があっても問うてはいけないことである。

「まあ、きれい」

少女のような声を上げ、お久が灌木《かんぼく》の間に落ちていた巻貝を見つけた。

誰かがここまで持って来たのか、それは破損することなく、自然のままの形を保っていた。

それを拾おうと、お久が灌木の方に向かった。氏規も後に続いたが、江雪はすっと後方に引いていった。気を使ったのである。

「こうして貝に耳を当てると、亡くなった方たちの声が聞こえます」

「気味の悪いことを言う」

氏規の言葉に、お久が桜の花が一斉に咲いたような笑い声を上げた。

「実は、上様にお願いして、山中城の跡に小寺を建ててもらいました」

「それはよかった」

氏規の顔が輝いた。

忠義を尽くして死んでいった北条家の家臣たちに何もしてやれない己が、氏規には歯がゆかった。

今でも多くの家臣たちは、菩提を弔われることもなく、亡魂《ぼうこん》を関東の野にさまよわせている。山中城で討ち死にした者たちだけでも、これで救われるかと思うと、氏規は一つ肩の荷が下りた気がした。

「山中城で討ち死にした方々の菩提を、敵味方の別なく弔うことを願い、墓所は同じ場所に作っていただけるよう、上様にお願いしました。上様にも、ご賛同いただきました」

「敵味方の別なくか――。そうした世が来たのだな」

秀吉により天下は平定され、国内で秀吉に逆らう者はいなくなった。

乱世に生まれ、乱世を生き抜いてきた氏規にとって、統一政権の下に、すべての大名が統べられるという事実が、今でも信じられないが、こうして死者たちが分け隔てなく扱われることにより、静謐な世が来たことを実感できた。

「後は、お久殿が子を産み、幸せになることが豊前への最善の供養となる」

「そうですね」

お久が寂しげな笑みを浮かべた。

しばしの間、昔語りなどをした二人だったが、共通の話題も尽きてきた。

それを見計らい、五間ほど離れた場所から江雪の声が聞こえた。

「お久殿、もう日が沈みます。寒気はお体に障られる。それがしが徳川殿の陣所にお送りいたしますゆえ、そろそろお暇《いとま》いたしませぬか」

「はい」

お久は素直に首肯すると顔を上げた。その瞳は氏規を見つめていた。

――お久殿、さらばだ。

氏規は視線でそれを伝えた。お久は微笑むと一礼し、氏規の前を辞そうとした。

その時、図らずも言葉が漏れた。

「お久」

氏規の一言にお久の足が止まり、その白い手から巻貝が落ちた。

江雪が咎めるように顔を上げた。

「一度《ひとたび》だけでも、そう呼びたかった」

お久に背を向けると、眼前には、橙色に輝く海が広がっていた。

氏規はゆっくりと目を閉じた。しかし海は、瞼の裏でも輝き続けていた。

「いま一度――、いま一度だけ、お呼びいただけませぬか」

お久の切なげな声が背後から聞こえた。

氏規は大きく息をつくと振り向き、お久を見つめると言った。

「お久」

お久の頬は朱《あけ》に染まり、その瞳は一心に氏規を見つめていた。

「もう、これで心残りはありませぬ」

お久はそう言うと、踵《きびす》を返した。小袖の見事な文様が翻る。

「さあ、こちらへ」

江雪が肩を抱くように、お久を輿に急がせた。

お久は二度と振り向くことなく、輿に乗り込んだ。

お久の去った後には、竜涎香の匂いだけが残されていた。

氏規はこの時、もう二度とお久に会えぬ気がした。そして事実は、その通りとなった。

氏規は、万感の思いを胸に黄金色の海を見ていた。

第四章

願海無尽《がんかいむじん》

一

秀吉の大陸侵攻作戦は、緒戦の輝かしい連勝が嘘のように行き詰まっていた。

個々の合戦では圧倒的な強さを見せた日本軍も、真綿で締め付けられるような海陸の兵站破壊に疲弊し、慢性的兵糧不足の状況に陥りつつあった。

伏見城に戻った秀吉は、奉行たちと昼夜をわかたず打開策を練っていた。

朝鮮陣から戻ったばかりの石田三成は、陣城を築きつつ着実に支配地を広げていくことを主張、そのためには、いったん兵を戻して英気を養わせた上で、入念な準備をして再侵攻することが必須であると説いた。

この案に同意した秀吉は、明との講和交渉を始めることとし、文禄二年(一五九三)六月中旬、半島にいる日本軍に漸次撤退を指示した。

これにより、堰《せき》を切ったように人々の還流が始まった。

名護屋の町は、次々と着く船から吐き出される諸大名の将兵でごった返し、商機に聡《さと》い商人や遊女たちも諸国から集まり、その活気は言語に絶するほどだった。

秀吉は伏見にあり、奉行衆をはじめとした要職にある者たちも、講和交渉の準備で次々と京に戻っていった。

しかし常真だけは、打ち捨てられたように名護屋にとどめ置かれていた。

むろん常真は、秀吉の御伽衆という今の境涯のままで畿内に戻ることなど考えたくもなかった。

名護屋でも常に他人の視線を背に感じ、笑い声が聞こえれば、己が笑われていると思い込む常真である。これが京の町であれば、もっと露骨に後ろ指を指され、嘲笑されるに決まっている。

それゆえ常真は、この地にずっといたいとさえ思うようになっていた。

常真は、「京に参れ」という秀吉の命が来る不安を忘れたいがゆえに、名護屋の町を徘徊《はいかい》した。酒と女に血眼《ちまなこ》になっている帰還兵をかき分け、ただひたすら歩く常真が誰か、気づく者はいない。

裾の切れた僧衣を翻し、常真は歩んだ。

肩が触れて帰還兵に怒鳴られても一顧だにせず、常真は一心不乱に歩んだ。

雑踏に身を投じることで、不安は幾分か和らいだ。なぜかと言えば、雑踏だけが身を隠せる場だからである。

しかし、そんな日々も長くは続かなかった。

常真の許に、伏見への引き揚げ命令が届いたのだ。

奉行の前田玄以の書状を読むや、常真は館を出た。

——嫌だ。伏見になど行きたくない。

闇雲に城下を歩んだ常真は、遂に小走りになって町中を抜け、諸大名の陣所が並ぶ地区に入っていた。

僧衣の背は汗で張り付き、喉はからからに渇き、唾の一つも湧いてこない。

——死ぬか。

ふと、そんな思いにとらわれた。どんな苦境に落ちても、どんな屈辱に遭っても、今まで思ってもみなかったことである。

常真は現実から逃れんがために、目に付いた石段を登った。それがどこに通じているかなど考えもしない。ただその上には、人がいない気がしたのだ。

懐に手を入れると、出がけに持ってきた鎧通《よろいどお》しに触れた。それを握りしめた常真は、童子のように息をあえがせつつ松並木の石段を登った。

——もう、すべて仕舞いにしよう。

石段を登りきると、眼前に青い海が広がった。

死ぬには、これ以上ないほどの場所である。

あたかも父信長が、「ここで死ね」と言っているような気がした。

よろよろと崖際《がけぎわ》まで進んだ常真は、その場に膝をつくと、はるか東方の安土に向かって手を合わせた。

——父上、茶筅はあまりに暗愚でした。なぜ父上の息子として生まれたのか不思議でなりませぬ。それも、あとわずかで終わります。どうか冥途でお目に留まっても叱責などせず、「よくぞ参った」と声の一つもかけて下され。

その時、雲間から一条の日が差し、名護屋湾を照らした。その光景は、まさに信長が天への道を示しているかのように思えた。

——その道をたどってこいと仰せなのですね。

震える手で鎧通しを引き出した常真は、鞘《さや》を払うと両手で眼前に掲げた。

「父上、ご覧《ろう》じろう！」

海に飛び込むように大きく息を吸った常真は、刃を己の喉元に向けた。鎧通しの刃は細すぎるため、腹が切れないからである。

その時である。

背後から伸ばされた白い腕が、常真の手首を軽く押さえた。

「父上――」

逆光のため、それが誰であるかわからず、常真は信長だと思った。

やがてその影は、震える常真の手首から鎧通しを取り上げた。

常真は抵抗するでもなく、それに従った。

「確か、法名は常真殿でしたね」

「父上ではないのか」

ゆっくりと常真の傍らに腰を下ろしたその影は、優しげな声で名乗った。

「北条美濃守でございます」

「北条美濃と――。どうしてそなたがここにおる」

「ここは、わが陣屋の近くでございます」

「そうであったか」

常真は徐々に正気を取り戻していった。

──わしは死のうとしていたのか。

傍らでは、氏規が常真の鎧通しをもてあそんでいる。

「それにしても、人とは儚《はかな》いものでございますな」

「儚いと、申すか」

「はい、人は死ねばそれまでのこと。死んだ者のことなどすぐに忘れられます」

氏規が常真の瞳を見つめた。

「常真殿、それがしも幾度か死のうとしました。しかしその度に何かが、それがしの命を救いました。それゆえそれがしだけが、こうして生き恥を晒しております」

疑問が自然と口をついて出た。

「生き恥とな。そなたも生きるのは辛いか」

「辛うございます。辛くない時などございませぬ」

氏規が、過去を思い出すかのように空を見上げた。

「それでは、なぜ生きておる」

氏規は、口辺《こうへん》に苦い笑みを浮かべると言った。

「血を残すためでございます」

「いかにも。この身には、関東に覇を唱えた北条家の血が流れております。民のために『禄寿応穏』を誓った北条家初代・早雲庵宗瑞公以来の血を絶やすわけにはまいらぬのです。それゆえ、生き恥を晒すことになると知りつつも、血を残すために、それがしは生き続けねばならぬのです」

禄寿応穏とは、「禄（財産）と寿（命）は応《まさ》に穏やかなるべし」という意である。すなわち領民の禄と寿を、北条家が守っていくという宣言である。北条家はこの旗印を掲げ、関東の守旧勢力を駆逐してきた。

「そなたは、そのためだけに生きておるのか」

「はい、そのためだけに――」

そこまで言った時、氏規が嗚咽した。

「どうしたのだ」

それには答えず、鎧通しを常真に返しつつ氏規は言った。

「常真殿のお体には、織田家の血が脈々と流れております。常真殿は、それを守っていかねばなりませぬ」

「血を残すと――」

「血と申すか」

常真は筋張った己の手を見た。その浮き出した血管には、亡き信長の血が流れているのだ。

「武家は戦働きで功名を挙げることよりも、血を残すことが肝要でございます。そのために常真殿は、名護屋にいらしたのではありませぬか」

「そうか、そうであったな」

「あれをご覧下さい」

氏規が指差した先には、島影に消えようとしている小さな漁船があった。

「あの船にも人は乗り、日々の営みを続けています。それは食べていくためかもしれませぬが、突き詰めてしまえば、人の営みはすべて血脈を伝えるためなのです」

「わしは、この血を後世に伝えていかねばならぬのだな」

天の父に問うように、常真は氏規に問うた。

「はい。天下統一という大事業を成そうとした父上の血を、常真殿は伝えていかねばならぬのです」

そう言うと氏規は、常真を促して自らの陣屋に向かった。

「関東奥羽惣無事令」に違背して名胡桃城を奪った北条家に対し、即座に宣戦布告した秀吉は、天正十八年（一五九〇）三月一日、三万二千の直属軍を率いて京を出陣した。

二

先行させている関白秀次や徳川家康らの部隊を合わせると、その総勢は十六万に達する。これに前田利家や上杉景勝らの北国《ほっこく》勢、さらに豊臣水軍などを合わせると、実に二十二万の大軍が、小田原を目指して進撃を開始したことになる。

対する北条家は、約十万の軍勢で関東各地に張りめぐらされた城郭群に籠もり、豊臣軍の侵攻を阻止せんとした。

その中の一つが韮山《にらやま》城である。

韮山城は山中城と共に、東海道を東進してくる豊臣軍と最初に接触する位置にあり、その戦いぶりいかんで、戦局が大きく変わることも考えられた。

氏規は自ら捨石となり、豊臣軍に緒戦で打撃を与えようと思っていた。

こうなってしまえば緒戦で手強いところを見せ、敵陣営に厭戦《えんせん》気分を漂わせること以外に手はない。

「その後で和睦を考えればよい」と氏規は考えていた。

かつて家康が、小牧長久手合戦で示したように、豊臣軍に「北条手強し」を印象づけない限り、和睦は困難であると、氏規は確信していた。

氏規の韮山城と共に、緒戦の戦端が開かれるであろう山中城には、馬廻衆の松田康長を城将とした四千余の兵が籠もっている。

東海道を扼する位置にある山中城での激戦は必至だが、大軍を諸方面から小田原に向かわせるには、伊豆半島東方の脇道を使って根府川《ねぶかわ》方面に出ねばならず、そうなると韮山城も敵の攻略目標となる。

小田原への道を扼す山中・韮山両城を落とすか、大きく北に迂回して足柄城を落とす以外、豊臣軍が小田原に迫る手段はない。

北条氏の本拠・小田原は、北条領国の西に偏《かたよ》りすぎているため、西から迫る敵に箱根山を突破されると、すぐに包囲されてしまう。そのため箱根口を守る山中城、片浦口を守る韮山城、川村口を守る足柄城に重点的に兵を配備し、それぞれの口から東に敵を入れないことを戦略の第一に掲げていた。

小田原を出発する前に、氏規は山中城将の松田康長、その援将として山中城に入る予定の玉縄城主・北条氏勝らと、綿密な連携作戦を立てていた。しかし日が経つにつれ、秀吉が未曽有の大軍を動員していると知り、相互連携作戦は画餅《がへい》に帰する可能性が高くなってきた。

それでも氏規は、数カ月の持久戦は展開できる自信があった。

二月上旬、戦闘兵力三千に普請人足五百の合計三千五百余の兵を率いた氏規は、韮山に向かった。

小田原から湯本を経て湯坂道を使った氏規は、箱根峠を西に下り、山中籠城衆と最後の軍議を開いた後、三島大社に詣でてから下田街道を南下した。田方《たがた》平野に入ると、天《てん》ヶ岳《たけ》が見えてきた。そのはるか後方には、追越《おっこし》山が霞んでいる。

——ここが、わしの死に場所となるのだな。

氏規は、この城を舞台に悔いのない戦いをするつもりでいた。

韮山城には、前年の十二月から大藤与七《だいとうよしち》（秀信）を将とした二百騎が先着し、在地土豪の江川一族率いる百余の兵と共に、最終的な防衛準備を終わらせていた。

城に近づくに従い、幾重にも張りめぐらされた虎落《もがり》や鹿垣《しがき》、銃眼の付けられた土塀や築地塀《ついじ》、堀の斜面に重ねられた逆茂木《さかもぎ》などが見えてきた。櫓《やぐら》の数も以前に比べて倍増し、常の敵であれば、攻めようがないといった有様である。

――よくやってくれた。しかし此度ばかりは常の敵ではないのだ。

与七と江川一族が力を合わせて、懸命に仕事をしてきたことは間違いない。

与七は年若いが、北条家の先手を担うことが多い大藤家の当主である。二代氏綱の時代に紀伊国から招かれて以来、大藤家の者は常に前線を駆けてきた。その率いる足軽衆は、北条家の最強部隊と言っても過言ではない。

与七は自ら韮山城に入ることを希望した。

小田原合戦では、北条方にも最前線を志願する武将が多くいた。それは与七のような譜代家臣のみならず、他国衆と呼ばれる外様家臣にも多く見られた。

しかし彼らは、北条家の勝利を信じ、功名を求めて最前線を望んだわけではない。図らずも北条方として戦わざるを得なくなった彼らは、この戦いで手柄を立てることにより、終戦後に豊臣方諸大名に召し抱えられようとしているのだ。

戦国も終盤に差し掛かると、寝返りや離反によって生き残ることよりも、存分に戦い、その武勇を敵にも評価してもらい、仮に味方が敗れたとしても、勝者に召し抱えられるという前例が多く出てきていた。とくに徳川家における武田旧臣団の厚遇は、それまで親兄弟を殺し合ってきた宿敵同士とは思えないものがあり、そうした噂は、北条家の家臣たちにも、少なからず影響を与えていた。

それがいかなる動機であれ、戦う意欲があれば、氏規に文句はない。

生まれる時と場所に恵まれなかったものの、人生を切り開こうとする若者たちがいることに、氏規は安堵していた。

――われらが滅んでも、彼らは、たくましく生き抜いていくはずだ。

しかし彼らが直面するはずの戦闘は苛酷であり、命の保証などない。

それを思うと、氏規は暗澹たる気分になった。

外郭《がいかく》の大手にあたる木戸稲荷《いなり》門口から韮山城惣構《そうがまえ》内に入った氏規一行は、城へと続く大手道を粛々と進んだ。

隊列には、死を覚悟した者だけが持つ澄みきった静寂が漂っていた。

三

三月中旬、東海道を東下してきた織田信雄勢一万五千が三島に到着した。

家康や豊臣秀次らも相次いで来着し、秀吉の到着前に、城攻めの評定が開かれることになった。

評定開始前、信雄はさも親しげに家康に話しかけたが、家康は一切の感情を面に出さず、「韮山攻めは中将殿に一任いたす」とだけ言って、口を閉ざした。

出陣前に行われた聚楽第での大軍議において、すでに信雄は韮山城攻めの総大将を秀吉から仰せつかっていたので、家康の言っていることは尤もなのだが、あまりに素っ気ない家康の態度に、信雄は不安になった。

――徳川内府は、小牧長久手合戦の後、わしが単独で講和したことを、いまだ根にもっておるのか。

秀吉から韮山城攻めを命じられたからには、大過なく任を全うせねばならない。

しかし、家康から何の策も授けられないとなると、不安ばかりが募る。

家康という寄るべき大樹を失った今、信雄には、すんなりと韮山城を落とす以外、自らを認めてもらう方法はなくなっていた。

しかも天下は治まりつつあり、秀吉のために功名を立てる機会は、これを逃せば、二度とないかも知れないのだ。

――わしは雑兵《ぞうひょう》と同じ立場なのだ。是が非でも功名を挙げねばならぬ。

そう思えば思うほど、重圧が背後からのしかかってくる。しかし信雄に与力する大名は、叔父の織田信包《のぶかね》を除けば、蒲生氏郷、福島正則、細川忠興、蜂須賀家政ら歴戦の雄ばかりで、どう考えても、信雄の指示通りに動くと思えない。

――彼奴らを駆り立て、彼奴らの兵をどれだけ損じようと、何としても韮山城を落とさねばならぬ。

信雄の胸底から暗い野望が湧き上がってきた。

三月二十七日、信雄ら諸将は、沼津三枚橋城に設けられた仮本陣で秀吉を迎えた。その時に事件があった。

駕籠を降りた秀吉は、常にない剣幕で家康と信雄を呼ぶと、「そなたらに謀反の意思ありや」と怒鳴り、二人を泥土《でいど》の中にひれ伏させた。

もちろん、「謀反など考えも及ばず」という家康の陳弁に矛を収めた秀吉だが、諸侯が居並ぶ中、昨日までの敵対勢力だった家康と信雄を平伏させたという事実は、大きな衝撃と効果を産んだ。

家康と信雄が謀反を起こすという惑説（偽情報）は、大坂や伏見では、さも当然のごとく流布《るふ》されていた。これに困った家康は、この疑念を晴らすべく、人質として次男長丸（後の秀忠）を秀吉の許に送った。秀吉はこれに喜び、すでに人質に取っていた信雄の娘と婚儀を執り行い、二人を親元に返した。これで一件落着と思われていた矢先の事件である。

実はこの一件は、北条攻めに向けて、全軍の士気を高揚させるための秀吉得意の大芝居だった。

これを即座に理解した家康は、「開戦前に総大将が刀に手を掛けるとは、この上ない吉事なり！」と叫んだ。

これにより豊臣軍の士気は、天をも衝くばかりに騰《あ》がった。

この時、泥土の冷たさを袴《はかま》越しに感じながら、信雄は、しみじみと秀吉に従属したことを実感した。

それは、屈辱と安堵が入り混じった奇妙な感情だった。

信長という厳格な父の下で育てられた信雄は、無意識裏に父性を欲していた。かつて父にされたように秀吉に怒鳴られることで、信雄は奇妙な安堵感の中にいられたのだ。

信雄は、秀吉を軽蔑しながら秀吉の中に父性を求めていたことになる。


三月三十日、下田街道を下った信雄らは、韮山城から北西に三十町ほど離れた小《しょう》丘《きゅう》上に本陣を築くと、早速、軍評定を開いた。

「われらは、四万四千の大軍。敵は農兵も入れて、せいぜい四千といったところだろう。ここは一気にもみつぶしてしまえばよい」

福島正則が、陣幕を震わせるかのような〝だみ声〟を上げた。

「いかにも四方から同時に取り詰めれば、敵は防ぎようがなく、惣構を放棄するに違いない」

蜂須賀家政が同調したが、慎重な蒲生氏郷が釘を刺した。

「とは申しても、城内の様子は分からぬ。仕掛け戦で、まずは敵の兵力と戦意を探るべきだろう」

「いかにも、蒲生殿の仰せの通り。まずは手応えを確かめてから、いったん兵を引き、本攻めといたそう」

細川忠興が如才なく氏郷に同意した。

「どいつもこいつも、臆病風に吹かれおって。かような城など、ひともみにもみつぶしてしまえばよいのだ」

「市松はこれだから困る。兵を損じぬよう城を落とすのが、将たる者の心得ではないか」

忠興がたしなめると、正則が食ってかかった。

「与一郎、そなたは、わしに説教を垂れるのか」

「おやめなさい」

うんざりしたように氏郷が両者を分けると、信雄の方に顔を向けた。

「中将殿、いかがなされるか」

顔を上げると、諸将の冷たい視線が信雄に注がれている。

――わしにどうせいと言うのだ。

信雄は戸惑ったが、こうした場合の常套句くらいは知っている。

「おのおの方、手配り通りに陣を布くべし」

沼津の軍議で、信雄らは城を三方から囲むことになっていた。

韮山城の場合、東側に大きく追越山が張り出してきているため、北、西、南の三方から城を囲めば事足りる。すなわち北の左翼軍には細川忠興・森忠政・中川秀政ら九千、西の中央軍には福島正則・蜂須賀家政・戸田勝隆・筒井定次《さだつぐ》ら九千七百、南の右翼軍には蒲生氏郷・織田信包・稲葉貞通《さだみち》ら八千四百が配され、残る信雄は、本陣に一万七千の兵と共に控えるという具合である。

「それでは、勝手気ままに打ち掛かってもよろしいか」

細川忠興が苛立ちを隠さず問うてきた。

「いや、そういうわけではないが――」

信雄は上目遣いに諸将に救いを求めたが、すべての視線は、信雄が次に何を言うか注視しているだけで、助け舟を出してくれる気配はない。

信雄は混乱していた。

敵の城を前にして、いかなる決断を下すべきか、信雄には分からないのだ。連合ていた。

軍という形態を取っているため、滝川雄利や土方雄久が傍らにいないことも災いし

——彼奴らがおらねば、わしは木偶《でく》にすぎぬのか。

たいした才があるとは思えないが、雄利や雄久には、己の考えというものがあった。それが己の損得から発していても、あの頭の中からは、何がしかの考えが湧き出していた。しかし信雄は違う。これまで己が考えたと思い込んでいたものも、せんじ詰めれば、二人のどちらかが考えたものなのだ。

黙り込んでしまった信雄に対し、福島正則が嘲るように問うた。

「昨日の攻撃で、山中城が落ちたと聞きました。これを聞き、中将様はいかに思われるか」

秀吉の甥にあたる秀次が総大将として指揮を執った山中城攻めは、三月二十九日、たった一日で終わった。

秀次の殊勲に秀吉はたいそう満足で、全軍に小田原への進軍を命じたという。

——わしは、あの愚物《ぐぶつ》に後れを取ったのだ。

その一報は信雄も知っていたが、あらためて正則から聞かされ、さらに焦慮が募

った。

「よし、早急に攻め落とす」

信雄は諸将を見据え、いっぱしの将のように憤然と言った。

「それでは、城に平寄せなさると仰せか」

蒲生氏郷が問うてきた。

平寄せとは多重陣形を取らず、諸軍が一重になって同時に攻め寄せることである。

「うむ、そうせい」

「平寄せとなると、敵の反撃があった場合、中将様が後詰に回らねばなりませぬが、それでもよろしいか」

蜂須賀家政が心配そうに問うてきた。

「えっ、わしも――」

その後に続く「戦うのか」という言葉を、信雄はのみ込んだ。

「当然であろう。問うまでもないことだ」

福島正則がうそぶいた。

「よろしいか――」

細川忠興が童子を諭すように続けた。

「平寄せがうまくいけば、城は一日で落ちましょう。しかし敵の反撃に遭い、いずこかの陣が破られれば、敵に背後を取られ、全軍が浮足立ちます。そうなった際は、後詰勢が崩れた陣を立て直し、敵を押し返さねばなりませぬ。それが分かっておいでか」

「うむ、分かっておる」

そう言ったものの、「平寄せ」というものを知らない信雄には初耳だった。

「それでもよろしいですな」

蒲生氏郷が念押ししてきた。

「そうだな――」

信雄は幼少の頃より父の不興を買うことが多く、その恐怖が気を萎《な》えさせ、さらに失策を誘発するという苦い経験があった。

こうしたことが積み重なった信雄の脳には、創造力と決断力という二つの機能が欠落していた。その機能は父に依存すべきであり、下手に己がその機能を使うと、惨敗を喫した伊賀攻めの時のように手痛い失敗が待っていることを、信雄は経験から学んでいた。

「殿、こちらへ」

その時、背後から袖を引く者がいる。

土方雄久である。

「何だ」

本陣の端で二人は額を寄せ合った。

「今は何も答えず、小休止を命じられよ」

「あい分かった」

信雄は主将の座に戻ると、威儀を取り繕《つくろ》いつつ言った。

「そろそろ昼餉《ひるげ》を取る刻限だ。いったん散会とし、半刻後に再びお集まりいただきたい」

それに返事をする者は誰もおらず、諸将は、憮然とした顔をして陣幕の外に出ていった。

皆がいなくなると、雄久と雄利が陣幕をくぐって現れた。

この時ばかりは、二人が救いの神に見える。

「何か妙案でもあるのか」

「妙案などありませぬ」

雄利が木石《ぼくせき》のような無表情で答えた。

「それでは、なぜ軍議を中断した」

不快な顔をする信雄など意にも介さず、雄利が言った。

「蒲生殿も仰せになられていたように、この場は、敵の兵力と戦意を推し量るべきでありましょう。とくに鉄砲をどれだけ持っているかにより、攻撃方法が変わってきます」

「そんなことは分かっておる」

言われて気づいたことでも、信雄には、そう答える習慣が染み込んでいた。

「市松が攻めたいのであれば、好きに攻めさせたらいかがか。あの猪《いのしし》にまず槍を入れさせ、敵の戦意や鉄砲の数など推し量った後、あらためて攻めるか開城を勧めるか、お決めなさればよろしかろう」

雄利の策は、味方にも非情なものだった。

「しかし平寄せして、どこかが崩れれば、われらが戦う羽目に陥るぞ」

「平寄せすると申しても、どの道、諸将は様子見しながら進むだけ。本気で攻めるのは市松だけでございましょう」

雄利が「ふん」とばかりに鼻を鳴らした。

「それでは、惣構の内に入った市松が劣勢になったら何とする」

「その時はその時。見殺しになさればよい」

「馬鹿を申すな。それでは、わしが秀吉に罰せられる」

「中将様は、蒲生らに市松を助けるよう申し付ければよいだけではありませぬか」

雄利が冷酷な口調で続けた。

「よしんば市松が死んだとて大勢に影響はなく、関白殿下も『かわいそうなことをしたな』と言って済ませるはず」

「市松は関白殿下の縁戚にあたる者だぞ。それで済むわけがあるまい」

「市松は戦を前にすれば気狂いする男。それを関白殿下もよくご存じのはず。しかも彼奴が討ち死にするほどの戦場であれば、どれほどの激戦であったか殿下も推察できます。首尾よく城を落とせば大殊勲、よしんば落とせずとも、市松が死ぬくらいの戦をしたということで、中将様は褒賞に与《あずか》れます」

「そういうものか」

「そういうものです」

代わって雄久が信雄の耳元で囁《ささや》いた。

「昨日の山中城の戦いでは、関白股肱《ここう》の一柳《ひとつやなぎ》伊豆守（直末《なおすえ》）が討ち死にいたしました。中納言（秀次）の無謀な力攻めを成功させるため、前線に出張ったところを討たれたと聞きます。敵を四千も殺したものの、こちらの戦死者は二千。負傷して戦えなくなった者はその倍と聞きます。ところが、関白殿下は中納言を咎めるどころか、豊臣の武威を関東に示したと褒めそやしました。これをいかにお考えか」

「つまりは市松を見殺しにし、その手勢が壊滅しても、褒められこそすれ、咎められることはないと申すか」

「いかにも」

今度は、雄利が話を引き取った。

「逆に市松の一人も死なねば、関白殿下は、たいした戦もせずに城を落とせたと思い込みます。ここは市松に死んでもらわねばなりませぬ」

「何ということを――」

「市松のやりたいようにやらせるべし」

「死ぬのは市松の勝手でござろう」

二人は悪鬼のような顔をして信雄に迫った。

しかし信雄の脳裏には、福島正則が討ち死にし、城を落とせなかった時の光景が、まざまざと浮かんでいた。韮山まで来た秀吉を平伏して迎え、頭上から唾と共に浴びせられる罵倒を、衆人環視の下で受けるのだ。

「やはり、いかん」

しかし二人は、申し合わせたかのように、立て続けに言葉を浴びせた。

「このまま、ここで城を囲んでいるおつもりか」

「かの虚《うつ》けの中納言（秀次）でさえ、山中城を一日で落としましたぞ」

考える暇もないほど言葉を浴びせることが、信雄には最も効果的であることを、二人は心得ていた。

「分かった。明日、惣懸りしよう」

追い込まれた信雄は、これ以上、考えることを放棄した。

四

四月一日、卯《う》の下刻（午前六時頃）、惣構の一部を破った福島勢五千が進撃を開始した。

信雄からは、予想外の事態が生じたら無理をせず兵を引くよう申し付けられていたが、それを聞く正則ではない。むろん信雄も、それを承知で言っている。

北条方は兵力の少なさから惣構の守備を放棄していたので、福島勢は何の抵抗もなく惣構内を進んだ。

中央軍の先手を担う福島勢が目指しているのは土手和田砦である。この砦は、韮山城の本城域から三町ほど南に横たわる尾根筋の終端部に造られており、本城を側面から支援する役割を担っている。小規模な曲輪が八段にわたり連なる単純な構造だが、氏規はこの砦の周囲に障子堀《しょうじぼり》をめぐらせ、防御力を格段に向上させていた。

その頃、蜂須賀家政や生駒親正ら中央軍二の先衆も、福島勢の後を追い、惣構内に入ってきた。

一方、右翼軍の蒲生氏郷や織田信包らは、土手和田砦の南二町ほどにある和田島《わだしま》砦に向かった。

さらに左翼軍の細川忠興や中川秀政らも惣構内に侵入を開始した。左翼軍は本城に攻め掛からず、本城にいる北条軍が、土手和田砦に後詰に向かうところを邀撃《ようげき》するのである。

泥田と沼の間を縫って土手和田砦に迫った福島勢は、突然、激しい銃火に晒された。正則も、そこまでは覚悟していたものの、土手和田砦の前には、大小の泥田や沼が入り組み、攻め口が摑めない。

城方の鉄砲は、容赦なく福島勢の前駆け部隊に降り注いだ。

「引け、引け！」

さすがの猪武者の正則も、半町ほど兵を引いた。

和田島砦の手前にも同様の沼沢地があり、右翼軍も攻めあぐんでいた。

その頃、信雄勢一万七千も、仮本陣を出て木戸稲荷門の近くまで進出した。すでに稲荷門は破壊され、豊臣軍が自由に出入りしているため、周辺には、戦勝気分が溢れている。

「三郎兵衛、こちらの思惑通り、市松は本攻めするようだな」

「そのようで」

「馬鹿な男よ」

「しかし――」

　雄利がため息混じりに言った。

「このまま市松が押し切ってしまえば、功は市松が独占。ここで一戦も交えずば、中将殿は『何をやっておったのか』ということにもなりかねませぬ」

「それもそうだな」

　信雄が不安になった時である。先んじて物見に行っていた土方雄久が、馬を飛ばして戻ってきた。

「中将様、これは楽勝でございます。惣構内まで軍を進め、鉄砲戦に加わるべし！」

「うむ、そうしろ」

　信雄の命に応じ、雄利に率いさせた鉄砲隊が、破壊された木戸稲荷門から城内に入っていく。

いかに大将とはいえ、少しは戦った実績も残さねばならない。それが、今の信雄の立場である。

それでも雄久は慎重だった。

「われらが攻撃を開始するのは、土手和田・和田島の両砦が落ち、落城が確かなものになってからで十分でございましょう」

「三郎兵衛もそれを心得ておる。何せ無理はしない男だからな」

二人が声を合わせて笑った。

しばし戦況について歓談していると、雄利の使番が戻ってきた。

「福島勢が前進を再開。諸隊もそれに続いております。滝川様もその後ろから続くとのこと」

「構わぬ。そうしろ」

信雄は浮き立つ気持ちを抑えかねた。

物見が決死の覚悟で城に近づき、接近経路を摑んできたことで、再び福島勢は色めき立っていた。

そこに後方から「大筒到着」の報が届いた。大筒は荷車に載せて運ぶため、泥田や湿地に悩まされ、到着が遅れたのだ。

「よし、砲撃開始だ！」

南蛮渡来の三基の大筒から放たれた砲弾が、土手和田砦の周囲に落ち始めた。砲弾は炸裂はしないが、鹿垣や虎落を破壊する力は十分にある。

土塁の土が飛び散り、敵がたじろぐのが見える。

「よし、これで勝てるぞ。進め、進め！」

福島勢の前進が再開された。

土手和田砦に近づくに従い、北条方の応射も激しくなってきた。

双方の硝煙で周囲が暗くなる。

南北一町ほどの低い崖が広がる土手和田砦は、横に広いため寄手を面で抑えられる。しかし、味方の屍《しかばね》を乗り越え乗り越えしつつ接近してくる福島勢に対し、城方は防戦一方となりつつあった。

「怯《ひる》むな、撃て、撃て！」

土手和田砦を守る大藤与七の声も、轟音《ごうおん》に紛れてほとんど聞こえない。

銃火をかいくぐり、土塁の下に達する敵の数も増えてきた。大筒の射程も、さらに正確になってくる。これを見た土手和田砦指揮官の大藤与七は、遂に退《ひ》き鉦《がね》を叩かせた。

土手和田砦が放棄され、城方は背後の尾根道を天ヶ岳目指して逃げていく。

「勝ったぞ！」

大筒の傍らで戦況を見つめていた福島正則が歓喜の声を上げた。

「進め、進め！」

兜の緒を締め直した正則は、馬にまたがり、砦に向かって疾走した。

正則が到着した時、すでに土手和田砦は制圧されており、兵たちが勝鬨《かちどき》を上げていた。

「よし、この勢いで天ヶ岳を制するぞ」

「応！」

兵たちは勇躍して尾根道を上っていく。頭上からは、北条方殿軍《でんぐん》の散発的な筒音が聞こえるが、福島勢の進撃を押しとどめるには至らない。

土手和田砦を奪取した勢いで、福島勢は天ヶ岳を目指し、上へ上へと進んだ。

ところが中腹まで進むと、別方向から尾根道を進む部隊に遭遇した。

「何だ、おぬしらは」

「おぬしらこそ、何だ」

和田島砦から攻め上ってきた蒲生氏郷勢である。

和田島砦を制圧した蒲生勢も、福島勢同様、尾根道を上ってきていた。

二つの砦から天ヶ岳に通じる尾根道は、二町ほど先で合流していたのだ。

「われらを先に通せ」

「われらが先だ」

双方の前駆けが先手を争う間にも、土手和田・和田島両砦から天ヶ岳に向かった兵たちが、合流点にあたる狭小地に溢れてきた。しかも、彼らの眼前には、大きな堀切《ほりきり》が横たわっている。

「木橋を渡せ」

「夫丸《ぶまる》（工兵）はどうした」

双方の前駆けは背後に向かって叫ぶが、合流地点の曲輪が混み合っているため、夫丸は前に出られない。

両砦から天ヶ岳に向かう尾根道は、痩せ尾根を無理に切り開いた細長いものがほとんどで、人一人が通るのに精一杯のところもある。それゆえ多勢で攻め上るのに適していない。

しかし勝ちに乗じて功を焦れば、自然、人は溢れる。

それだけならまだしも、両砦から天ヶ岳に至る道は、途中で合流するよう縄張りされているため、突然、身動きが取れないほどの混雑が生み出される。

その時、天ヶ岳砦の土塁上に、列を成した銃口がのぞいた。

「しまった！」

続いて南北に細長い天ヶ岳の土塁上に閃光が走ると、波濤のごとき轟音が押し寄せ、悲鳴が各所から上がった。

天ヶ岳砦には、両砦からの細尾根が直角に交わっており、そこからは、何の遮蔽物もなく立ち往生する敵の大半が射程に入る。

再び轟音が響くと、またしても何人かが倒れた。後は乱れ撃ちとなった。

「早く行け！」

「何をしておる！」

寄手は押し合いへし合いしながら、痩せ尾根を下ろうとするが、密集しすぎて身動きが取れない。

そこかしこで怒鳴り合いが起こり、他人の間に体をもぐり込ませようとする者が相次ぐ。

その間にも銃撃は絶えることなく続き、その度に悲痛な叫びが周囲を覆う。遂には、左右の急崖《きゅうがい》を半ば転落するように下っていく者もいる。

「頃合よし」

鉄砲隊を率いる大藤与七が突撃の鉦を叩かせると、槍を手にした兵が立ち往生する寄手に襲い掛かった。これによって寄手は一気に崩れ立ち、尾根道を転げ落ちていく。

この様子を、山麓の土手和田砦で見ていた福島正則は驚愕した。

「何をやっておるのだ！」

正則は押しとどめる宿老たちの手を振り払い、采配を大きく振った。

「引くな、引くな！」

これにより尾根を転がるように落ちてくる兵と、尾根を上ろうとする兵が交錯し、さらに混乱に拍車を掛けた。

しかし、下ってくる者たちは恐怖に駆られているため、土手和田砦を走り抜けて、次々と泥田や湿地に飛び込んで行く。

「何をやっておる。陣を築いて踏みとどまれ！」

正則の指示に応じ、馬廻衆が連盾を立て掛け、急造の陣地を造ろうとする。しかし下ってくる者たちは、それを蹴散らして逃げていく。

その背後から、寄手と重なるように城方が攻め寄せてきた。瞬く間に土手和田砦は騒然となった。

自ら槍を取った正則も、気狂いしたかのごとく暴れたが、最後は家臣たちに担がれるようにして退却に移った。

和田島砦の状況も似たり寄ったりである。

城方は、いったん取られた土手和田・和田島両砦を瞬く間に奪還したが、それでも追撃をやめない。

一方、正則はどこかに踏みとどまって抵抗せんとしたが、あまりに早い城方の追撃に反撃の機会を失い、遂に潰走した。これを見た後続部隊も戦わずして城外に引いていった。

北条方の退き鉦が夕闇迫る田方平野に響きわたる。

惣構の外まで逃げた福島勢は、全身泥まみれになりながら、そこかしこに横たわっていた。それでも正則が引き揚げてくるや、その癇癪《かんしゃく》を恐れ、負傷者まで立ち上がろうとした。

ところが正則は、士卒に雷を落とすどころではない。初めての敗戦に茫然自失し、近習に両脇を取られて自陣に戻るほどだったからである。

初春の烈風が陣幕の裾を大きくはためかせていた。諸将は押し黙り、陣幕の音ばかりが大きく聞こえる。

「何ほどのこともない」

福島正則が盾机《たてづくえ》を叩いた。

「市松、負けは負けだ。われらは、その上で次善の策を練ろうとしておる」

細川忠興が、苛立ちを隠そうともせずに喚《わめ》いた。

「わしは負けておらぬ」

「負け惜しみを言うな」

「何だと——」

正則が忠興の襟を締め上げようとしたので、諸将が慌てて二人の間に入った。

「お待ちあれ。本日の負けは、われら皆に責がある。左衛門大夫（福島正則）殿だけを責めるわけにはまいらぬ」

蜂須賀家政が穏やかに言い、その後の信雄の言葉を待つように黙したが、信雄は黙ったままである。こうした時こそ家政の言葉を肯定し、今一度、皆の心を一にすべきだが、信雄には、それが分からない。

正則が憤然として言った。

「此度は、縄張りをよく調べぬまま我攻《がぜ》めしたのがいけなかった。今日の戦いで敵城の縄張りは、あらかた分かったので、明朝、もう一度、攻め寄せよう」

「馬鹿を申すな。おぬしの兵は傷つき疲弊しておる。強がりを申すでない」

細川忠興が吐き捨てるように言った。

「強がりではないわ！」

「強がりでなくてなんだ。おぬしの兵は当分、戦えぬ」

「それでも、丹後兵より強いわ」

忠興は丹後一国を領しているが、丹後兵は惰弱《だじゃく》というのが、当時の風評だった。

「何を言うか。この猪武者が！」

「丹後の橙武者《だいだいむしゃ》に言われる筋合いはないわ」

橙武者とは、端午の節句で飾られる武者人形のことである。むろん、飾りの役目しか果たさないという意味がある。正則が丹後と端午をかけたので、居並ぶ将の一部から失笑が漏れた。

「何と無礼な！」

「無礼はおぬしであろう」

今にも摑み合いが始まろうとした時である。

「おのおの方、お待ちあれ」

筒井定次が発言を求めた。

筒井順慶の跡を継いだ定次は、伊賀上野十八万石の大名でありながら、軍学に明るく兵法の達人と謳われていた。

「物見の話によると、敵は今日の戦勝に気をよくし、本城に集まって酒を飲んで騒いでおるらしい。この機に夜討ちを掛ければ、勝利は間違いなし」

「よく言うわ。惣構の内は泥田と沼地ばかり。攻め口を探して、うろうろしているうちに夜が明けるであろう」

福島正則が鼻で笑った。

「いや、わが家臣が百姓に聞いた話なのだが、韮山城の東南半里ほどのところに昌《しょう》渓院《けいいん》という禅寺がある。そこからは岩戸《いわと》洞《ほら》という村を隔て、韮山城の裏山にあたる岩戸山に出られる。そこまで行けば泥田や沼もなく、取り付きやすい傾斜の崖もあるらしい。今から出陣すれば、夜明け前には天ヶ岳を占領できる」

筒井定次が自信ありげに言った。

「これは妙案」

信雄は、藁《わら》にもすがる思いで定次の案に賛成した。勇壮なばかりで何の裏付けもない正則の策よりは、よほどましな気がしたからである。

「それでは、それがしが先手を仕り、夜明けと同時に天ヶ岳から狼煙《のろし》を上げる。それを合図として一斉に攻撃を仕掛けられよ」

定次が得意満面に言った。諸将にも反論はなく、定次の策で行くことに決した。

「伊賀守殿、お頼み申す」

数えでこの時、三十三になる信雄には、四つ年下の定次が神のように見えた。

五

湿り気を帯びた夜気が周囲に満ち、晩春の朧月《おぼろづき》が鈍色《にびいろ》の光を投げかけている。

子《ね》の刻（午前零時頃）、月明かりを利用した筒井勢は、南へ大きく迂回し、昌渓院の境内に集結しつつあった。

定次が僧や寺男を捕えて本堂に押し込んでいると、岩戸洞村に向かわせた物見が戻ってきた。

物見の話では、村人全員が韮山城内に避難しているためか、村は、ひっそりとしているという。

「して、岩戸山の様子はどうだ」

干飯《ほしいい》をかじりながら、定次が物見に問うた。

天ヶ岳砦は、南北に伸びる尾根沿いに曲輪が築かれている。その南端に位置するのが岩戸山であり、そこにも、何段かの曲輪が築かれている。

「篝火《かがりび》は何カ所かで焚かれておりまするが、しんと静まり返り、人の気配一ついたしませぬ」

「そうか――、中川殿はいかが思われる」

定次が二の手を担う中川秀政に問うた。

賤《しず》ヶ岳《たけ》合戦で討ち死にした中川清秀の嫡男・秀政は、摂津茨木《いばらき》五万石を領する少壮気鋭の青年武将である。

「少数の兵を残し、物頭以上は、すべて本城に行っておるようですな。軍評定とは名ばかりで酒宴を張っておることは、兵にも分かります。おそらく不貞腐《ふてくさ》れて寝ておる者も多いでしょう」

「敵は、われらが最南端から迫っているとは思っておらぬはず」

丑《うし》の刻（午前二時頃）、筒井勢が動き出した。

無人の岩戸洞村を通り、崖に取り付いた筒井勢は、喊声《かんせい》を上げつつ岩戸山砦に討ち入った。

これに驚き、算を乱して逃げ出す城方を、筒井勢は追った。

「始まったな」

「そのようです」

定次と秀政のいる昌渓院からは、尾根沿いに上方に向かって逃げていく松明《たいまつ》が、よく見える。

「うまくいきそうだな」

「そのようですな」

いまだ頭上の天ヶ岳方面は静まり返っている。

その時、使番が戻ってきた。

「岩戸山砦を制圧しました。前駆けの衆は、そのまま天ヶ岳砦へと向かいました！」

「よし、奇襲は成功した。惣懸りし、天ヶ岳を取ろう」

「応！」

定次が采配を振ると、筒井勢主力部隊が動き出した。

城方の後を追うように、筒井勢のものと思われるおびただしい数の松明が、尾根道を登って行く。定次は、それを満足げに眺めていた。

背後の山からは、続々と中川勢もやってきている。それを見た定次は、本陣を岩戸山砦に移すべく、自らも出陣した。

筒井勢の前駆けが尾根伝いに逃げる城方の松明を追っていくと、凹凸の地形に見え隠れしていた松明が忽然《こつぜん》と消えた。

「敵はどこに行った」

「分からぬ」

先頭を行く者たちが切岸を這い登ると、堀切の先に無人の曲輪が広がっていた。試しに松明を投げ込んでみたが、やはり無人である。

追撃は再開された。しかし先頭が、いったん止まったため、人一人が通れるだけの尾根道に兵は溢れた。

細い尾根道から広い削平地に出た先頭は、横に広がって慎重に進んだ。

そのため後方の兵の流れが滞った。先頭の進撃速度が鈍れば、当然のように起こる現象である。

その時である。

暗闇に閃光が走り、激しい筒音が静寂を破った。

堀切を隔てて放たれた城方の鉄砲である。

その筒音にひるんだ筒井勢の先頭は、たまらず後退した。しかし下方から押し寄せる者も多いので、とっくりのような削平地に兵が密集する。

筒音は間断なく続き、筒井勢はさらに後退する。

それを見た城方が反転してきた。鉄砲攻撃で筒井勢の気をくじき、頃合よしと見るや、白兵戦に切り替えたのだ。

長柄槍を前衛にした城方は、筒井勢の追い落としにかかった。

またしても兵の逆流が始まった。

この混乱に、尾根道を途中まで来ていた定次も巻き込まれた。

「鉄砲隊はいずこにおる！」

それを問うても誰も答えられない。

定次は近習に抱えられるようにして、登ってきた道を引き返した。

それが合図だった。筒井勢は一気に崩れ立ち、尾根を転がるように退却した。

そのあおりをくらったのは中川勢である。怒濤のように下ってくる筒井勢と鉢合わせし、わけも分からぬまま反転せざるを得なかった。

「どうなっておるのだ」

秀政も周囲に問うたが、正確に状況を把握している者は誰一人としていない。

彼らは一目散に昌渓院を目指した。

すでに薄明が訪れており、お互いの顔も視認できるようになっていた。

その時である。

昌渓院に無数の三鱗旗が揚がった。

六

筒井勢が壊滅的打撃をこうむったと聞いてから、信雄は、すべての気力を喪失しつつあった。

軍議の場には何とか出てこられても、床机に腰を下ろしたまま立ち上がろうともしない。

居並ぶ諸将も疲れ切った表情を隠そうともせず、意気消沈している。

――もうだめだ。

信雄は、先ほどから何度も湧き上がってくるその言葉を押さえるので精一杯だった。

「とにかく、あの城を落とさねば、われらの面目が立たぬ」

皆の気持ちを鼓舞するように、細川忠興が言ったが、蜂須賀家政は首を横に振った。

「敵はこの城を熟知する知将だ。生半《なまなか》なことをやれば、またやられるだけだ」

「いよいよ怖気《おじけ》づかれたか」

福島正則だけがいきり立っている。

「このままでは、この城は抜けぬ。しかし山中城と違い、この城は落とさずとも、小田原への進軍に支障はない。つまり関白殿下は、日ならずして付城《つけじろ》を造れと仰せになられるはずだ。そうなってからでは遅い。ここは全軍を上げて攻めるべし。それでもだめなら、皆で屍を野辺にさらせばよい」

それを聞いた細川忠興が盾机を叩いた。

「市松、たわけたことをほざくな。わしは、こんなところで死ぬつもりはない。死にたければ、おぬしだけで死ね」

「この座敷武者め。そなたのような者は、さっさとこの場から消えろ」

「何だと！」

掴み合いを始めた二人を、ほかの者たちが取り押さえている。

それを止めるでもなく、信雄はただ茫然と見ていた。

いかなる戦場でも、旗色が悪くなれば味方の間で諍《いさか》いが起こる。常であれば、それは大将の一喝で静まる。

しかし信雄には、一喝する気力もなく、一喝したところで収まらないのも分かっていた。

――わしには、つくづく将才がないのだな。

信雄は笑い出したい気分だった。

――父上、ご覧下さい。これが父上の息子です。

「待たれよ。わが考えを聞かれよ」

その時、一際、落ち着いた声が響いた。

戸田駿河守勝隆である。

勝隆は秀吉最古参の家臣の一人で、母衣衆《ほろしゅう》から戦場働きで頭角を現し、伊予大洲《おおず》七万石の領主となっていた。

勝隆は、その巨体を軋《きし》ませるように手を伸ばすと、指揮棒で絵図面のある点を指した。

「ここにあるのが江川砦。この砦を守る江川氏は、元を正せば伊豆の狩野氏の一流だ。ほかの砦には、相州者が入っておるが、江川砦だけは、在地衆が守っておる」

江川砦とは、本城域の二町ほど東にある尾根の終端部に築かれた砦である。本城との間には、城池《しろいけ》と呼ばれる貯水池が横たわっている。

「実は、ここに来る前に通過した興国寺城下に潜んでいた狩野一族の者を捕まえた折、その者から面白い話を聞いた。江川太郎左衛門英長も、此度の戦は北条方に利がないと思うておるそうな」

北条家創業の地である興国寺城は、天正十年（一五八二）の北条・徳川両家の同盟締結以降、北条家の手を離れて徳川家の持ち城となっていた。

「江川に返り忠（内応）させるというのだな。それは妙案かもしれぬ」

蜂須賀家政が感じ入ったように言った。

「江川砦が手に入れば、そこを拠点に、本城をいかようにも攻められる」

細川忠興も膝を打った。

得意満面に勝隆が続けた。

「山城には、いかなる仕掛けがあるか分からぬ。とくに天ヶ岳は痩せ尾根が多く、兵の行き来がままならぬ。それであれば、正面から攻めてやろうではないか」

「つまり、江川砦を拠点として、大手を力攻めいたすというのだな」

蒲生氏郷が絵図面を見据えつつ問うた。

「実は、すでに狩野の者を江川砦に入れ、申し語らせておる」

勝隆は自信に溢れていた。

「江川砦を占拠し、決死隊が城池の脇堤を渡り、大手門際の堰を切る。さすれば城池の水は流れ出し、周囲は水浸しになる」

本城域と江川砦の間には、満々と水をたたえた城池が横たわっている。

「江川砦を取られただけでも、城方にとって致命的であるのに、堰を落とせば逃げ道もなくなる。そこで、おもむろに降伏開城を勧告する」

「なるほど。これまでは、われらにとって不利な材料だった泥田や沼が、逆になるのだな」

福島正則が身を乗り出すと、勝隆はさらに得意げに言った。

「むろん、それでも城方が降伏せぬと申すなら、干し殺しにでもしてしまえばよいではありませぬか」

「それは困る」

その時、困惑したように信雄が口を開いた。

「城を落とし、敵大将の首を取らねば、わしの面目が立たぬ」

「われらは、中将様の面目のために戦をしに来たわけではありませぬ」

怒気をあらわにする勝隆を抑えるように、氏郷が諭した。

「中将様、沼や泥田に囲まれたこの地で、無理は禁物でござる」

「待てよ」

正則が絵図面を見つめつつ言った。

「堰を切れば、本城は水に囲まれ、天ヶ岳との連携を絶たれる。さすれば敵は浮き足立つ。そこで一気に攻め立てれば、落ちぬ城ではない」

結果的に正則は信雄に同調していた。

「そうだ、そうせい」

信雄は熱に浮かされたように正則を支持した。

四月三日夜、江川英長との話し合いが決着し、江川砦が明け渡された。

砦には戸田勝隆と福島正則の兵が入り、武器を取り上げられた在地衆は、城の外に追いやられた。

彼らに続き、信雄も江川砦の東にある本立寺《ほんりゅうじ》に入った。

ほかの部隊は正則たちに呼応し、諸方面から城に打ち掛かることになっている。

追越山から朝日が昇った。

氏規は本曲輪に築かれた井楼《せいろう》から朝日を望み、その方角にある小田原の無事を祈った。

昨夜、小田原から入った使者によると、すでに徳川勢は、小田原城を囲み始めているという。

徳川勢の別働隊により足柄城も落とされ、豊臣軍は、東海道と足柄道を使って小田原に進軍できる。

――つまり韮山城を無理に落とす必要がなくなったのだ。

山中・足柄両城の失陥は、豊臣方に韮山城を落とす必要性を減じさせた。これにより韮山城が包囲封鎖される可能性が高まった。

氏規は清澄な朝の空気の中で、これからの厳しい戦いを思った。

その時である。敵の筒音が空気を破った。

――江川砦の方角だ。

そう思う間もなく、井楼の下に走り込んできた使番が、江川砦の異変を報じた。

江川砦に再び目を向けると、堰堤《えんてい》をこちらに向かって押し出してくる敵の竹束車が見える。その背後では、大筒らしきものが引き出されている。

――始まったな。

味方も、大手門際に築いた陣所から応射を始めた。静かだった韮山城周辺が、突如として轟音渦巻く戦場と化した。

――これが最後の勝負になりそうだな。

氏規は井楼を降り、周囲に控える者たちに矢継ぎ早に指示を出した。

江川砦から本城大手門にいたる堰堤は、人が二人通れる程度の細い道である。

福島正則の叱咤の下、その道を竹束車が押し出していく。

最初の車は城方の火矢や焙烙玉《ほうろくだま》により、瞬く間に炎上した。

燃え尽きた竹束車は池に落とされ、後続する竹束車に替えられていく。こうして、じりじりと陣を進める要領で、大手門に近づく算段である。

「大筒で援護せい」

城に近づくに従い、城方の火力も強まる。それを破壊するために三基の大筒が引き出されてきた。大筒は、木で組まれた砲台の上に載せられている。

大筒は全長が十尺ほどあるが、口径は三寸ほどで細長い形状である。しかも榴弾《りゅうだん》ではなく、鉄の大玉を飛ばすだけである。それでも破壊力は凄まじく、当たれば小屋の一つも崩壊させられるほどである。

「撃て！」

正則の号令に応じ、砲が一斉に火を噴いた。

天地がひっくり返ったかと思われるほどの轟音が田方平野に轟《とどろ》く。

あまりの衝撃に正則は背後に吹き飛ばされた。

硝煙が晴れた時、そこに見えたのは、砲口が割れ、高熱でねじ曲がった三基の大筒だった。砲手の姿は跡形もなく消えている。

爆風で飛ばされた正則は、事態がのみ込めず唖然としていた。

生き残った者たちが何事か喚きながら走り回っているのは見えるが、何も聞こえない。

ようやく正則は、一時的に聴覚が失われたのを覚った。

それも束の間、正則は、無音の中で江川砦に運び込んだ玉薬が爆発し、その周囲で立ち働いていた将兵が飛散するのを見た。

何も聞こえないため、正則は、それが現《うつつ》のこととは思えなかった。

やがて、その爆風が正則の元へと届き、ふらふらと立ち上がった正則は、再びなぎ倒された。

両手をついて起き上がろうとすると、周囲に何かが落ちてきた。

鳥でも死んだのかと思い、それらに焦点を合わせると、それが人の手足だと分かった。

上空からは血糊をなびかせつつ飛来する手足も見えた。それらは数十間も離れた泥田の中に突き刺さっている。

最後に四肢を失った兵の体が、正則の眼前に落ちてきた。その顔に苦痛はなく、ただ口を開けて茫然としていた。

「いったい、どうしたというのだ」

正則は眼前の死骸に語りかけていた。

本立寺の陣所を出て江川砦に入ろうとしたところで轟音を聞いた信雄は、左右に控える者たちに問うた。

「今のはなんだ」

次の瞬間、爆風によって信雄の体は宙を舞った。

気づくと周囲に白一色の世界が広がっていた。

──ここはどこだ。

一瞬、意識を失っていたらしく、眠りから覚めたような気分である。

記憶が徐々によみがえり、爆風に吹き飛ばされたことを思い出した。

信雄を取り巻く白一色の世界が、信雄と共に吹き飛んだ陣幕の一部であることに気づくまでに、さして時間はかからなかった。

信雄は陣幕をかき分け、外に這い出した。

――まさか。

先ほどと一変した光景が目の前に広がっていた。

江川砦は跡形もなくなり、残材が炎に包まれていた。その周囲には、折り重なるようにして味方の死骸が転がっている。

信雄は、いまだ夢を見ているかのような錯覚に陥っていた。

茫然と立ち尽くす信雄の許に、戸田勝隆が走り寄ってきた。

「中将様、ご無事か」

勝隆は口をパクパクさせていた。おそらく無事かどうか問うているのだろうが、何も聞こえない。信雄は自分の耳が用をなしていないことに気づいた。

「あっ」

朱に染まった勝隆の顔を見た瞬間、信雄は声を上げた。

「わしの片目でござるか。今の爆風で何かが当たり、つぶれてしまいました」

片目から激しく血を流しつつも、勝隆は平然としていた。

信雄は無意識に手を伸ばし、鎧の前垂れに引っ掛かっている勝隆の眼球をすくおうとした。

「構わんで下され！」

勝隆は一喝すると、己の眼球を手で払った。

「中将様、聞こえますか」

勝隆が信雄の耳の近くで怒鳴ったので、信雄は驚いて身を引こうとした。

「どうやら聞こえておるようですな。江川が敵に内通しました。いや元々、こちらに内通していなかったのです」

「何のことだ」

今の衝撃で、信雄は物を考えることができないでいた。

「江川太郎左衛門が大筒や焔硝蔵を爆破しました」

江川館の裏手にある大乗庵という小堂に押し込められていた江川一族の誰かが、昨夜のうちに脱出し、大筒や焔硝蔵に仕掛けを施したらしいのだ。大乗庵の床下には、脱出口が掘られており、すでにもぬけの殻となっていた。

「それがしは、これから市松を助けに行きます！」

勝隆も耳が聞こえないのか、異様な大声を出している。

「わしはどうすればよい」

「己の頭でお考えなされよ」

勝隆は信雄を睨《ね》めつけると、走り去った。

その後には、朱《しゅ》に染まった眼球だけが落ちていた。

七

江川砦を放棄した寄手が惣構の外に引いていく。氏規は一人、それを本曲輪の井楼から眺めていた。

「美濃守様」

そこに上がってくる人影がある。

「太郎左衛門ではないか」

「どうやら、首尾よく事が運んだようですな」

「そのようだ」

「敵は、われらのことを露ほどにも気にかけておりませなんだ。一族郎党、誰一人捕らえられずに逃げおおせました」

英長が得意げに報告した。

「やはり筒と玉薬に関しては、太郎左衛門の右に出る者はおらぬの」

「はい、大筒の玉に細工し、昨晩のうちにすり替えておきましたが、敵は気づきませなんだ。さらに焔硝蔵に手の者を遣わし、放火した次第」

英長は平然としている。

「実に見事であった」

「ありがたきお言葉」

英長が得意げに相好を崩した。しかし氏規は、戦後、英長らにいかに報いるかを考えると憂鬱になった。


一方、韮山城の北西三十町にある小丘上の本陣に戻った豊臣方諸将は、軍議どころではなかった。

福島正則は細川忠興や蒲生氏郷を罵倒し、それを止めに入った蜂須賀家政にも食ってかかった。彼らは江川砦の混乱を見て、正則と事前に取り決めていた同時に侵攻するという約束を反故《ほご》にし、ただ傍観していたのだ。

その時、使番が陣幕をくぐってきた。

「申し上げます。明朝、大谷刑部様と浅野長吉（長政）様が参られるとのこと」

「何だと」

諸将が一斉に眼をむいた。

「奉行づれが何をしに来るのか」

正則の声が上ずった。奉行来陣の意味するところは一つである。

「貴殿が呼んだのか」

忠興が、韮山攻めの軍監を務める岡本重政を睨めつけた。

「わしではない。中将様ではないのか」

重政は不満をあらわにした。かつて信孝の宿老であった重政は、岐阜城攻めの際に信雄に裏切られ、信孝を殺された。その遺恨から信雄を毛嫌いしている。

皆の視線が信雄に向けられた。

「わしではない。なぜわしが奉行を呼ぶのか」

情けないばかりに声はかすれていた。

「大谷殿と浅野殿が来られるということは、関白殿下が新たな命を下されるということだ」

蒲生氏郷がため息混じりに言った。

「事ここに至らば致し方ない」

獣がうめくような声で正則が言った。

「今夜のうちに惣懸りし、城を落とすしかあるまい」

「まだそれを言うか。おぬしの兵でまともに働ける者はおらぬはず。蒲生殿、生駒殿、蜂須賀殿が惣懸りすると仰せなら、それがしが先陣仕る」

細川忠興が三人に向かって言った。むろん三人が出ないことを知っている。

「夜討ちは、さらに傷を広げるだけだ」

蒲生氏郷が断じた。それで軍議は散会となった。


陣幕の外に出ると否応なく韮山城が見えた。

韮山城の各所には、多くの篝が焚かれ、「いつでも来い」とばかりに胸を張っているように見える。

——わしは、どうしたらよいのだ。

秀吉にすがってでも生きんと決し、何とか功を挙げんとしたこの韮山陣でも、信雄の思い通りに事は運ばなかった。

――織田家の家運は、本能寺の焔で焼き尽くされてしまったのか。

次々と襲い掛かる不運により、信雄は何事も自責で考えられなくなっていた。

――わしが悪いのではない。敵将が優れておるのだ。

そう思うことで、少しは気が晴れた。

――確か、北条美濃と申したな。

信雄は、その男を聚楽第で見かけたことはあったが、話をしたことはなかった。強い印象はなく、たいした知恵者にも見えなかったが、あの頭のどこかに、歴戦の猛将たちを翻弄《ほんろう》する鬼謀が隠されていたのだ。

信雄は人の不思議を思った。

――たとえ類まれな才があっても、あの男は滅びゆく家の一人にすぎない。つまり運がないのだ。わしは父上の息子に生まれるという運を得たが、それを生かす才がなかった。

信雄は上弦の月に向かって自嘲した。

四月六日、大谷吉継と浅野長吉が本陣に入った。

二人は、諸将へのあいさつもそこそこに秀吉の内意を伝えた。

秀吉は韮山城への攻撃を停止させ、周囲に付城を築いて封鎖することを命じてきた。

さらに――。

「織田信雄、同信包、蒲生氏郷、細川忠興は、小田原包囲陣に加わること」

大谷吉継の口からそう宣せられた時、信雄は、盾机を支えにしなければ立っていられなかった。

韮山城攻めの総大将を解任された信雄は、一武将として、小田原包囲陣に加わることになる。

「韮山攻めでの失態の数々、すでに殿下のお耳にも届いております」

正面から信雄を見据えて、吉継はそう言った。

敗報続く韮山攻撃部隊に呆れた秀吉が、攻撃を停止させ、付城戦に移行する決定を下したというのだ。

──ああ、もうおしまいだ。

悄然とする信雄に対し、吉継が穏やかに言った。

「城攻めの成否は、その城の拠る地形、縄張りの堅固さによります。此度は、中将様に運がなかっただけ。小田原陣での奮戦を殿下は望まれております。小田原で存分に働いて下され」

「かたじけない」

落胆する信雄とは対照的に、蒲生や細川は陣替えを喜んでいる。

秀吉の目前で功を挙げることこそ、大領を得るには最も効果的であることを、彼らは熟知していたからである。

案の定、この後の小田原攻めにおいて、二人は小戦闘で手柄を立て、秀吉から莫大な恩賞を得ることになる。

一方、信雄らと入れ違うように、前野長康や明石則実《のりざね》に率いられた工兵部隊が到着し、福島正則らと共に付城の構築に入った。

付城群は韮山城東方の追越山の尾根伝いにも築かれ、追越山・上山田・昌渓院等といった付城群が、長大な塁壁をつないでいくという大規模なものとなった。

これらの付城群と塁壁により、韮山城と外部との連絡は完全に断たれた。

多くの旌旗《せいき》が下田街道を北上していく。

——わしはやり遂げたのだ。

井楼の上から、氏規はこの光景を見つめていた。

——後は、ほかの城の健闘に期待するしかない。

約二万の豊臣軍を翻弄することに、氏規は成功した。

関東各地に広がる北条家の支城群が韮山城のように善戦し、敵に力攻めをあきらめさせれば、敵は付城戦に移行せざるを得なくなり、一つの城の抑えに多くの兵力が割かれる。さすれば豊臣方に厭戦気分が漂い、和睦の道が開けると、氏規はいまだ信じていた。

気づけば北伊豆の山々も、初夏の彩りを身にまといつつあった。

しかし氏規の思惑とは裏腹に、北関東の北条方諸城では、降伏開城が相次いでいた。小田原城が封鎖されることにより、各支城では絶望感が広がり、戦う意欲が失われていったのだ。

四月も中頃になると、徳川家家臣の朝比奈泰勝が韮山城を訪れるようになった。長篠合戦で「甲軍の副将」と謳われた内藤昌秀を討ち取った泰勝だが、年を取ってからは、徳川家の北条家奏者を務めており、氏規とは旧知の間柄である。

家康の意を受けた泰勝は、氏規に開城を勧めるべく、足繁く韮山城を訪れていた。

四月末日、氏規の本拠である相模国の三崎城が落ちた時、泰勝は、いつもと違う沈痛な面持ちでやってきた。

泰勝は、懐紙に包んだ髻《もとどり》を無言で差し出した。

「これは山中彦十郎のものか」

白髪の混じる髻を手に取った氏規は、それが誰のものか、すでに分かっていた。

山中彦十郎こと修理亮《しゅりのすけ》盛定は北条家譜代の臣で、氏規の家宰を務めていた。彼の曽祖父は、伊勢宗瑞（早雲）股肱の山中才四郎光頼である。

「三崎城が落ちたというわけだな」

彦十郎には、氏規の本拠である三崎城代を任せていた。

「いかにも、これは山中殿の髻。城には足弱（女子供と老人）合わせ、数百の将兵しかおらず、戦うに戦えない有様。山中殿は自害し、首を送ってきました。城中の兵と民の命を助けてほしいと、首に添えられた書状に書かれておりました」

「そうか」

氏規は立ち上がると、障子を開け放って広縁に出た。

そこからは、はるか遠くに箱根西端の山塊が見える。

――爺、すまなかった。

氏規は東の空を望み、手を合わせた。

「われらは首を求めたわけではありませぬ。山中殿は、己の意思により自害して果てたのです」

――爺はそういう男だ。

一戦も交えず開城しては、主君氏規と重代相恩の北条家に顔向けできない。しかし戦えば死者も出る。その板挟みで苦しみ、彦十郎は、やむにやまれず腹を切ったに違いない。

その心中は、痛いほど分かる。

「こちらに美濃守様宛の遺書が――」

「すまぬ」

氏規は、その遺書が詫び言でつづられていることを知っていた。それを読むことは耐え難い辛さであるに違いない。

氏規の動揺を十分に感じ取った泰勝は、おもむろに本題を切り出した。

「美濃守様、そろそろ潮時ではございませぬか。韮山陣は、美濃守様の武名を天下に轟かせました。関白殿下でさえ、韮山には矢留《やどめ》なされたのです。関白矢留、これほどの武門の誉れはありませぬ。ここは一つ、わが主（家康）の言を入れ、城を開いていただけませぬか」

それでも氏規は黙していた。

確かに兵糧も乏しくなり、今後、籠城したとしても二月《ふたつき》から三月《みつき》が限界である。

「道理の分からぬ美濃守様ではありますまい。小田原では、いまだに抗戦を唱えるご兄弟（氏政、氏照）がおります。ご兄弟が意地を貫くなら、関白殿下は小田原に惣懸りを命じましょう。さすれば、どれほどの無辜《むこ》の民の命が失われるか。ここは一つ、それがしと共に小田原に出向き、開城の説得にあたりませぬか」

泰勝の言は尤《もっと》もである。

すでに数少ない勝機は去り、氏規の構想も画餅《がへい》に帰した。しかも小田原開城の説得ができる者は、氏規のほかにいない。

「朝比奈殿、貴殿のお言葉は真にもって尤も。しかし、われらにはわれらの存念がある。小田原は小田原の存念を貫けばよい。わしはわしの存念を通す」

「何を仰せか。それでは小田原が落ちても、韮山だけで抵抗を続けるおつもりか。この韮山だけで、天下の兵を引き受けると仰せか」

それに対して氏規は何も答えず、軽く会釈することで泰勝に帰ることを促した。

それを見た泰勝は憮然として座を立った。

泰勝が去った後、氏規は立ち上がると、再び障子を開けて広縁に出た。

先ほどまで見事な山容を見せていた東方の山々は、すでに黒々とした空と同化し、わずかに稜線だけが見えている。その上では、無数の星々が夜を待っていたかのように輝き始めていた。

――あの星々のように、人はそれぞれの天命を持って生まれ、死んでいく。わしは、いかなる天命を持って生まれたというのだ。

氏規は、決断の時が近づいていると覚っていた。

八

四月八日、韮山を後にして箱根路を進んだ信雄は、四月中頃、小田原包囲陣に加わった。

陣所は、小田原城惣構から北東二里ほど離れた多古白山《たこはくさん》台地である。

多古白山台地とは、箱根外輪山東麓が最も東に張り出した尾根の末端のことで、高さ五～十間ほどの舌状台地が南北に走っている。

秀吉に韮山陣の顚末《てんまつ》を報告したいと、奉行の前田玄以を通じて願い出た信雄だったが、秀吉から多忙を理由に拒否された。

しかし秀吉は多忙どころか、早雲寺の陣所に楽師や舞妓を呼び寄せ、歌舞音曲の日々を送っているのは周知の事実である。

韮山陣の失態に対する詰問使さえ送ってこない秀吉に、信雄の不安は募った。

そうした不安をぬぐい去るには、功を挙げるしかない。

「何か手柄を立てる機会はないか」

この頃の信雄の口癖である。

「抜け駆けの功名を挙げるほか、手はありませぬ」

滝川雄利が言下に答えた。

「とは申しても、われらと対面する井細田口《いさいだ》から久野口《くの》にかけては、帯曲輪や腰曲輪が幾重にも連なっており、この上なく防備が堅い。しかもそこを守る北条氏房は、北条家中でも傑出した勇将と聞く」

待っていたとばかりに土方雄久が疑義を呈した。

「いかにも抜け駆けは武門の習い。うまく行けば、関白殿下は何も仰せになりますまい。しかし、うまく行かなければ――」

確かに、これ以上の失敗は許されない。

信雄は頭を抱えたが、このまま手ぶらで京に帰るわけにもいかない。

「いずれにせよ、われらが着く前より、抜け駆けも調略も止められております。調略は、堀久太郎（秀政）が有力な手筋を摑んだと聞きました」

雄久がため息交じりに言った。

堀秀政は、北条家重臣筆頭の松田尾張守憲秀《のりひで》につながる手筋を見つけ、内応策を進めていた。

　本来、北条家に最も近い大名は、氏直の正室・督姫の実家である徳川家だが、北条家と同盟関係にあるにもかかわらず、勝手に秀吉に臣従したことで信用を失っていた。

「抜け駆けができぬなら、いち早く計策の図れる手筋を見つけ、久太郎に先駆けて開城させるくらいしか、手はありませぬな」

　雄利の言に雄久が反論した。

「それでは、殿下の調略停止の沙汰に反するではないか」

「いやいや、城方から申し入れがあったという形にすればよいのです」

　かつて主家だった伊勢北畠氏を、謀略で滅ぼした雄利の悪知恵は、いささかも衰えてはいなかった。

「手筋と申しても、東国に、われらの手筋はありませぬ」

　雄久の言葉が終わらないうちに、信雄が雄利に問うた。

「そう言えば、そなたは、北条家中に旧知がおると聞いたが」

「おらぬこともございませぬが――」

滝川雄利は、徳川・北条両家の間で起こった天正壬午《じんご》の乱の折、信雄の名代とし
て和議の勧告を行うべく、甲斐まで行ったことがある。

「誰ぞ知己は城内におらぬか」

信雄は藁にもすがる思いだった。

「誰ぞと言われても――」

しばしの間、雄利は沈思黙考し、やがて目を開くと言った。

「板部岡江雪斎をご存じか」

「ああ、名は聞いたことがある。宏才弁舌《こうさいべんぜつ》人に優れ、仁義の道ありて、文武に達せしと謳われた仁だな」

「はい、歌道や茶道にも通じ、鄙人《ひなびと》（田舎者）にしては話が分かります」

「おう、それはいい。かの仁なら引き時も心得ておるはずだ」

雄久も膝を打った。

板部岡江雪斎の陣とおぼしき場所に、城外から矢文が射込まれた。

この頃、江雪は氏房付きの宿老を務めており、氏房が城主をつとめる岩付城の城

代でもあった。

矢文を読んだ江雪は、氏房にこれを伝え、二人は信雄の申し入れを検討した。信雄の手筋で降伏開城すれば、相模一国の安堵を、信雄から秀吉に言上してくれるという。

このままいけば北条家の没落は確実であり、空証文《からしょうもん》でもないよりはましである。しかも信雄は秀吉の主筋にあたり、秀吉の家臣から大名になった者たちよりは、発言力があると思われた。

彼らは、信雄の影響力がほとんどなくなっていることまで知らず、秀吉も信雄の口利きであらば、ある程度は聞くのではないかという希望的観測を持った。

雄利と江雪の間で、何度か矢文が交換された後、氏房と江雪は、信雄の手筋で開城することに決した。

早速、氏直に拝謁した二人が信雄の申し入れを伝えると、氏直も降伏開城に大きく傾いた。籠城が限界に近づきつつあることを、氏直は誰よりも感じていたからである。

六月に入り、話は急速に具体化した。

北条方が開城に動き始めたことは、信雄から秀吉に伝えられた。

秀吉が信雄の手筋で話を進めることを了解したため、信雄の活動は公《おおやけ》のものとなった。この頃、堀秀政が急な病に倒れ、そちらの手筋が滞っていたことも幸いした。秀政は小田原陣で没することになる。

信雄は、家臣の岡田利世《としなり》を城中に遣わし、氏直と面談せしめ、降伏開城の手続きを進めさせた。

——この和談をわしの手でまとめれば、秀吉もわしを認め、諸将も織田家の威光が衰えておらぬことを知るはずだ。

一縷《いちる》の望みを見つけた信雄は、絶望の淵から這い上がらんとしていた。

その間も、豊臣軍の関東侵攻は急速に進んでいた。

上州から侵攻した前田利家ら北国衆の活躍は、とくに目覚ましく、五月初旬、河越・松山両城を降伏させるや、五月二十二日には氏房不在の岩付城を落城させた。

朝比奈泰勝が書状で伝えてくる話は、北条家中しか知らない情報も多くあり、嘘や偽りの類でないのは明らかである。

次々と届く落城や開城の情報に、氏規の覚悟は固まりつつあった。

六月二十日、泰勝が再び城にやってきた。

今回、泰勝が持ってきた情報は、これまでになく衝撃的だった。

「伊達政宗殿が関白殿下の膝下《しっか》にひれ伏し、忠節を誓いました」

北条家唯一の同盟国・伊達家も、遂に秀吉に臣従した。

さらに、松田憲秀の内応が発覚したという話も伝えられた。

憲秀は押しも押されもせぬ北条家の重臣筆頭であり、松田家は早雲庵宗瑞の頃から、北条家とは重代相恩の間柄である。

北条家の将来を見限った松田憲秀は、長男の笠原政晴《まさはる》（政堯《まさたか》）と共謀して謀反を企てたが、次男の秀治《ひではる》の知るところとなり、事前に捕縛された。笠原は成敗されたが、松田憲秀は、これまでの功により助命されたという。

話はそれだけではなかった。

泰勝が気の毒そうな顔で話し始めたのは、六月十四日の鉢形《はちがた》開城の一件だった。

北武蔵の要衝・鉢形城に籠もる兄の氏邦が、激戦の果てに降伏開城したというのだ。

「これらの話は、嘘偽りではありませぬ」

泰勝は、伊達政宗の起請文と氏邦の降伏文書を携えてきた。

「阿波（氏邦）はいかがいたしたか」

「出家なされました」

氏邦は前田利家の説得に従い、自害を思いとどまって剃髪《ていはつ》出家したという。

――事ここに至れば、それぞれの存念を貫けばよい。

「美濃守様も、そろそろ潮時ではありませぬか」

「わしにできることは、もはや小田原を無血開城させることくらいなのだな」

「いかにも」

泰勝が膝をにじった。

「分かった」

氏規は大きく息を吸い込むと言った。

「城を開く」

氏規の決定は、野火のごとく包囲陣に伝えられた。

士気も低下しつつあった寄手諸将は一様に安堵した。

翌二十一日、開城までの暫定《ざんてい》処置として休戦協定が結ばれ、氏規は開城の準備に入った。

全将兵を三曲輪に集めた氏規は、降伏開城を伝えたが、家臣から強い反発はなく、その場で開城は決まった。

一気に緊張が解けたためか、将兵はそこかしこに腰を下ろし、互いの労をねぎらった。その夜、籠城用に温存していた残りの兵糧と酒肴《しゅこう》が出された。

二十二日、共に城内に籠もっていた農民と職人の解放が行われ、翌二十三日、江川氏ら在地国衆と足軽・中間・小者らの解放が行われた。

そして二十四日、篠突く雨の中、氏規とその幕僚は、城を出て福島正則の陣に入った。

韮山城の受け取りは、徳川家家臣の内藤信成《のぶなり》が担当した。伊豆一国が家康の領国となったためである。この後、信成は一万石を賜り、韮山城に入っている。

六月二十三日、北条家が最後の恃《たの》みとしていた八王子城が、壮絶な落城を遂げた。しかも秀吉は、八王子で捕らえた女子供を鎖につなげて船に乗せ、小田原城から見える場所まで引き出した。城方の戦意を削ぐことが目的である。しかし、これにより小田原城内の戦意は逆に高まり、主戦論が沸騰した。

氏直は主戦派の説得に努めたが、城内のそこかしこで不穏な動きが起こりつつあった。

これを憂慮した氏房と江雪は、相模一国の安堵朱印状を待たずに降伏開城を決意、氏直を説き、降伏条件を城兵の助命と無罪放免に切り替えた。

これに満足した秀吉は、その条件を即座に認めた。

氏規はこうした事態の推移を一切知らずに、小田原への道を急いでいた。

笠懸山《かさかけ》の新城（石垣山城）に連行された氏規は、その白亜の巨城を見て驚愕した。

笠懸山は小田原城の出城があった場所で、むろん氏規は何度も来ている。その出城が様相を一変させていた。

――これでは勝てん。

外見に劣らず室内も、狩野派の襖絵、七宝の釘隠し、繧繝《うんげん》べりの畳、黒檀を使った簞笥《たんす》など、贅の限りを尽くしていた。

ほんの三月《みつき》ほどで、ここまでの城を造ってしまう秀吉という男を、氏規はあらためて畏怖した。しかも小田原が落ちれば、用をなさなくなる城である。

「おう、美濃守、天晴れな戦いぶりであったそうな」

対面の間である中書院に現れた秀吉は、肩を抱かんばかりに話しかけてきた。

「はっ、身のほどを知らず、帝に弓を向けたこと、何とお詫び申し上げてよいか分かりませぬ」

秀吉は、天皇の命により逆賊北条家を討つという名目で出征してきている。

「勝敗は兵家の常。武運つたなくわが軍門に降ったとはいえ、貴殿の働きぶりは、すでに天下に鳴り響いておるぞ」

「ありがたきお言葉」

「実はな、すでに小田原の開城は決まった。それゆえ、貴殿に一働きしてもらう必要もなくなった」

「何と――」

秀吉にうまく取り入り、氏直のために相模半国でも安堵させようと思っていた氏規だが、それも水泡に帰した。

「まあ、それほど落胆するな。左京大夫（氏直）の命までは取らぬ。高野山にでも登らせ、ほとぼりが冷めた頃、どこかに一国与える」

秀吉は大笑しながら去っていった。

氏規は額を畳に擦り付け、その後ろ姿を見送った。

七月五日、氏房と江雪を伴い、滝川雄利の陣に入った氏直は、関白秀吉への取り次ぎを雄利に依頼した。

しかし秀吉は、すぐに氏直に会おうとせず、まず氏規を遣わした。

氏直は高野山に追放、氏政・氏照兄弟は切腹という秀吉の沙汰を氏規は伝えた。

当初、氏直は己の命と引き換えに、氏政・氏照兄弟の助命を請うたが、氏規に説得され、それをあきらめざるを得なかった。

籠城していた者たちの解放と城受け渡しも滞りなく終わり、七月十日には、氏政と氏照が下城し、侍医の田村安栖宅に入った。

秀吉の許しを得た氏規は、その夜、二人の兄の許を訪れ、最後の夕食を共にした。

二人は達観したかのように終始、笑みを絶やさず、昔語りに時を忘れた。

翌七月十一日、氏政と氏照は切腹して果てた。

介錯《かいしゃく》は氏規が行った。

二人を介錯して後、喩えようもない空しさに襲われた氏規は、刃を己に向けんとしたが、検使役の井伊直政に取り押さえられた。

それは氏規の生涯で、たった一度だけ感情が激した瞬間だった。

七月二十一日、氏規は氏直を供奉《ぐぶ》して高野山に向かった。

一行には、氏房や氏光ら一族と三百人の家臣が付き従った。

氏直や氏規は翌年五月まで、高野山に蟄居《ちっきょ》謹慎することになる。


関東の仕置を済ませた後、奥州の平定を終えた秀吉は、京に凱旋《がいせん》した。

街路を埋め尽くした民衆は秀吉の勢威に驚き、居並ぶ諸将は、秀吉の顔色をうかがっては戦々恐々としていた。

東国を制した秀吉は、まごうかたなき天下人となったのだ。

その支配領域は信長をはるかに凌ぎ、日本国開闢《かいびゃく》以来、最大の権力を握った天下人として、その死まで、すべての民の上に君臨し続けることになる。

ところが論功行賞をしようとした秀吉は、大きな問題に直面した。

奉行らによると、すでに分け与える土地がないというのだ。

秀吉はいま一人、大領の持ち主を破滅させねばならなくなった。

九

「殿、殿はいずこにおられる！」

土方雄久が、息せき切って馬場に駆け込んできた。

新しく手に入れた馬を乗りこなそうとしていた信雄は、迷惑そうな顔で言った。

「何を騒いでおる」

「おめでとうございます」

「何がめでたいのか」

信雄は小田原開城に一役買ったつもりでいたが、秀吉から恩賞の沙汰はなく、鬱屈した日々を送っていた。

「関白殿下より移封の沙汰がありました」

「移封と――」

予想もしなかった言葉に、信雄は片足を掛けた鐙《あぶみ》から足を下ろした。

「徳川殿が関東にお移りになられるということで、関白殿下は、殿に徳川殿の五カ国をそっくり与えると仰せです」

「戯れ言を申すな」

「戯れ言ではありませぬ」

「何だと。ということは三河、遠江、駿河、信濃、甲斐がわしのものになるのか」

「いかにも。殿は二百五十万石の太守になられたのですぞ！」

「まさか――」

驚きの後には、波濤のような喜びが襲ってきた。

信雄は、飛び上がりたい衝動をかろうじて抑えた。

――父上、やりましたぞ。父上の四百万石には及びませぬが、この茶筅が、二百五十万石を拝領したのですぞ。

信雄は天を仰いだ。

感無量だった。

――やはり関白殿下は、わしのことを考えていてくれた。

信雄には、秀吉が師父のように思えた。

「殿、この話は、先ほどいらした石田治部殿から聞いたばかりの、殿下の御内意でありますゆえ、間違いはございませぬ」

「えっ、治部殿が見えられておるのか」

「お伝えするのを忘れておりました。すでに対面の間で、お待ちでございます」

「それを早く言え」

豊臣政権を実質的に切り回している三成を待たせるわけにはいかない。

信雄は転げるように対面の間に向かった。


三成はいつものように広い額を光らせ、〝したり顔〟で煎茶を喫していた。

信雄は気圧《けお》されまいと、威厳を取り繕って対面の間に入った。

「治部殿、待たせたな」

さも平然と信雄は言った。

「これは中将様、突然の訪問、申し訳ありませぬ」

「何の、無聊《ぶりよう》をかこっておったので構わぬ」

三成は時候の挨拶などを述べた後、思わせぶりに切り出した。

「すでに土方殿からお聞きの通り、関白殿下は中将様に移封を申し渡す所存。移封となれば、支度も大変でございますゆえ、内意だけでも伝えてこいと殿下から申し付けられ、参った次第」

「それは大儀でござった。此度のこと、様々にご尽力いただけたと聞いておる」

信雄は、あえて悠揚迫らざる態度を装った。

「とんでもございません。すべては、小田原陣における中将様の功によるもの」

三成が上目遣いに三白眼を光らせた。

「ああ、そうであったな」

いかにも思い出したかのごとく信雄が言うと、三成は眉間に皺を寄せ、噂話でもするように小声で付け加えた。

「中将様と違い、徳川内府は恐れ多いと仰せになり、関東移封を辞退なさろうとしました」

「えっ」

「もちろん殿下が移封を固辞する内府を説き、すでに内府も承服なされましたが」

五カ国の太守の座が画餅に帰すかと、一瞬、信雄は驚いたが、三成の言葉に胸を撫で下ろした。

「しかし内府の謙虚な態度に、殿下はいたく感服なされ、『帝より国を預かる者は、こうであらねばならぬ』と、周りの者に漏らしておいででありました」

三成はうまそうに茶をすすり、話を続けた。

「いや、それで話が済めば、内府が、いかに律儀で篤実なお方かというだけの話だったのですが、それを聞いた蒲生殿も同様に加増を辞退なされたのです」

「えっ、蒲生殿が──」

小田原陣での蒲生氏郷は、敵と小当たりしただけだったが、豊臣政権の柱石と秀吉に恃まれ、伊勢松ヶ島十二万石から奥州黒川四十二万石に移封されることになった。翌年には九戸政実《くのへまさざね》の乱を鎮圧し、九十二万石の大身《たいしん》となる。

「勤皇の志篤い蒲生殿は、加増を遠慮し、己の加増分を朝廷に献上してほしいと、申し出たのでございます」

氏郷の勤皇など聞いたことがないが、どうやら加増を辞退したらしい。

「いやはや、それからがたいへん。山中城で奮戦した中村、山内、堀尾らも蒲生殿に同心し、殿下に加増返上を申し出ました」

「──」

「殿下は『わしは、これほどの忠臣たちを持ったのか』と仰せになられ、涙を流されました」

話の意外な展開に、信雄には、三成の真意がどこにあるのか分からなくなった。

三成は、広い額を誇示するかのように光らせて茶を喫しているだけである。

信雄は喩えようもない不安に襲われた。不安が頭をもたげれば、すぐに解消したくなるのが信雄の悪い癖である。

「それでは、わしにどうせいと言うのか」

信雄が迷った末にそう問うと、三成はその問いを待っていたかのごとく答えた。

「いや、雑談が過ぎましたな。それがしはただ、昨今の京洛の雑説を話したまで」

三成はそう言うと世間話に転じ、二度とそのことに触れようとしなかった。

三成との面談後、早速、二人の重臣を呼んだ信雄は、この話の意味するところを探ろうとした。

「何と、治部殿がそう申されたか」

滝川雄利が、この世の苦悩を一身に背負ったかのような顔で腕を組んだ。

「いや、これは容易なこと」

一方、土方雄久は得意そうに自らの解釈を述べた。

「治部殿は『加増と移封をいったんご遠慮なされよ』と言いたかったに違いありませぬ。ほかの大名たちが、帝と関白の威光に恐れ入り、競うように形だけの辞退をしているというのに、殿だけがほいほいと加増を受けては、関白殿下の覚えもめでたくないということでござろう」

「しかし治部殿が、なぜわしにそれを教える」

小牧長久手合戦の前から、三成は信雄を見下し、殿中で会っても、ろくに挨拶もしてこない。

「殿はすでに二百五十万石の身。かの難物《なんぶつ》とて、いつまでも殿と敵対していては、利がないと覚ったのでござろう」

雄利が、さも当然という顔つきで言うと、雄久もそれに賛意を表した。

「ここは治部殿の言に従い、関白殿下に拝謁の上、加増と移封をいったんご辞退なされよ」

「しかし——」

「時を逸《いっ》してはなりませぬ。関白殿下のご機嫌を害さぬうちに――」

二人の底の浅い解釈に疑問を持ちながらも、少なくとも、お礼言上には参上せねばならぬと、信雄は思った。

それから数日後、正式な沙汰が秀吉から届いた。

それを受けるや信雄は、お礼言上の面談を望む使者を大坂に走らせた。


天正十九年（一五九一）三月、信雄は秀吉のいる大坂城に伺候した。

大坂城千畳敷の大広間で信雄が平伏していると、秀吉は、いつものように大股でやって来た。

「おう、中将殿か。小田原陣以来だな」

「はっ、殿下におかれましては、ご機嫌うるわしゅう――」

「よいはずがなかろう」

秀吉は機嫌が悪いらしく、この面談を早々に切り上げたい様子があらわである。

信雄に焦りが生じた。

「鶴松様のご加減はいかがで――」

秀吉の唯一の子である鶴松は、この冬より体調が悪く、食べたものを吐き出してしまう状態が続いていた。

「よくはない。ところでそなたは、そんな話をしにきたわけではあるまい」

「いや、はっ――」

「何か気に入らんことでもあれば、遠慮なく申してみよ」

秀吉の高圧的な態度に気圧された信雄は、お礼言上だけで退出しようかと思った。しかしそれでは、秀吉の心証が悪くなることは間違いなく、後々、不安である。しかも最近は、秀吉に会える機会も少ない。

――これを逃しては、加増辞退を申し出る機会はない。

そう思い直した信雄は覚悟を決めた。

「此度の移封と石高加増の件、真にありがたきことで、お礼の申し上げようもございませぬ」

「ふむ」

「しかしながら、わが本領の尾張は織田家墳墓の地。先祖の祀りを絶やさぬことこそ子孫の務めと心得ます。つきましては移封と加増のこと、ご遠慮いたそうと参りましたる次第」

信雄は、土方らに言い含められた辞退の言葉を言上した。

「今、何と申した」

秀吉が驚いたように顔を上げた。

「はっ、移封と加増をご辞退申し上げようと――」

秀吉の金壺眼に残酷な光が宿った。

信雄は背を伝う冷や汗を感じた。

「何と――、貴殿は勅命を奉じられぬと申すか」

「あっ」

――話が違うではないか！

信雄の細肝が悲鳴を上げた。しかし、今さら後へは引けない。

「いえ、この信雄、徳川内府の領国をそっくりいただくなど、おのれの器量に見合いませぬ。分相応の分限をいただければ、それで十分でございます」

すでに信雄は、二百五十万石どころか、己の領国である尾張・伊勢・伊賀三国百万石を守れれば十分と思い始めていた。

「ほう、分相応とな」

「はい」

信雄は畳に額を擦り付けた。

胸の鼓動は高まり、手先の震えは収まらない。

「貴殿の存念は十分に分かった。貴殿の望む器量に見合った分限を、わしと奉行とで考えてみる。それまでは、この大坂で蟄居謹慎しておれ」

「えっ、今、何と仰せになられましたか」

蟄居謹慎とは死罪に次ぐ重罪である。常であらば改易は免れず、悪くすると自害を申し付けられることもある。

信雄が絶句していると、立ち上がった秀吉が憤怒《ふんぬ》をあらわに言った。

「中将殿、移封も加増も帝のご意思だ。勅命を奉じられぬという者には、寸土たりとも領国を任せておくわけにはいかぬ。亡き総見院殿の恩に報いるために、貴殿に今まで目をかけてきたが、それも今日までだ。沙汰あるまで謹慎しておれ」

「お待ちくだされ。それは思い違いでございます！」

慌てた信雄は、秀吉の裾を摑まんと詰め寄ったが、駆けつけた小姓や近習に、瞬く間に押さえられた。

なおも秀吉を追わんとした信雄が、近習の手を振り解こうとした時である。背後から一際、甲高い声が聞こえた。

「織田中将殿ご乱心。捕えて軟禁せよ！」

石田三成である。

三方の襖が勢いよく開けられ、たすき掛けした武士たちが飛び出してきた。瞬く間に信雄は取り押さえられた。こういう展開になることが、事前に分かっていたかのような手回しのよさである。

「お待ちを。お待ち下され！」

それでも信雄は、秀吉を追わんとして手足をばたつかせた。

しかし十重二十重《とえはたえ》にのしかかられた信雄は、両の腕を背後にねじり上げられ、体の自由を奪われた。

「放せ。わしを誰だと思っておるのだ！」

それでも武士たちは信雄を放さない。

「わしは――、わしは、まごうかたなき天下人、織田信長の子であるぞ！」

そう喚いた時、頭に拳の雨が降ってきた。腹や背もしたたかに蹴られている。

「ふっふふふ。ふっ――」

髷が解け、髪が顔にかかった。

信雄は髪を振り乱して泣き、そして笑った。


信雄は厳重な監視の下、大坂城三曲輪の奥座敷に幽閉された。

翌日、秀吉の沙汰が下った。

信雄は全領を召し上げられ、常陸《ひたち》国の佐竹義宣《よしのぶ》預かりとなった。

二百五十万石どころか自らの百万石も失い、信雄は一夜にして罪人になった。

翌日には、本拠の清須城に五百の精兵を引き連れた浅野長吉が出向き、二人の宿老に改易を伝えた。浅野長吉は、滝川雄利と土方雄久に全将兵の武装解除と城明け渡しを迫った。

さらに大坂では、織田家の反乱を危惧した三成により、福島正則を将とした三千の兵を進発させる準備も進められていた。

信雄は、「速やかに軍令に従え」という国元あての書状を書かされたが、そんなことをせずとも、清須城には秀吉の命に抗う者などいなかった。

滝川雄利と土方雄久は、城受け取り役の浅野らに対し、賓客を遇するがごとき態度で接し、すべてを明け渡した。

城に入った浅野らは、織田家の家紋の入った武具から調度類をすべて焼き尽くし、家紋のないものは没収した。

織田家百万石は、あっという間に露と消えた。

後には何も残らなかった。

肥前名護屋陣に赴き、秀吉の御伽衆となるまでの信雄の境遇は、悲惨の一語に尽きた。

滝川雄利と土方雄久も謹慎処分となったため、信雄は、わずかな供回りだけ連れて関東に向かった。

常陸太田城で佐竹義宣と面談した信雄は、義宣に秀吉への取り成しを頼んだが、義宣は首を横に振り「お力にはなれない」と繰り返すばかりだった。

それでもあきらめきれない信雄は、殊勝な態度を示すため出家得度した。

この時から信雄は常真となった。

しかし秀吉からは何の音沙汰もなく、あらゆる気力を失った常真は廃人同然になっていった。

その後、配流先を変えられた常真は、出羽秋田の安東実季《さねすえ》に預けられた。

預けられたといっても、今度は城や寺ではなく、山本郡琴丘《ことおか》町天瀬《あませ》川の肝煎《きもいり》小玉徳右衛門宅に、家臣二名を伴って置き捨てにされたのである。

安東実季は、佐竹義宣ほどには常真に好意を持っておらず、捨て扶持も給さなかったため、常真主従は困窮した。

それでも小玉徳右衛門は常真を賓客として遇し、何くれとなく世話を焼いてくれた。

この時、常真は徳右衛門の娘と契りを結び、子をなした。

人としての幸せを初めて味わった常真は、このまま、この地で朽ちてもいいとさえ思うようになっていた。

ところが突然、秀吉から召しがあった。

織田家旧臣団の要請を受けた家康が、常真を赦免するよう秀吉に頼み入ったというのだ。

常真は急遽、秋田を後にすることになった。

しかし出家の身では、妻と娘を置いていかざるを得ない。常真は生まれて初めて、身を切られるほどの別れの辛さを味わった。

この時、小玉家に何か残したいと思った常真だが、持っているのは、かつて信長から拝領した短刀一振りである。これだけは、自害を申し付けられた時のために所持することを許されていた。

ふと、常真はあることを思い出した。

常真に付き従っていた家臣は、浜田与右衛門と杢之助《もくのすけ》という兄弟で、二人は薬草に詳しく、彼らの作る秘伝の万能薬はよく効くことで、織田家中でも評判だった。

常真は最後まで身に付けていた短刀一振りと、あらゆる症状に効くという浜田兄弟の万能薬の製造法を、巻物にして小玉家に残した。

これが今に伝わる「人参清血散《にんじんせいけつさん》」である。

後ろ髪を引かれる思いを振り捨てつつ、織田家のため、そして父のため、常真は一路、肥前名護屋に向かった。

十

日も西に傾き、驟雨《しゅうう》のように降り注いでいた蟬の声も幾分か衰えてきた。

石段を降り、少し歩くと、三鱗《みつうろこ》旗の翻る小さな陣屋が見えてきた。

「どうぞこちらへ」

氏規に案内されて入ったのは、丸茣蓙《まるござ》が二つ敷いてあるだけの小さな板敷きの居間である。

氏規は「秘伝の薬湯を入れましょう」と言うと、自ら立っていった。

氏規の入れた薬湯を飲むと、胃の腑がゆっくりと温まり、ようやく人心地ついてきた。

人恋しさがこみ上げてきた常真は、つい饒舌《じょうぜつ》になった。

「こうした身になると、あの時、ああしておけばよかった、こうしておけばよかったと、詮《せん》ないことに思いをめぐらせてしまう。とくに小田原役の時、秀吉に返り忠（裏切り）しておれば、さぞや痛快であったろうにな」

「それも、もう昔の話でございます」

氏規は、笑みを浮かべて首を横に振った。

「先ほど、生き恥を晒しても血を残せと申されたな」

「いかにも」

「貴殿には、鬼神のごとき知略がある。しかも、人望もひとかたならぬと聞く。それだけの器量を持ちながら、血を残すためだけに余生を送るつもりか」

「はい」

己のように器量なき者ならまだしも、溢れんばかりに器量ある者が、現状に甘んじ、血脈を残すためだけに生きているということが、常真には不思議だった。

「それが己の運命《さだめ》でございますゆえ」

「運命と申すか」

「はい」と応じつつ、氏規が身を乗り出した。その瞳は真摯《しんし》な光で溢れている。

「常真殿、総見院様の後嗣にあたる三法師秀信様は、蒲柳《ほりゅう》の質（虚弱体質）と聞きます。万が一のことがあれば、織田弾正忠家直系の血筋が絶えます」

三法師秀信とは、本能寺で信長と共に斃れた信忠の嫡男で、織田家の正式な跡取りである。

「常真殿は亡き総見院様の男子でございます。どれほど落魄しようとも、それだけは誰にも取り上げられませぬ」

「そうか、わしは父上の息子であったな」

今更のように、信雄はそれを思い出した。

「そうです。総見院様の血を後世に伝えるために、常真殿は生きねばなりませぬ」

「しかし血筋を守ることが、これほど辛きこととは思わなんだ」

「その辛さは、それがしも同じにございます」

「そなたは有り余る才を持ちながら、血を守るだけの生涯を送らねばならぬ。考えてみれば、わしよりも辛いのかもしれぬな」

「たとえ、それがしが――」

氏規は言葉を切ると、嗚咽を堪《こら》えた。

「稀《け》有《う》の器量に恵まれていようが、しょせん枡からこぼれた酒にすぎませぬ」

「枡からこぼれた酒とな」

「いかにも。酒量に見合った枡など人は望めぬのです。それゆえ、それがしは己を殺し、血を守ることに徹するのです」

すでに戌《いぬ》の刻（午後八時）を回っていた。

氏規自ら送るという申し出を断り、小者が足元にかざす提灯《ちょうちん》だけを頼りに、常真は山里曲輪に向かう石段を登っていた。

――枡からこぼれた酒か。

たとえ溢れんばかりの器量を持っていても、それに見合った立場を得なければ、その器量は発揮できないのだ。

天賦の才に恵まれながら、四男という立場から大家の舵取りを担うことができず、すべてを失った氏規と、兄信忠が不慮の死を遂げたおかげで、天下人にもなれる天運に恵まれながら、それを生かすべくもなく零落した常真は、見事な取り合わせだった。

――互いに何とも皮肉な人生だな。

常真は自嘲した。

名護屋城山里曲輪に着くと、玄界灘から吹き寄せる風が鳴っていた。

漆黒の海からは、波濤が砕ける音だけが聞こえてくる。

しかし、その黒い波がいかに邪悪で狡猾《こうかつ》か、常真はよく知っていた。

——わしはのみ込まれぬぞ。わしだけはな。

常真は不敵な笑いを浮かべると、身を翻して白亜の天守を睨《ね》めつけた。

「藤吉、そなたは、わしからすべてをはぎ取った。しかしいかにそなたでも、わしが信長の息子であることだけは取り上げられぬ!」

烈風の中、常真は声を出して笑った。

「取れ、すべてはぎ取れ!」

小者は恐ろしくなったのか、その場に提灯を置いて走り去った。

しばらくすると、提灯は風に倒れ、やがて燃え出した。

それを見た常真は、油紙に包まれた書き付けを懐から取り出した。かつて秀吉から賜った「日本国関白に任ず」という朱印状である。

それを火に近づけると、瞬く間に炎に包まれた。

「わしは、もう何も要らぬ。わしは——、わしは信長の息子だからな!」

火のついた朱印状を名護屋城の天守にかざしつつ、ひたすら常真は笑い続けた。

【参考文献】

『日本のルネサンス　桃山の美』上・下巻（柏書房　草月文化フォーラム編）
『茶道の歴史』（講談社学術文庫　桑田忠親）
『豊臣秀吉の朝鮮侵略』（吉川弘文館　北島万次）
『文禄・慶長の役　空虚なる御陣』（講談社学術文庫　上垣外《かみがいと》憲一）
『加藤清正　朝鮮侵略の実像』（吉川弘文館　北島万次）
『秀吉の野望と誤算　文禄・慶長の役と関ケ原合戦』（文英堂　笠谷和比古・黒田慶一共著）
『逆説の日本史11　戦国乱世編　朝鮮出兵と秀吉の謎』（小学館　井沢元彦）
『後北条氏家臣団人名辞典』（東京堂出版　下山治久）
『小田原合戦』（角川選書　下山治久）
『中世武士選書8　戦国北条氏五代』（戎光祥出版　黒田基樹）
『戦国北条一族』（新人物往来社　黒田基樹）
『岡野融成江雪』（幻冬舎ルネッサンス　井上美保子）
『戦国時代の終焉』（中公新書　齋藤慎一）
『日本史リブレット34　秀吉の朝鮮侵略』（山川出版社　北島万次）
『週刊　日本の街道　No.36　唐津街道と平戸街道』（講談社）

各都道府県の自治体史、断片的に利用した論文、軍記物の現代語訳版、事典等の記載は省略させていただきます。

解　説

鈴木英治

私が伊東潤という作家を知ったのは、二〇〇七年のことだ。私が生まれ育った沼津市にあるマルサン書店に「超大型新人現る」と書かれたお手製のポップ広告が棚に置いてあり、その惹句に誘われて『武田家滅亡』を購入したのがきっかけである。

家に帰り、さっそく『武田家滅亡』を読んでみたのだが、本当にこれがデビュー作なのかと、大袈裟でなく腰を抜かした。新人のものとは思えないほど、素晴らしい完成度だったからだ。『武田家滅亡』を読んで潤さんの虜《とりこ》になった私は、明くる日に再びマルサン書店に赴き、「伊東潤さんの新作が入荷したら、取っておいてください」と頼んだ。

その依頼は現在も生きており、コロナ禍のためにせいぜい数ヶ月に一度しか行けなくなってしまったとはいえ、マルサン書店に足を運ぶたびに、私は数冊の潤さんの書籍を手にして家に帰るということを繰り返している。

二〇〇七年から十数年のあいだマルサン書店から購入し続けた結果、私の家の書棚には潤さんの作品がずらりと並んでいる。どれも分厚く、眺めているだけで圧倒される。

このすさまじいまでの執筆量は、驚異としかいいようがない。まさに剛腕である。潤さんは、私と同じ一九六〇年生まれだから、今年六十二歳になる。六十歳を過ぎてから私はさすがに寄る年波というものを感じざるを得ず、執筆量は若い頃とは比ぶべくもないほどに減っている。

だが、潤さんはまったく異なる。むしろ、歳とともに執筆量は増えているのではあるまいか。しかも、作品の質を落とすことなく。

いや、質はまちがいなく上がっている。伊東潤に外れなしなのだ。

その上、歴史小説だけでなく現代小説まで手がけ、その活動は多岐に亘っている。江戸物の時代小説が仕事のほとんどを占めている私からすると、超人を見ている気さえする。

ただし、潤さんは決して仕事だけの人間ではない。遊ぶときは遊び、オンとオフの切り換えがしっかりしている印象がある。メリハリのつけ方が上手なのだろう。

そんな潤さんとはこれまで、他の作家さんと一緒に取材旅行に行ったり、中華街で食事を楽しんだり、沼津の居酒屋で飲んだりしてきた。私の伊豆の仕事場で、花見をしたこともある。もちろん、すべてコロナ禍以前のことであるが。

その伊豆の仕事場から車で五、六分のところに、本書『虚けの舞』の舞台の一つとなった韮山城がある。伊豆国を手中にした伊勢宗瑞（北条早雲）がこの世を去るまで本拠とし、北条家が小田原に本城を移したのちも伊豆国支配の中心を担った城だが、ちょっと見には、ちっぽけな山城としか思えない。

韮山城は龍城山《りゅうじょうざん》という標高四十八メートルほどの丘に築かれているのだが、背後にそびえる天ヶ岳込みの城である。天ヶ岳は標高百二十八メートル、かなり険しく、登るのにひどく苦労した記憶がある。

北条家は天ヶ岳山頂の天ヶ岳砦を中心に、尾根筋の要所に和田島砦、江川砦、土手和田砦を配し、障子堀や竪堀などの空堀を穿ち、土塁を高々と盛り上げていた。

天ヶ岳は背後から本城を守っていたのだ。

さらに、今はほとんどが田んぼや宅地になっているが、戦国の頃は本城の前面には湿地が広がっていた。韮山城は守るに易く、攻めるに難い、難攻不落の城だったのである。

それでも、天正十八年（一五九〇）に行われた豊臣秀吉の小田原征伐の折、三千六百といわれる城兵で、豊臣勢四万四千もの大軍を相手に籠城し、三ヶ月のあいだ持ちこたえた城とは、さすがに思えない。

徳川家康の説得を容れてついに開城するまで、本書の主人公の一人である城主北条氏規は豊臣方の大軍といかに戦ったのか。

興味を惹かれるが、本書を読めば、氏規がどのような戦術をとって敵を防ぎ続けたのか、その奮戦ぶりが明瞭に伝わってくる。

とにかく、潤さんの戦場描写は具体的で迫力があり、状況が手に取るようなのだ。臨場感が抜群なので、ぐいぐいと引き込まれる。まるでそこに城があり、攻防戦を目の当たりにしているかのようだ。

もう一つの舞台である肥前名護屋城の描写も素晴らしい。秀吉は唐入りのために、松浦半島の突端に大坂城にも負けないような壮大な城を築く。城の周囲には百六十六の大名の陣屋があり、十万もの兵がひしめいていた。潤さんはそんな名護屋城の様子を実際に見ているかの如く、城内や城外の光景をつまびらかに描いてみせる。

もちろん、この作品に引き込まれるのは、そういう描写だけが理由ではない。各所に読み手がうなるような人物描写が満載されているのだ。例えば、本書のもう一人の主人公である常真（織田信雄）から見た秀吉である。

――信長在世の頃は、いかに自分を小さく見せるかに神経を使い、その死後は、逆に自分を大きく見せることに腐心している。

天下人になった秀吉を簡潔に描写するものとして、これ以上のものはないのではないか。背筋がぞくりとするような切れ味鋭い文章だ。

また、常真がまだ三介と呼ばれていた頃に秀吉の本性を見ることになるシーンもうまい。

――いつもはにこやかな秀吉が、悪鬼のような形相で、一人の男を罵り、殴る蹴るの暴行を繰り広げていた。（中略）以後、秀吉が笑みを浮かべて擦り寄ってきても、三介は、決して心を開くことはなかった。

まだ五、六歳だった信雄に秀吉に対する警戒心が芽生え、だんだんとねじれていく両者の関係が描かれる後半への伏線としている。

また、氏規と北条氏政の子の氏房が、真鶴で蟹捕りをして遊んだときのことを楽しく思い返す場面があるが、これは北条家の優しさ、家中の仲のよさを表すのに最高のシーンであろう。読んでいて気持ちがほっこりする。

もっとも、仲のよい北条家内でも対立はあった。上方で政権を握った秀吉に北条家は臣従するか、それとも徹底抗戦をするか、氏規と兄の氏邦が激しく言い争うのだ。

なにゆえ北条家当主の氏政が秀吉の幕下に入ることを頑なに拒み続け、結局は大軍を送られて滅亡しなければならなかったのか、私は長年疑問に思ってきたのだが、その答えは本書の中に明確に記されている。

もし氏規が当主だったら、北条家はどのような運命をたどったのか。後世に北条の血を残すことだけが使命ということには、決してならなかったのではあるまいか。

誰もがうらやむ将器を持つ氏規は、北条家滅亡後も主家を救えなかった屈託を抱いて生きている。戦国時代が終わろうとしている今、おのれの将器を生かせなかったもどかしさも抱えている。

氏規が情けなさ、無力さ、不甲斐なさ、惨めさを感じるたびにその思いが自分自身に重なり、私は身にしみるものがあった。

もう一人の主人公の常真にも、同様のことがいえる。時流に乗れず、父信長の幻影におびえ、天下人になる機会があったにもかかわらず、それを生かせなかった。常に人任せで自分というものがなく、なにもかも人のせいにして生きている。

織田家を潰すのは当然のこととしか思えないが、常真の生き方を非難できる者が、どれだけいるだろう。誰もが同じようなことをして生きている。少なくとも私はそうだ。

それにしても、〝虚けの舞〟とはよく付けたものだ。虚けという言葉が指しているのは常真のことではなく、ましてや氏規では決してない。今の世を生きている私たちのことではないか。仕事を忘れて一気読みしたが、本書を読了したとき、そのことを強く感じた。

伊東潤が健在な限り、歴史小説ファンに退屈の二文字はない。まさに歴史小説界の偉材である。

——作家

この作品は二〇一三年四月講談社文庫に所収された作品を
加筆・修正したものです。

虚《うつ》けの舞《まい》

伊東潤《いとうじゅん》

令和4年2月10日　初版発行

発行人――石原正康
編集人――高部真人
発行所――株式会社幻冬舎
〒151-0051東京都渋谷区千駄ヶ谷4-9-7
電話　03(5411)6222(営業)
　　　03(5411)6211(編集)
　　　振替00120-8-767643
印刷・製本―中央精版印刷株式会社
装丁者――高橋雅之

幻冬舎時代小説文庫

ISBN978-4-344-43174-4　C0193　い-68-2

幻冬舎ホームページアドレス　https://www.gentosha.co.jp/
この本に関するご意見・ご感想をメールでお寄せいただく場合は、
comment@gentosha.co.jpまで。